匠人

申赋渔
著

北京出版集团
北京十月文艺出版社

新经典文化股份有限公司
www.readinglife.com
出　品

序言

自出生起我和家人就生活在熟人社会。我的乡亲都是亲戚或近邻，我们之间有几代人的交情。我们不总是有着和谐与爱，还有误会、争吵甚至打斗，但相互知根知底，从来不结深的仇怨。数百年来，靠着风俗、道理、约定俗成的规则，使得越来越大的村子，虽纠葛重重却相安无事。

故乡，是阡陌交错中的白墙黑瓦，是随风起伏的滚滚麦浪，是落满大地的银杏树叶……人到中年，从家乡去到城市，从中国流浪到万里之外的异国，我在许多地方停留，却没有一个地方能如故乡那般让我惬意放松。故乡的人们嗓门高大，乡音浓郁，举止粗鲁，这是何等亲切，却又曾经那么让我憎恨。这些乡下人的标签，让年轻的我羞愧，我使劲地想要摆脱。

十八岁以前，我无法忍受乡间看得见的黯淡前景，尤其不能忍受“要面子”的父亲对我的冷嘲热讽。抱着一去不回头的决绝，我离开了故乡。而今的我，对生活有了更多的体谅。我会为了父亲的面子，为了拜年，甚至仅仅为了某个逝去祖先的冥寿而返乡。更加频繁的返乡，却还是被迅速衰败的乡村震惊了。村里不再有年轻人，甚至没有了孩子。几乎每一次回乡，都见着一座新添的坟茔。伴随人口的凋零，就是一座座老宅的颓败和消失。曾经的田野，一点点被镇子上漫延过来的厂房占领，故乡已不复是故乡。

一浪又一浪的悲哀向我袭来。我发现，故乡是这样的一种存在——你逃离的力气有多大，反弹回去的力量就有多大。然而，回去的路已被时光的杂草湮没，再也寻它不见。

故乡消失了，我们成了没有根的人，如一个个原子，在冰冷的城市中孤独地生存。离开家乡的我们无所依傍，张皇地被城市的繁华所遮盖。周围一张张面孔，都是熟悉的陌生人。

是的，我知道在我的周围，飘荡着一个个和我一样孤独而寂寞的灵魂。我们有着共同的回忆。在我们的回忆中，有那么多曾经生动鲜活的乡亲。我们称他们为木匠、花匠、剃头匠、瓦匠……除了匠人，他们的共同身份是庄稼人。而现在，庄稼人竟然都不见了。

我的回忆只能追溯到一百年前，那是我父亲和祖父所能回忆的上限。他们跟我讲述的人，我曾经见过的那些人，大多数已经不在了，他们只成了写在家谱上的，短短的一两行字。

然而每个卑微的个体，都有属于自己的一部波澜壮阔的史诗。那些不为人所知的乡村人物，折射着一百年，尤其是近三十年中国社会的巨大变迁。

他们构成了一个时代，他们又被那个时代所淹没。那个时代如此粗糙，却又如此温暖。温暖在，故乡就在。

目录 Contents

生活中所需的一切，

曾经就在家前屋后。

那时的日子直接、新鲜，

带着手心的温暖。

那时的人们以情相待，

用心相处。

引子

长江流到江苏高港的时候，拐了一个大弯。从这个弯，向东伸出一条小河，沿河长着很老的银杏树。银杏树领着人们向东二十多公里，便到了长着更多银杏树的申村。

六百年之前，一位名叫申良三的农民，从苏州阊门来到这里，看中了这块沙土洼地，就此落脚。到了 1970 年，良三公的第十七代子孙，也就是我诞生时，申村已是有着几万人的大村。谁也没想到，我和我的同时代人注定要看着这个村子衰亡。

2001 年，离家十多年的我，回到申村，第一次看到一座大门紧锁的颓圮的屋子。这是纸扎匠的家。他的坟就在屋后，院子的门被一把锈锁锁着，青瓦的屋顶上长满了杂草。此后，每次回家过年，我都会看到一座又一座被抛弃的，正在荒废着的老屋。

多年在外，对他乡的熟悉胜过故乡的我，忽然感到彻骨的悲凉。我所熟悉的一代人，一个个凋零。这个村庄，很快就将不复存在了。儿时乱跑的旷野，一半已经砌了厂房。当新城镇的钢筋水泥延伸到这里，过去的一切，那个存在了六百多年的申村，可能就像海市蜃楼一样不复存在了。

在申村的时候，那些不复存在的匠人们的脸，一次次地出现，一次次地把我拉回到那个已经消失了的年代。

这些匠人们，都是我所熟悉的。都曾是日日相见。每一个人都知根知底。他们来了，又走了。什么痕迹都没留下。他们原先是从古至今代代延续的一环。这个环，到今天，就断了。他们不在了，我的故乡也就真正没有了。我将真正成为流浪在城市里的孤儿。

据说，一个人失明的时间长了，就会忘记他所见过的一切。写下他们，是怕有一天，我会完全忘掉故乡的样子。

现在，
瓦匠依然每周去教堂，
只是腿跛了，
走路一拐一拐的。

大人们还是叫他
瓦匠，
小孩儿们就喊他
『瘸大大』。

瓦匠

荷先生的家在村中间的一块高地上。他的屋门口是一个颇大的园地。每到春天，这里立即变得树木葱郁，春花盛开。最多的是银杏树。另外还有柿树、枣树、李树、皂荚树、桃树、枇杷树、桑树、榆树等等。很多。长得都很恣肆。花也多。从院门通向堂屋大门的路两旁，栽着海棠、月季、菊花、梅花、紫荆、蔷薇、栀子花，还有许多不知名的花草。园子的中央，是各类的草药。天门冬、猫爪草、苍术、仙鹤草，都是好看又好闻。然而人们喜欢的还是薄荷、马齿苋和穿心莲。经过这里了，会带一把回去。薄荷可以和在面饼里，或者做成面条的调味汤。马齿苋炒蛋，吃了皮肤会滑滑的。穿心莲不像名字这么可怕，要凉拌吃，吃了胃口好，消炎解毒。荷先生含着笑跟每个人打招呼，并向他们介绍更多可以食用的药草。人们越拿他的药草，他越高兴。自然，这都是不要钱的。

荷先生的药草园在我上学的路上。上学放学，我都要在他的药草园里玩个半天。捉蝴蝶，或者采四季的花。采一两朵可以，多了，荷先生就会站到草屋的门外，轻轻咳一声。我们就飞一般跑掉。

今年谷雨节后，我又回了一趟申村。回家的路必得经过荷先生的药草园。荷先生已去世多年，申村人念他的好，并没有拆了他的茅屋。只是药草园没人细细打理了。哪家要什么，就自己去种点，自己收。我每次回申村都要过来走一走。这里有一种让人微醉的药香。

这次经过的时候，发现药草园没了，上面盖了座教堂，一个十字架，高高地竖在新屋的顶上。

回家的这几天里，瓦匠成了我家的常客。

一向好客的父亲，对瓦匠的态度却显得颇为冷淡。

“瓦匠‘吃耶稣’，弄得村子里鸡犬不宁。”在他走了之后，父亲冷冷地说。

“吃耶稣”是信基督教的意思。或许是因为《圣经·约翰福音》里，耶稣说过这么一句话：“吃我肉喝我血的人就有永生。在末日我要叫他复活。”乡下人就这么称信教的人了。

现在的瓦匠老了，腿也瘸了。年轻时，可是方圆几十里姑娘们爱慕的对象。他是个解放军，不只是长得一表人才，还拉得一手好二胡。在他偶尔回家探亲时，家里总被挤得水泄不通。眼看得前途无量。瓦匠给过我一枚五角星，就是别在军帽中间的那种。这成了我少年时最好的宝贝。

不曾想，大裁军时瓦匠悄无声息地回了家。在家待了几个月后，做了一个瓦匠。

因为没有正式拜师，先是跟在别的瓦匠后面打打下手，看看明白了，自己也拿了瓦刀砌墙。虽说做了瓦匠，说实在的，手艺很一般。他原先头上的光环就这样消失了。要说失落感，显然很大，可是从来没人听到瓦匠有过什么抱怨。他总是笑眯眯的，为每一家的新房忙忙碌碌。因为他的嗓子好，又有口才。新房开工和落成时，他就成了那个“说歌子”的人。按理说，“说歌子”是要手艺最好的。可是乡下的匠人，如他这么上得了台面的人，少。

“说歌子”是什么呢？新房开工了，要有人唱吉祥话。这吉祥话是说给神灵听的。歌要唱得好，要让神灵听得悦耳。神灵听得悦耳了，才会记得这话，才会把吉祥施给主人家。唱这歌子的时候呢，众匠人要有节奏地应和。木匠用板斧锤打木料，瓦匠用瓦刀拍打砖石，在场的人，各自要用手中的家伙敲打起来。手舞之，足蹈之，场面甚是热烈。作为主唱的瓦匠，会拿到一只丰厚的红包。吃饭时，也被安排在上席。只有这个时候，瓦匠的脸上才真正放出光来。

申村忽然要盖教堂。主事者是个女子。她丈夫叫高根，村里人都喊她“高根女将”。“女将”是我们的方言，“媳妇”的意思。

高根的婚礼我参加了。他跟我的二舅在同一个五金厂。总而言之，两家的关系不一般。所以结婚的时候，连我这个刚上初中的孩子都来了。婚礼当然是热闹的，细节记不分明。印象深的，倒是新娘子好看。所以，我再次听到村里人讲起高根女将的事，我的眼前出现的就是那个掀了红盖头、出来敬酒的美丽女子。

高根女将起先是信一种什么功。因为政府禁止，信不成了。据说还有两个外县的同道中人来她家躲了几天，后来风声太紧，申村无法躲藏，高根女将与他们去了城里。

高根女将再回申村，已是半年之后。让人惊异的是，她改信了基督教。她是申村第一个信基督的。同时也是第一个传教者。

申村已经没有年轻人了，年轻人都去了城里打工。剩下的都是老弱病残。高根女将一户一户地座谈。老人是孤独的，病了的老人更是苦痛无望。小病、慢性病大多是不治的，由它去。真严重了，就去镇上医院开点药，自己回家吃。住院治疗的极少。真到不行了，也不肯住在医院。死在家里比什么都重要。要是不用吃药打针，就能治好病，那可好了。高根女将就是这么跟申村的病人们说的，只要信基督，百病消除。靠这一条，那些死马当活马医的人们，就信了。不就是每个礼拜天去听人讲讲，跟在后面唱唱小曲儿嘛。

高根女将的家中聚合了四村的老弱病残。渐渐无法安放了，须得有座教堂才行。高根女将看中了村中央荷先生的药草园。

高根女将拆荷先生茅屋的时候，有几个老先生看不下去，让村长去制止。村长叹口气，说管不了。

早先的时候，高根女将就带了信徒去堵过镇政府的门，镇政府又向县里请示了，关乎宗教的事，县里的意思是不如大事化小。不就一块地么，给吧。于是荷先生的药草园就成了教堂的基地。

春节刚过，瓦匠去上海打工。在上海火车站，遇到招工的两个人，跟他们去了。谁知到了一个偏僻的所在，这两人不只抢了他身上的几百元，还拿什么硬东西砸了他的头。报了警，瓦匠终于被送回申村。头疼得厉害，瓦匠在家躺了三天，在弟弟“锅头”的劝说下，终于去县里的医院检查，医生脸色凝重：“照片子的情况看，很严重。得住院。”只检查就花费了上千元，瓦匠不肯住院。送他来的“锅头”呢，也倒了霉。医生看他脸色不对，一定也要给他做个检查，结果说是高血压，要吃药，不吃药，危险得很。当时“锅头”就被吓住了，花了几百块，拿了药回来。弟兄二人回到家一合计，“算了，管他呢。活一天赚一天”。“锅头”药也没吃，去了江南的“泥浆泵”队，继续挖河。瓦匠头疼，只得在家歇着。

瓦匠心情最灰暗的时候，高根女将登门了。

高根女将到瓦匠家的第二天，瓦匠就病歪歪地来到教堂的工地上。他是瓦匠，正派得上用场。

说来也怪，瓦匠的头疼，倒真减轻了。等教堂盖起来，头疼全好了。瓦匠成了新教堂落成后，第一个受洗的。

瓦匠的入教，成为申村基督教的一件大事。他的能说会道和身强力壮，使他脱颖而出。高根女将特意把他送到县城里的大教堂学习。两个多月后，回到申村的瓦匠焕然一新。他放下瓦刀，身披黑袍，手捧《圣经》，站在简陋却庄严的教堂里，声音洪亮而动听——申村少掉一个瓦匠，多了一个传教士。

瓦匠入教的这年年底，他的弟弟，那位被医院诊断为高血压的“锅头”，带了一大笔工钱回到申村。他早忘了高血压这回事。过年前，他把房屋修整了一下。本是请瓦匠帮忙的，瓦匠教务在身，抽不出时间。其实瓦匠有空也不会来的，他已经不做瓦匠了，并且收入不菲。教堂的信众几乎翻了一倍。他们每周都要在捐款的箱子里投钱。多少倒是无所谓，五块钱也行，十块钱也行，就是向主表达自己的心意。高根家已经盖起了三层的楼房。高根对妻子曾经有过不满意的，但自从盖了楼房之后，一句闲话不说了，由她去。

“锅头”对哥哥瓦匠的不帮忙，心里是有气的。可是能说什么呢！

很快就过年了。大年三十，“锅头”准备了丰盛的祭品，去瓦匠的家里敬拜祖先的牌位。照老家的规矩，祖先的牌位要供在长子的家里。长子再传给自己的长子。如此代代相传。

瓦匠在门口拦住“锅头”：“我是信主的人，是不作兴敬祖宗的。你回去吧。”

“你信你的主，我敬我的祖。”

“你要敬祖，我这个家你就不能进。”

“锅头”手里提了一篮子的鱼、肉、馒头、糕点，愣在门口。

“锅头”回来，找我的父亲。

“哥，我们家出了逆子。瓦匠说他信了主，不让我敬祖宗。”

“他信他的主，怎么又不让你敬祖呢？”

“他连门都不让我进，说不作兴，怕我冲撞了他的主。”

“他信主，你没办法，那是他的事。只好这样了，你去把祖宗的牌位请到你家里来。以后这祖宗就由你敬了。这个也有说法的。就是长兄死了，家里没人，就由弟弟来敬祖。他这个样子，差不多算这个情况。”

“锅头”点点头：“也只能这样了。这大过年的，家家户户敬祖宗。再穷的人家也大鱼大肉的放祖宗面前，请祖宗保佑。我不敬，算什么人？他不做人，我还要做人啊。”

“锅头”没要到牌位。

瓦匠说："没有了。"

"好好牌位怎么没有了？"

"就没有了。我们信主的人，只有一个神，是不能信其他的。家里不能有这些东西。"

"牌位，那是祖宗啊。你说弄到哪里去了？你不要没关系，我请回去。你今天不给我，你这个年就不要过了。"

"我烧掉了。"

"锅头"愣了半天，一句话没说，回了家。

这天晚上，"锅头"一家没吃年夜饭，也没放鞭炮。"锅头"眼圈红红的坐在厅里的椅子上念念叨叨："爹、娘，你的忤逆儿子把你们的牌位烧了，我没法敬你们了。这大过年的，你们没吃没喝，这造的什么孽啊。"

大年初一，"锅头"和申村的人们一起，端了祭品去祠堂烧香敬祖。

祠堂并不大，三间瓦房，一座院落。一进院子的大门，左手有一间厢房，里面透出缭绕的香烟。这里供着树神，灵验得很，所有来的人，都会进去行礼。

对着门的墙壁上，挂着一个镜框，里面镶着一棵干枯的银杏树的照片。树虽然已经枯死了，却依然能看出它的高大。这棵树在十年前被雷电击中，死了。它的死，对于族人来说，是一件十分伤心之事。因为它是六百年前定居此处的始祖栽下的。人们敬重它，祭拜它，觉得它灵验，也许是相信祖先的神灵就附在它这繁茂的枝叶之上。

它是村庄的象征。七八里外，只要看到这棵银杏树，就知道申村到了。小的时候，我常常要从它的下面经过。它长在我去外公家的必经之路上。它的根系之长，令人吃惊。我曾在离它几百米外的一家杂货小店的门槛外面，发现了它钻出地面的根。我们要好几个孩子手拉手，才能把树干环抱。

村里的人们，都相信它有神力。在它的脚下面，常常有人在烧香祷告。当它被雷电击死之后，有好几年，人们依然不肯动它一动，还希望它能够苏醒过来。然而，它却是实实在在地死了。终于，在重盖祠堂的时候，人们不得不将它锯倒。

原先的祠堂，就在这棵老银杏树的后面，它曾是申村最好的建筑。1937 年，当日本人攻下南京之后，人们把它拆毁了。他们担心它会成为日本人的落脚之处。人们毁去了任何可能让日本人利用的东西。

小时候，每次从这祠堂废墟的旁边走过，我都提心吊胆。因为它隔壁的一个小棚了里，住着一个武疯子。疯子没有名字，因为头特别的小，人们喊他“细头”，细是小的意思。“细头”永远在这棵巨大的银杏树周围徘徊，不断地追赶害怕他的孩子。谁在看到他之后，越是害怕，越是逃跑，他越是会疯狂地追你。可是，每次看到他，我都没法控制内心的恐惧。等我紧紧地抓着母亲的手走得很远了，再回过头来看他，他还站在这银杏树的底下，一动不动，歪着他小小的脑袋，恶狠狠地瞪着我。然而，如果在他追赶孩子的时候，被他瘦小的母亲看到了，她会对他大喝一声。“细头”就会立即站住，乖乖地让她揪着耳朵扯回家。

“细头”许多年前就走丢了。他的家就在银杏树的底下，从他出生，他就知道，只要朝着这棵银杏树走，就能回家。老银杏树死了，他走远了，回过头来，银杏树不见了，他就不认识回家的路了。他瘦小的母亲，四处寻找，可是找不到。她曾经天天为这个疯儿子烦恼、伤心、劳累，可是当他走丢了，再也找不到了，她就死了。没有病，她只是吃不下饭，活活把自己饿死了。他们家的小棚子已经无影无踪。原先的废墟上重新建起了亮堂而高大的房屋。堂屋正厅的墙壁中央，挂着一块崭新的木匾，上面写着“式南堂”。这堂号是祖上传下的。在申村，这个堂号已经叫了六百年。

《诗经·大雅·崧高》里说：“王命申伯，式是南邦。”周宣王为舅舅申伯饯行，希望他前往申国，把邦国建成南方诸侯的榜样。祖先们用“式南堂”这个名称，提醒我们是申伯之后。

在“式南堂”的大厅里，摆着一排祖先的牌位。牌位是一块如同小小墓碑的木块。木块的头上扎着一片红布。因为时光流逝，有一些红色已经落尽，变得灰灰的。岁月更为久远的，就单落下一个光光的木牌。木牌上写着亡者的名字、生日和去世时的年月日。每一块小小的木牌，就住着一位祖先的神灵。在许多中国人的心目中，亲人去世了，并没有远离我们而去。逝去的只是肉体，灵魂依然会时时看顾他们的后代。如果说坟墓是他们肉体的休憩之所，那么这小小的木牌，就是他们灵魂的寄居之处。

“锅头”和络绎而来的族人，对着这木牌行跪拜之礼。这些牌位的正中，摆放着来到申村的第一位祖先的牌位，牌位上写着

“良三公”。申良三在明朝初年，从苏州阊门来到苏北泰州，定居申村，至今已有六百多年。良三公去世后，葬在申村前面砚瓦池的东北。砚瓦池至今仍在。旷野之中一方小小的水塘。水塘清澈见底，偶尔还能看到游鱼。池塘边上满是青草，草丛里立了一块石碑，写着“良三公之墓”。因为很少有人走动，墓旁的小路上长满了苔藓，小径弯弯曲曲，朝村子伸过去。

等“锅头”敬过祖先，族人们来到他的面前，一个个想说些抚慰的话，又不知从何说起。

祠堂里供着的，都是远祖，大伙共同的祖先。自己的父母、爷爷奶奶还得供在各人自己的家中。大家都知道瓦匠烧掉牌位的事。这在申村是第一次。带给申村人的，已经远不是震惊了。

申村的人有信道教的，有信佛教的，也有信基督教的。可是从来不曾发生过烧祖先牌位的事。无论他们信什么，他们都还是认祖宗的。他们还是觉得自己生活在自古以来的人、鬼和神混居的世界里的。这个世界的规则，要比所有的宗教都要古老。五千多年来，人们一直在这个模式当中生活。

人死后，只有两个去处。一个是鬼，这是大多数人的归属。一个是神。人可以成为门神、灶神、土地神、山神、分管木匠或者其他手艺的神。这些是跟人类生活在一起的神，住在人世间。虽然你看到的只是画在纸上或者用泥、木头做成的雕塑，你看不到神，却每天必得跟他们打交道。还有更多的神是在天上。他们在那里照看人间。他们会经常从天下飞下来，到人世间来走一走，并随时干涉人世的俗事。譬如雷神会用雷电劈死特别不孝的儿女，神人会授予勤奋者一支充满灵感的彩笔。他们甚至会直接由神变成人。某些考上状元的，可能是文曲星下凡。有位赤脚大仙，竟当上了宋朝的一个皇帝。特殊情况下，甚至会有成批的神投胎为人。曾经就有一百零八个星宿之神，从天上下来投胎成为反抗朝廷的绿林好汉。总而言之，这些神，一面可以在天上过着怡然自得的生活，同时也可以随时变成凡人。他们是自由的。管理他们的是玉皇大帝。这个神长相威严却头脑简单，经常会下一些错误的命令。他的管理，全靠各路术有专攻的神仙帮助。所以人们对他不太理会，很少祭拜他或者向他祷告。人们更重视的是自己的祖先。因为只有祖先才是最肯照料自己的。

人一死，立即就变成了鬼。鬼并不是在地狱里，而是在阴间游荡。阴间是一个跟我们这个世界平行的世界。在任何时候都有可能和他撞见。特别作恶的人才会在地狱里受煎熬。一般人死了之后，成为鬼魂了，会住在他的坟墓或者祠堂里。只有在家人进行祭拜时，他会回来享受食物、香火并带走烧给他的纸钱。当然，他们也有可能会再次转世为人。其中有人还会记得他前世的一些蛛丝马迹。人跟鬼要保持距离，太近了，人就会遭到病灾。万一不小心撞着了，就要立即用种种仪式请求鬼赶快离去。村里几乎每个孩子都曾跟鬼打过交道。这样的情况，我也曾多次碰到。

在田地里疯玩了一天回来，偶尔，会头疼得厉害。我没精打采地趴在餐桌上，不肯吃饭。妈妈端来一碗清水，放在我面前的桌上，拿一双筷子，双手合十握着，嘴里念叨着：“奶奶？太爷爷？太奶奶？”念一个人，就试着把筷子立在水碗的中央，松开手，看是不是能站住。倒了，就再念一个名字，再立。直到念到某一个名字，筷子在水碗的中央自己站住了，就拉我起来，到他的牌位面前，跪下来磕头：“太爷爷，你不要同伢儿搭话。”磕完头，上床睡觉，第二天一早，头就不疼了。我问妈妈：“太爷爷为什么要同我搭话，让我头疼？”妈妈说：“你不小心，在外面撞到他了。他是看你好玩，跟你搭话了。人鬼是不能搭话的。祷告了，就好了。”

神仙们要照看的人太多，并且不太可能会偏心于某一家。只有死去的祖先会不遗余力地帮助儿孙们增加财产或者免除灾祸。祖先只会照看你一家。

中国人会在清明节、冬至节、过年、祖先去世和出生的日子祭祀他们。人死之后，会立即拥有比凡人强大得多的力量。他们不会像西方的死人那样，待在坟墓中一动不动。他们很忙，也许比活着的时候更辛苦。他们也有未来：成神，或者转世为人。

现在，“锅头”家的祖宗牌位没有了，也就是说，“锅头”一家跟他祖宗的联系断了。死去的祖宗再也不能来庇护他了。他成了孤苦伶仃的人。更多的人过来跟“锅头”寒暄，也有人风言风语地挖苦。七嘴八舌的议论，让“锅头”有着说不出的痛苦与愤懑。

从祠堂回来，“锅头”一脚直奔哥哥瓦匠家。在他家一进门的大厅里，靠墙竖着一根粗大的十字架。“锅头”操起十字架，狠狠砸在瓦匠的腿上。

现在，瓦匠依然每周去教堂，只是腿跛了，走路一拐一拐的。大人们还是叫他瓦匠，小孩儿们就喊他“瘸大大”。

篾匠

篾匠现在有了许多的空闲，
又操起放下多年的手艺。
从他门口经过，
总看到篾匠坐在一张竹椅子上
削削刮刮，编编织织。

篾匠

在申村西南的空野里，孤零零地立着一排茅草屋，这是申村的猪舍。猪舍养猪也养牛。自从成立合作社后，篾匠就搬到这猪舍里住了，成为专职的饲养员。

猪舍很大，有五间草屋。三间养猪，两间养牛。篾匠在养牛的一间里搭了个铺盖，晚上偶尔会在这里住。

篾匠还是孩子的时候，跟着父亲讨饭。父亲去世的时候，他才十二岁。经人介绍，到纸扎匠家去做长工。纸扎匠家有几十亩地。父亲送他读私塾，他读不进，倒喜欢扎纸人纸马纸房子。父亲把他绑起来用鞭子抽了几次，没用，只好由他。纸扎匠除了对扎纸有兴趣，其他一概不管。家里的活儿，只好请长工。

篾匠那时还不是篾匠，只是个大孩子。他烧饭、洗衣、喂鸡鸭之外，主要就是给纸扎匠带儿子。纸扎匠的老婆去世了，留下一个病快快的儿子。孩子倒乖巧，只要你带着他到竹园里去玩，他就不哭不闹。其实也没什么玩的，他就喜欢安安静静地在竹园里看各式的鸟。看着麻雀、灰八哥、白头翁，跳跳蹦蹦，叽叽喳喳，他就快活。这竹园是申村最大的，还是纸扎匠的父亲留下的。纸扎匠的父亲是个仁义人，跟纸扎匠的刻薄大不一样。经常有人过来借篾刀："大爹，剁几根竹子啊。""剁，剁。"来人到竹园里很细心，轻手轻脚，不肯踩坏一根竹笋。剁竹子的时候，也刻意挑密的地方，两三根就够了。主要回家有个杂用。如果家里做篾器，要的竹子多了，他们会拿粮换。老爹死了，纸扎匠当家。又有人来要竹子，他的脸色就不好看："家家都来要，就这么大的竹园啊。"人们就不来要竹子了。要的时候，趁纸扎匠不在，自己带了刀来砍。一砍一捆，竹笋子不用说，踩得东倒西歪。没两年，这竹园就变得稀疏了。

纸扎匠看篾匠一天里有相当长的时间都在竹园里看着儿子，就跟他说："这家里的筛子、箩筐都破得不像样子了，你天天在竹园子里，闲也闲着，不如学着做。家里篾刀、锯子 、刮刀都是现成的。"

篾匠人聪明，手又巧，到外村篾匠家里看过几次，回来试一试，劈竹子，剖黄篾、青篾，倒也不费劲。最好弄的是竹篮，粗粗大大的，不讲究。接着就是篓子、簸箕、竹匾，也用不着多细致，弄弄就会了。纸扎匠一看，他还有这手艺，欢喜得很，又让他做竹榻、靠椅和躺椅。反正竹园里有的是竹子。篾匠找来旧的，东看西看，拆拆弄弄，真摸索着做了出来。过了一年多，篾匠竟打出一条带花的凉竹席。申村人总算有了自己的篾匠。再也用不着到外村去请了。

第一个请篾匠的是五寿太太。呆子五寿死了，五寿太太成了寡妇。有人想来抢了她去做老婆。没抢成，反倒被五寿太太打了。五寿太太要把家里的竹席换一换，除除晦气。

自从五寿太太请过篾匠之后，请他的人便多了。篾匠辞了纸扎匠，专心去做他的篾匠。纸扎匠无可奈何，只是在篾匠走了之后，站在自家竹园的门口，整整骂了半天。

1955 年，申村成立初级农业合作社。篾匠家里穷，本来就没什么田地，立即入了社，被安排到猪舍养猪养牛。偶尔也让他做做竹篮子、长短的竹匾。养猪养牛一个人忙不过来，队长就让纸扎匠的儿媳芹秀做他的帮手。纸扎匠的儿子，那个篾匠从小看护的孩子，长大了，结婚了，死了。芹秀成了年轻的寡妇。

到猪舍才一年，年纪轻轻的芹秀又死了。就在芹秀死的这一年，老牛生了一头小黄牛。接着就是公社化的 1958 年。到这年年底，就闹了饥荒。猪舍的猪太耗粮，杀了。牛呢，不能不养，重活计要靠它。不过也养不了几头，就只留下小黄牛。

小黄牛长得快，没几年，就派上了大用场。拉磨、拉车、耕田，样样行。黄牛似乎通人性，篾匠的话都懂。要它做什么，篾匠跟它一说，它就颠颠地往前跑。篾匠从来不让人碰它，连队长也不行。什么活儿，都得由他亲自驾驭。晚上呢，牛慢慢地吃草，篾匠就睡在旁边。只有听到它反刍的声音，他才睡得香。

有人跟他开玩笑："篾匠，认它做干儿子吧。"

篾匠就笑骂："死人滚（滚一边去），你不及它一根毛。"

篾匠的老婆死得早，就一个儿子，叫壬小，已经十多岁，正是长身体的时候，吃得多。1959 年，人人都在挨饿。壬小又不是省事的人，饿了就来缠着篾匠："爸，我饿。"篾匠也没法，只能尽量把自己的饭食省给他。他还是喊饿。有次壬小又过来。篾匠正忙，就让他把青草剁碎，拿糠拌一拌，喂牛。壬小弄好了，把桶放在黄牛的面前，黄牛吃了几口，又抬起头来哞哞叫。篾匠一听黄牛的叫，跑过来，一拍手："嗨，忘了加饼了。这蠢材，嘴刁得很呢。"篾匠拿来一块豆饼，用刀一片片刨着。豆饼是黄豆榨过油剩下的豆渣，压得结实了，成了一块圆圆的大饼。喂猪喂牛，是上好的饲料。篾匠把一捧碎了的豆饼倒在牛的食桶里，让壬小拌一拌。或许是饿急了，壬小从桶里抓了一块豆饼就放在嘴里嚼。

靠偷吃黄牛的豆饼，壬小不再哭闹，个头虽没什么变化，身子倒渐渐壮实了。篾匠心里过意不去，只好没日没夜地铲来新鲜的草料，更加精细地喂牛。牛一天的活计结束了，篾匠就拿了刷子，给它浑身上下刷洗一遍，不让毛打结，或者沾一身泥巴。这黄牛，每天都漂漂亮亮。

1980 年，申村实行家庭联产承包责任制。田地按人头分，生产队里的农具、房屋都分掉。这一年，黄牛二十四岁，已经是一头老牛。队长的意思是宰掉，每家分点肉。篾匠说什么都不肯。一个六十多岁的老人，天天到队长家抹眼泪。队长自己的官儿就要撤掉，也不想再多事，就说，你自己做工作，如果大家都答应不杀，就不杀。篾匠就挨家挨户去求情。

"这牛跟了我二十多年，不能杀啊。你们也就少吃一口肉，不算看我的情分，留它一条命，也是积德。"

有人就说，不杀可以，你买了去，不能说这么大一头牛，就白白给你。

篾匠哪来这么多钱，思来想去，就跟队长去说："牛归我，队里分什么东西我都不要。你说这牛值多少钱，我每年卖了粮再还，一年还不清两年，两年还不清三年。"队长一想，这也是个办法。

没想到，篾匠的儿子壬小听到这话，回家把篾匠一顿臭骂。一头老牛，活儿干不了，哪天说死就死了。要它回来做什么？还要每年还钱。壬小死活不答应。

篾匠骂道："你个畜生，不是它，你早死了。"

壬小恼羞成怒："要牛，你就自己跟牛过去。"

篾匠听出来，壬小这是要跟他分家。因为壬小从小没娘，篾匠溺爱过度，现在好，自己老了，壬小成了忤逆儿子。

村里人听说了，纷纷来劝和。壬小低着头，一言不发。壬小的老婆倒拍手顿脚地直跳："老糊涂了。家里什么好东西，只要他看到，就拿去喂牛。他对自家的孙子也没这个心。你教他说说，这么多年，有没有给孙子买个甜嘴什么的。"

篾匠闷闷地说："我有一分钱都给你们，说这些做什么。"

篾匠跟壬小还是分了家。篾匠仍旧住在猪舍。猪舍大部分的房子拆了，留了两间。两间也够了，一间养牛，一间篾匠住。独自一个人过，反而快活。

田分到一家一户，小活儿都能自己做，地怎么办？还是要耕啊。家家又来请篾匠。篾匠扛了犁，驾了牛，二话不说就下地。地耕过了，到晚上，人家就把篾匠请回去吃饭："篾匠，这牛啊就归你。该我家的这一份呢，不要了。你还的时候，少还一份。”

申村人家大多是仁义的，一家带头，其余的也就跟着这么做了。哪家真会这么较真呢？再说了，篾匠现在一个孤零的老人，向他要钱，这话怎么说得出口？

壬小家的地要耕了，就让儿子来找篾匠：“爷爷，帮我家耕个田啊。”

篾匠说：“你回去吧。”

第二天一早，篾匠就把壬小家的地耕好了。壬小又让儿子来喊他：“爷爷，晚上到我家来吃饭吧。”

“晚上有人请了。”篾匠不去。

篾匠现在有了许多的空闲，又操起放下多年的手艺。从他门口经过，总看到篾匠坐在一张竹椅子上削削刮刮，编编织织。老牛就卧在旁边呆呆地看，嘴里不住地磨叽磨叽，嚼个没停。篾匠家的四壁上，挂着各样的竹器，有筛子，有箩，有竹匾，有捞馄饨的笊篱，还有像手一样可以抓痒的“不求人”。到赶集的时候，他就背些去卖。篾匠的竹器卖得快，不到散集，就卖完了。他呢，给孙子买一块烧饼。烧饼是夹馅的。有芝麻糖的，有豆沙的，有萝卜丝的。萝卜丝的最好吃，里面和着肉丁和虾籽。

每次有集市的这天下午，他的孙子就会来猪舍里玩。篾匠从小篮子里拿出一个油纸包，打开，是一只烧饼。篾匠每次都要先掰下一小块，然后才递给孙子。这一小块他不吃，是塞到旁边老牛的嘴里。看孙子和牛吃得快活，他就笑，一笑，满脸都是皱纹，一口牙七零八落。

也就两年，是个年三十，篾匠一家一家走过来。每户几十块，多少不等。这是他卖篾器的钱。他早就算好了，黄牛多少钱，各家该得多少。连壬小都给了。毕竟分了家，算是两户。各家都推辞：“不是说好的，不要的么？这样子，叫我们怎么好做人。”话虽这么说，送到手的钱，还不是个小数目，收也就收着了。最不高兴的是壬小和他老婆。没想到老头子攒了这么多钱。壬小老婆说：“攒了给孙子不好？白白送人家。哪家又会说你个好？越老越呆。”想了想，又说：“壬小，你老子能挣钱，比你还强啊。我看，合家算了。把他请回来，还一起过。”

篾匠来找我爷爷。他们是老哥儿们。

“木匠，壬小又来找我，跟我合家。你说合还是不合呢？”

“旁人怎么说？只有劝合的，没有劝分的。这事别人不好拿主张。”

“你个老不死，跟我还说这样的话。”

“合吧。到老了，有个三长两短，你一个人躺倒了，水都喝不到一口。养儿子做什么？还不是养老送终。合吧。”

篾匠就高兴了。

篾匠牵了牛，搬回儿子家住。正好有人家新娶了媳妇，要分田。队里就把猪舍的草屋推倒了，把地一耕，分给了新媳妇。

日子就这样平静地过着吧，过了七八年，什么事都没有。只是人老了，牛更老了。老牛什么活儿都不做了，整天吃吃草，晒晒太阳，无所事事。篾匠平日里就做篾器消磨时间，还是每个集市都赶。有一回，散集了，回来的路上，身后面突然冲出来一辆摩托车，车把儿一刮篾匠，篾匠就倒了。摩托车停也没停，跑了。篾匠倒在地上就不能动了。有人喊来壬小，七手八脚送到医院。一拍片子，断了两根肋骨。

壬小和老婆起先还管的，送饭，擦擦洗洗。篾匠毕竟是老了，受了这样的伤，人整个就不行了。几个月下来，还是不能下床，人越来越瘦。拖的时间一长，壬小就烦了。老婆说："一时半会死不掉。你老子，你管。不能让我一个女人，给他洗身子。"壬小过几天擦洗一回，然后再四处抱怨。

有个老光棍，平日就好说胡话，一张桌上打麻将，听壬小抱怨得烦，就信口说："脏还不好办！不给他吃，自然就不脏了。"

过了两天，有人从篾匠屋门口走，听到他喊饿，就问壬小。壬小说："他现在是糊涂了。不要听他的，才送饭他吃过。你看，碗还在这里。"

老牛在外面，听到篾匠的喊，也哞哞叫。又有人来问壬小。壬小就恼了。当天晚上，在门口大骂："老头糊涂了，你们倒说我不孝。我辛辛苦苦，还落这样的话柄。哪个再嚼舌头根子，我就告他造谣。"

又过了十来天，篾匠死了。

丧事办完，壬小喊来一个买牛的。这人看看牙口，在牛腰胯上捏两把，摇摇头，不肯要："太老了，杀不了几斤肉，肉又老，卖也卖不出价钱。"壬小跟他讨价还价，恨不得立时把手里的缰绳递到那宰牛人的手里。正说话间，老黄牛猛然顶起壬小，头一扬，把壬小摔到地上，又冲过来，要用头上的角抵他。还好宰牛人手快，一把抓住缰绳，拼命拖到旁边，牢牢绑住。

壬小被送去医院。一查，伤了肺。医生说，即便出院了，重活儿也不能做，好好养着吧。

壬小在医院住着，壬小老婆哭着回了家，拿把刀就要杀老牛。被邻居拉着，好劝歹劝，拖回屋里。

整个这一出闹剧，我爷爷都在现场。爷爷八十岁，父亲这几天正跟他商量过生日的事。当天晚上，他把父亲喊过来。

"人做不了的事，牛做了。这是头有德的牛。有德的牛不能杀。"

"壬小家的事，不好管啊。你也知道，他家两个人，蛮得很。"

"不管也要管。我这周年不过了。把钱省下来，你把这牛买回来。我们家养。"死人才过"周年"，把"生日"说成"周年"，是爷爷的气话。

爷爷的脾气父亲是知道的。父亲不同他争执，也不能争。这时候争了，谁知道老人会怎么想呢。

凭父亲，牛也买不起。思前想后，只得去找村里几个有头有脸的人商量。

第二天一早，壬小的老婆请人来捆老牛。哪个肯来？没办法，她自己动手，捆得乱七八糟，牛还是站着。毕竟是头牛，她也不敢动刀下手。上门去请杀猪匠，杀猪匠不来。

到中午，来了个陌生人，开了个价，说不上多，也值这牛的钱。壬小的老婆收了钱，让他自己把牛牵走。牛都上路了，她还追出来，一竹竿抽在牛的屁股上，牛往前一蹿。那买牛的人骂道："死泼妇。"

过了两天，父亲用自行车带爷爷去了西边很远的一个村。送他来看老牛。养老牛的这户人家，夫妻两个，五十多岁，都是忠厚老实人。儿子出去打工了，家里条件算不错。男的以前养过牛，会养，也喜欢。牛是申村人托他去买的。

那天晚上，申村有几十户人家凑了钱。

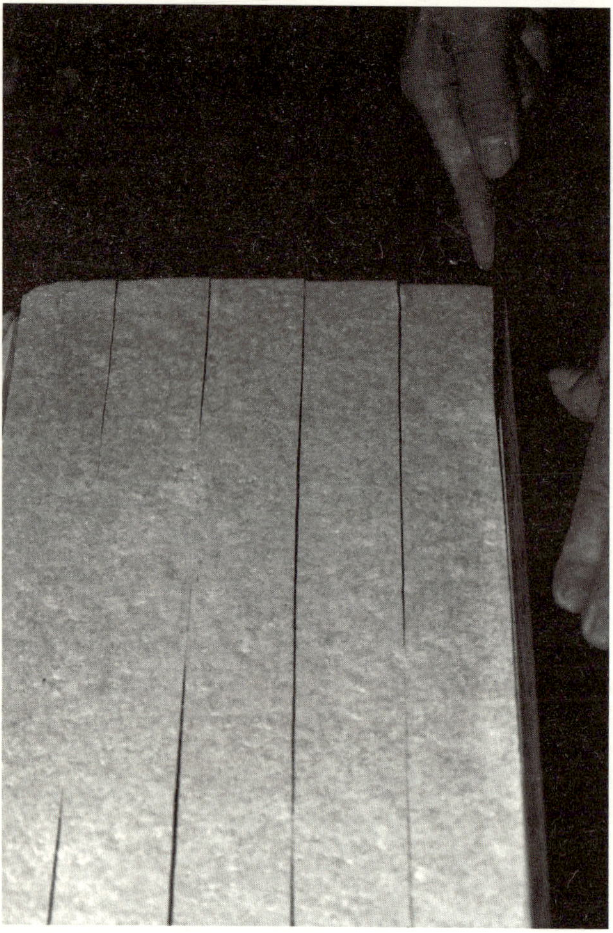

豆腐匠

豆腐匠
是申村最要面子、
最重礼仪的。

我在餐桌上的
第一个隆重的礼节、
便是由他所教。

豆腐匠

豆腐匠是申村最要面子、最重礼仪的。我在餐桌上的第一个隆重的礼节，便是由他所教。

那时我才六岁，村里有人过大寿，照规矩，每家去一个人吃饭。当天吃三顿，第二天还有早饭和午饭。总共要吃五顿。其中一顿让我一个人去了。大概是大人有事，忙不过来。和我坐在一起的就是豆腐匠。

大人们吃饭很麻烦，敬来敬去，一顿饭要吃半天。我吃得快，吃完了，把筷子朝桌上一放，抬腿就往门外钻。我要去玩。豆腐匠喊住我："大鱼儿，回来，不要跑。"

"怎么啦？"看豆腐匠一脸严肃，我不知道出了什么事，讪讪地又坐回座位。

"吃好饭，不能把筷子一扔。要这样，两根筷子并拢，两只手托住，方头的朝外，对着人，从我开始，转一圈。转的时候要说，慢用，慢用。转好了，筷子要横放在碗上，不能竖放。表明你吃好了，在等别人。大人没走，你不能走。大人站起来走了，你再把筷子拿下来，放在桌上。这是规矩。规矩不懂，是不能上桌子的。”

听豆腐匠这么说，满桌子的人都在点头：小孩子从小就得上规矩，这是礼教。懂礼教，才算成人。

看大家都这么郑重其事，我吓得立时就把筷子捡起来，横放在碗上，然后好好坐着，听他们说我听不懂的话，直到散席。豆腐匠是个严肃方正之人，从来都是不苟言笑。别的村子里卖豆腐的我也见过，老远就在喊：“豆腐噢——”他从来不喊。他就慢悠悠地骑辆二八式的“永久”自行车，后座两边各挂一只大木桶。骑一会儿，他把自行车的铃铛响两下。响铃也是不急不忙的。不过人们一听到这铃声，也知道是豆腐匠来了。

我经常到豆腐匠家里去。他的儿子“桶头”是我的好朋友。只是因为怕豆腐匠凶我，不敢进他的家门，只在远处拿两块石头敲几声。“桶头”听到声响，就会溜出来。

大概上小学二年级的时候，我和“桶头”曾经打死过一条长蛇，白色的。听说蛇肉好吃，我们没吃过。两个人就把蛇拎到野地里，捡来树枝，生了火，用木棍挑着烤。树枝没干透，烟大。引来了猪舍上的饲养员篾匠。篾匠一看，大惊失色，把蛇抢过来扔在边上，几脚踩熄了我们好不容易生起的火堆，一阵咆哮。我和“桶头”跑掉了。而我的父亲和“桶头”的父亲——那位刻板的豆腐匠，竟然专程来看我们留下的现场。豆腐匠说：“我家‘桶头’是个惹祸精。肯定是他起的头。”父亲说：“你不要替大鱼儿遮掩，我还不知道他？哪件坏事没他的份？三天不打，上房揭瓦。”两个人，争相指责自己的儿子，表明他们不是护短的人。只有这样，才有面子。有面子，在人面前才能抬得起头来。结果是，我们各挨一顿暴打。

因为吃蛇的事，大人们对我俩有个说法，叫“没魂的憃头”，意思类似“胆大的蠢货”。豆腐匠交代“桶头”：不许再跟大鱼儿那个憃头玩。的确，吃蛇这件事我是主谋，“桶头”只是给我打下手。

如此这般种种原因吧，我不喜欢这个板正的豆腐匠。不喜欢也没用，到过年的时候，还得去请他帮忙。不只是我请他，村子里家家都要请他。

大年三十，桌上要摆三样菜。我从小过年都是这样。一盘青菜豆腐，一盘大肉骨头，一盘鱼。鱼是不能吃的，做做样子，表示“年年有余”，动也不能动，吃过饭就要收起来，等年初二，有亲戚来拜年，才拿出来吃。肉骨头一人一大块。吃完了，不能露出馋样。本来就是先挑了大的给我们孩子的，如果眼睛再盯着看，母亲、父亲甚至爷爷就会推让出自己的一块，那样就不好了。

这三样菜里，唯有豆腐可以尽管吃。吃完还有。豆腐是自家做的，做得多，一做就是一大桶。先一天，就要用水泡好黄豆。要等“桶头”来喊：“大鱼儿，到你家了。”母亲便和我抬了一木桶泡好的黄豆往他家去。

豆腐匠家有两间房都放着做豆腐的家伙。

先是磨豆浆。一瓢一瓢地把豆子灌到磨眼里。我和妈妈拿根木杠子推磨。“慢点，慢点，不要跑那么快。有得你跑呢。”豆腐匠松开磨子顶上皮囊的口子，一边让水往下滴，一边朝我喊。

推完磨，我已经累得不能动了，下面是豆腐匠的活儿。两根木棍，平平地摆成十字形，用铁环穿着，吊在屋梁上。一匹四方的厚纱布，四角绑在两根木棍的四端，做成一个兜子。豆浆就倒在这兜子里。豆腐匠操纵着两根木棍扭来扭去，白色的豆浆先是快，后是慢，流到下面的陶缸之中。最后留在兜里的就是豆渣。圆圆的，一整块。这豆渣不能扔，留下来，放上盐煮一煮，可以当喝粥时的咸食。

缸里的豆浆，要舀到大锅里去。一般来说，一家也就是一锅，那可是一口真正的大锅。烧豆浆的柴火要从自己家里带，掌火的是豆腐匠的老婆。等豆浆烧好了，又要放到一个大缸里，由豆腐匠点卤。

点卤是最重要的。这一锅的豆腐好不好，就全看这一环了。豆腐匠左手拿瓢，里面盛着卤水，右手拿一支长柄的木勺。一边搅着豆浆，一边滴卤水。搅动有快有慢，慢慢地，缸里的豆浆凝固了，成了豆花，并且能看到黄黄的清水了。

“好啦！”豆腐匠喊。

豆浆缸的旁边是一张四方的台子，台子四周有边沿。最里面的边子上开了一个木槽，斜着下去，对着一只木桶。

妈妈和豆腐匠的老婆扯着一块极大的粗纱布，平平地放在这台子上，一人一只角，抓在手上不放。豆腐匠一勺一勺把豆花舀到这纱布上，等全部舀上去了，把纱布的四角拎起来，打个结，做成一个包袱。再在上面盖一只既厚且重的木盖。木盖上面再放上石头。石头放好了，你就不要理它了。这时候，就听到水从那木槽里往水桶里淌的声音。水是黄的。要等这水完全不淌了，才算好。

移开石头，打开木盖，解开包袱，里面是一块巨大的豆腐。豆腐匠拔出刀来。刀是特制的。横一刀，竖一刀，豆腐匠像在画一张棋盘，画好了，就是一块一块的豆腐。豆腐当时就可以拿出来，放在盛着清水的木桶中。这一木桶的豆腐，要吃到元宵节。我是迫不及待的，当晚回家，就拿出一块，放在碗里，浇上酱油，用筷子夹一块，放到嘴里，吃完了，再夹一块。

过年前的几天，豆腐匠就忙着给申村的每一家做豆腐。做豆腐完全是义务帮忙。申村的人们呢，会在未来的一年里，随便哪一天，趁豆腐匠哪天空闲了，请他来家吃一顿。这一顿要专门请他，他坐主席。其他的人，村长或者有名望的长者，或者别的什么特别之人，只能坐次席作陪。这是豆腐匠最有面子的时候，平时不喝酒的他，只有这时才喝上两杯。就两杯，不贪，不醉。

豆腐匠不喝酒，抽烟。烟斗是特制的，又长又粗。烟锅是铜的，嘴子也是铜的，只有中间的烟管是竹子的，湘妃竹。这烟斗有一米长。不知道要这么长做什么。或许是因为拿在手里气派吧。豆腐匠点烟也很有意思。用一根晒干的麻秆，这麻秆乡下多的是，哪里都可以随手扯一根。家家种麻、绩麻、纺麻、织麻布。夏天的衣服都是麻布做的，叫夏衣。伸了这麻秆，到油灯上，或者灶膛里点上火，麻秆拿出来，把明火吹熄，麻秆就一直亮着。一根麻秆能用半个小时。烟叶子也是自家地里种的。抽起来香，有劲。讲究的人，会用一小张白纸卷了烟叶子，夹在手上抽。豆腐匠就装在一个灰布的荷包里。要的时候，从里面捏一小团出来，正好装一烟锅。长长的烟斗衔在嘴上，伸手用麻秆点着，一吸，烟先是从鼻子里冒出来，然后移开烟嘴，仰起头，对着虚空，长长吐一口。这时候，烟雾在头顶弥漫开来，豆腐匠的脸上露出满足的笑。吸上两口，烟叶子烧成了烟灰，他对着烟嘴“噗”地猛吹一声，烟灰就弹起来，划一个弧线，掉到地上。如果他不吹，而是翘起一只脚，把烟锅在鞋底上一磕。这表明他完全吸好了，要开始做正事。磕掉烟灰，他就顺手把烟斗插在腰里。

“桶头”曾经把豆腐匠的烟斗偷出来过。豆腐匠正忙着做豆腐。我和“桶头”躲在铁匠屋后抽着玩。这时候我跟“桶头”都上初中了，越发要好，也更加调皮。烟叶子好弄，铁匠就有，晒在屋顶上的小竹匾里。我们不会用麻秆点，用的是我从家里的灶上偷的火柴。装上烟叶子，“桶头”吸的时候，我给他点。我吸的时候，他给我点。两个人呛得不住地咳，眼泪直淌，然后快活地傻笑。烟叶子没有完全烧成灰，就磕出来，掉在旁边的草堆上，草堆烧起来。我和“桶头”拔腿就跑。这一切都被站在不远处的哑巴看在眼里。草堆一起火，他就从家里拎了一只铜脸盆死命地敲。全村人都被惊动了，扛着扫帚、拎着水桶全扑过来。火势没有蔓延，只是把铁匠家的那个不大的草堆烧掉了。

“桶头”被豆腐匠用绳子吊起来打个半死。这是我后来才听说的。因为当时我也正被父亲绑着双手吊在屋梁上。父亲才拿麻绳抽了我两下，就被爷爷喊过来的铁匠、篾匠拉住。打孩子的时候，自家人是不能阻止的。要外人。铁匠、篾匠都是父亲的长辈，一个把父亲拉开，一个解开绳子，把我放下来。

“又不是杀人的强盗。你想打死他啊。”铁匠呵斥着我的父亲。

一顿毒打免了，父亲饿了我一天。只是从这件事之后，“桶头”不再跟我玩了。很快，两人初中毕业。我去外地上高中，“桶头”被豆腐匠送到无锡的一个厂里做电焊工。

就在我忙着高考的那一年，“桶头”死了。“桶头”跟我同龄，死的时候才十八岁。据说是锅炉爆炸。豆腐匠赶过去，厂里说，这锅炉不该“桶头”管，他自己摸着玩，弄炸了。一分钱赔偿也没有，算是白死。

从无锡回来，到申村的时候，已经是后半夜。就在村口的路边上，有个火亮着，应该是谁扔下不久的烟头。豆腐匠走得很累，从腰间抽出长烟斗，装上烟叶子，俯了身，把烟锅就着那火去对火。吸了几口，就是点不着。豆腐匠怒了，使劲拿烟锅对着那火一砸：“打你个作死的！”

那火噌的一下，飞出去一里远，没了。原来是鬼火。

回家后的第二天，豆腐匠就病倒了。不知道什么病，他也不肯去治。病了两个月，死了。“桶头”的骨灰盒被人从无锡送了回来。父子二人，合葬在他们家屋后的西北角。

那是一盏
八角的走马灯。
框架是梨花木，
雕着各式的兵器，
灯罩是透亮的防风纸。
灯里面是几个
骑马的小人。

扎灯匠

外公的家孤悬在村外的一个垛子上。门朝东，对着一条南北大路。这是很奇特的。乡下房屋几乎都朝南。其中缘由，我不十分清楚。外婆去世得早，三个舅舅各自成家立业，并不跟外公住在一起。我只是在过年的时候去外公家住几天。那是他最忙，也是我觉得最好玩的一段时日。他在给元宵节扎花灯。

大年初二，我和弟弟拎了两包茶食——一包京果，一包桃酥，去给外公拜年。从我家到外公家有二十多里，我跟弟弟走一路玩一路，并不觉得远。京果的香味一阵一阵地飘。我说，我们一人吃一颗吧，也看不出来。弟弟当然附和。一颗，两颗，三颗，不知不觉吃了半纸袋。拿半袋拜年是不像样子的。不过照规矩，外公会还一包给我们。索性吃掉了，就让外公别还了。于是全吃了。

外公的牙全掉了，嘴扁扁的，笑起来很不好看，可是看着慈祥。看我们只拎了一袋桃酥来拜年，他只是扁着嘴笑笑，立即一人塞一只兔儿灯让我们去玩。

外公的屋是三间茅草屋。左边一间是他的卧室，中间是客厅，右边是他的工作间。屋子的外面，又搭了一个小棚，做厨房。房屋的四周全是树，桑树、柿树、银杏树、桃树、枣树。一到夏天，整个房子都被绿荫淹没了。因为四周是旷野，他养的鸡、羊跑得到处都是。没人看，没人管。看守它们的是一只小黄狗。小黄狗自己贪玩，并不认真。

外公的工作间里全是各式的纸、竹篾和灯笼。他对我和弟弟特别宠爱，什么灯都可以任我们去玩，玩坏了也没关系。只有一盏除外。那是一盏八角的走马灯。框架是梨花木，雕着各式的兵器，灯罩是透亮的防风纸。灯里面是几个骑马的小人。其中一人画着黑白的花脸，说是项羽。灯的底座上刻着“十面埋伏”四个字。这灯终日挂在屋梁上，谁也碰不得。只有到三月十六日东岳大帝的庙会，才摘下来，挂到东岳庙里的神像前。点起蜡烛，灯里的人儿转起来，外面看，就像有无数的兵马在追赶着项羽。全乡就这盏灯最耀眼。它是外公的杰作。每年到东岳庙会，我都会跟所有小朋友说，看看看，会跑的灯，是我外公扎的。

从二十多岁起，外公扎灯已经四十年，到六十五岁这一年，他忽然歇手不做了。他改行“拉瞎子”。

“拉瞎子”算什么行当呢？什么也不是。瞎子不知道从什么地方钻出来的。忽然就出现了。右手拎着一面小铜锣，走几步，当的一声敲一下。左手握着一根长长的竹竿，由人在前面牵着。牵着这竹竿的就是我的外公。

瞎子走村串户，敲着铜锣找人算命。外公向所有熟识的人引荐这可厌的瞎子。四乡八邻，谁不认识老实巴交的扎灯匠呢？他们会尽量照顾这瞎子的生意。

我上小学，正是很要体面的年龄。瞎子的铃声经常会从学校外面响过。那是四村交合的要道。

“那不是你外公吗？拉瞎子啊。”

“瞎子专门骗人的钱。”

“拉瞎子，拉瞎子，拉瞎子。”他们看到我就这样朝我喊。

因为这个，我跟同学打了好几回架。我越是恼羞成怒，越成同学嘲笑的话柄。发生任何的冲突，他们就用“拉瞎子”这几个字来刺激我，骂我。

几乎每个星期都能撞到拉着瞎子的外公。外公看到我，老远就喊我：“大鱼儿。”我装着没听到，飞一般躲得远远的。可是外公每次看到我，还是喊。

我跟妈妈抱怨：“妈，外公不是扎花灯的么？好好的拉什么瞎子呢，多难看啊。瞎子专门骗人钱。”

“不要听他们瞎说。哪个相信哪个请。愿打愿挨，什么骗不骗。你倒想想看，瞎子不算命能做什么？”

“瞎子归瞎子算命，外公拉他做什么。丢人巴拉的。”

妈妈把手里正打着菜秸的连枷一停：“打猪草去！”

我最后一次给外公拜年是上初三的时候。外公还住在那个破旧的茅草屋里。我已经长大了，自行车骑得飞快。外公听到声响从屋里迎出来，我喊了他一声，从车把上拎了茶食放到堂屋的桌上。因为过年，外公把家里家外收拾得干干净净。屋梁上挂着一块好大的猪肉。差点碰到我的头。

我没有坐，也不想坐。“外公，家里还有事，我回去了。”

“这做什么？哪有拜年这个样子的。至少吃了中饭回去。你看，肉这么多，鱼也有。”

“你不要忙了，真有事。”

外公跟我又争了几句，看我真要走了，让我等等，嘴里念念叨叨进屋了。出来时，他塞给我两元钱。这是压岁钱。压岁钱是不能推辞的。两元钱对于外公和我，都是极大的数目。以往，他给我的压岁钱只有五角。

我走了，骑了车，飞一般离去。到外面的大路上，回过头，外公还站在茅屋的门口，朝我望着。

“下回来！”他朝我喊。

这是我最后一次见到外公。我去了外地上高中，不常回来。过年时，我也不愿意去拜年，让弟弟去。已经长大了的我，听到了外公一段可耻的经历。

外公是个逃兵。

我有个高中同学是外公村子的。起先我们要好过，后来不知道为什么闹翻了。他就跟别人说，申赋渔的外公是个逃兵。

父亲早知道这些，可要不是我问他，他也许永远不会告诉我。我对打仗的故事是特别有兴趣的。那时候的小孩子都这样，都希望长大了去打仗。申村一带是新四军的根据地，我常常会听到他们的故事。据说粟裕司令还在我们村住过。

“外公当过新四军？”那时我还小，夏天在院子里纳凉，父亲握着一把蒲扇正眉飞色舞地给一院子的人“说书”。并不是真正“说书”，有真有假。人们愿意听。听得高兴。

我这样一问，父亲狠狠瞪我一眼：“睡去。”一晚的热闹，就这样不欢而散了。

之后我再也没问过。

等同学这一说，我才知道另有隐情。我上了高中，已经长大了，可以问了。从学校回来，我问了父亲。

1940 年，在村干部的动员下，外公参加了新四军。到 10 月，发生了黄桥战役。对手是韩德勤的部队。台儿庄会战时，这支部队在苏北跟日本人是打过几次硬仗的。立过功，据说还受到蒋介石的表扬。大家都知道不好惹。幸好粟裕指挥得好，又身先士卒，仗打了三天，赢了。可是外公却吓破了胆。10 月 7 号的夜里，黄桥决战胜利的第二天，外公扔了枪，从营地偷跑了。

离宿营地不远，外公就被哨兵发现了。哨兵突然从一棵树的后面钻出来，拿枪指着外公。两人只相隔十几米。外公僵直地站着。他们是一个班的战友。两人相持了有一分多钟，那哨兵收起枪，让他走了。

外公一口气跑回家。并不敢在家住着，怕被人发现了，要绑起来送到部队。苏北现在完全在共产党的控制之下了。

外公在远离村子的一个高垛子上搭了一个小茅棚。垛子的东边是进出村子唯一的一条南北路。从小茅棚可以看到这路的尽头，无论什么人进村，远远就能看到。垛子的后面就是广阔的田野。田野里沟渠纵横，钻进去，立即可以消失。这可能是外公从部队里学到的唯一有用的东西。

没有人来抓外公。外公就在这垛子上住着了。先是扩建了茅屋，然后成家立业。所谓立业，就是扎花灯。

这样的外公，一个逃兵，不用说拉瞎子，再稀奇古怪的事也做得出。我是不想再见他了。从这之后，过年我也不肯去拜年，由弟弟去。外公呢，再也没拉瞎子来我们村子。他或许已经知道了，我们会觉得这很丢人。

高中毕业后，我去无锡打工，后来又去了广州、珠海、北京和南京。等我流浪回来，外公已经不在了。

妈妈跟我说，外公不在了。病倒在床的时候，舅舅们要接他去村子里，他不肯。母亲和父亲要接他来申村，他也不肯。只好大家轮流跑过去照应他。还有那个瞎子，也在那里，每天陪着。

“就他拉的那个瞎子？”

“嗯，就那个瞎子。跟他是战友。”

“什么战友？外公不是就当了几个月兵就逃回来了么？”

“就那几个月当兵认识的。他逃回来的时候，多亏这个瞎子。那时候他不瞎，他当时站岗，是哨兵。他放了你外公。不是他，你外公怕早就被打死了。”

“瞎子也当过新四军？”

“是新四军，后来打仗眼睛被炸瞎了。”

外公在六十五岁的时候才遇到这个瞎子。外公是八十一岁去世的，拉瞎子整整十六年。

在外公的葬礼之后，妈妈请瞎子给我算算。我已经在外面许多年，在哪里？过得怎样？妈妈一无所知。瞎子掰掰手指头：“放心姑娘，不久就有音信了。”

瞎子说这话的第三天，妈妈收到了我的信。信是从珠海寄的，我在信里说，我找到了一份工作，一切都好。

我原先在佛山黄岐镇的一家家具厂做搬运工，觉得没前途，又跑到珠海。写信的时候，我刚刚在珠海的国际贸易展览中心找到一份维修电脑的工作。

瞎子最后一次给人算命，可能就是给我算的这一次。妈妈在收到我的信之后，特意给瞎子送了五块钱，作为谢仪。瞎子收了钱，说他不再出去了。

“我就在家，等死。”

就在外公去世的这年冬天，瞎子也死了。

木匠

在我家客厅的墙壁上，
挂着一把大锯。
有时在半夜，
它会发出铮的一声，
声音很大，就像锯条要断了。

大家知道，有人去世了，
这是亡灵来报信，
要请爷爷去做棺材。
爷爷是方圆百里手艺最好的木匠。

木匠

在我家客厅的墙壁上，挂着一把大锯。有时在半夜，它会发出铮的一声，声音很大，就像锯条要断了。一家人立即被惊醒，赶紧起床。大家知道，有人去世了，这是亡灵来报信，要请爷爷去做棺材。

爷爷是方圆百里手艺最好的木匠。

爷爷去世已经十多年了，他一百岁的时候，照老家的规矩，我们都要回去给他庆冥寿。

爷爷的墓清明节刚刚修葺过，虽然已经长了细长的青草，也还能看出很是齐整。

从墓地回来，我到屋顶的阁楼上找到爷爷那张传奇的大锯。大锯有两米长，锯片已经锈迹斑斑，木柄是柘木的，抹去灰尘，乌黑油亮，透出被辛劳的岁月磨得光滑了的品质。用手指轻轻弹了弹锯片，发出清脆的嗡的一声，像是对这突然造访的亲切回应。嗡嗡声没有立即消失，而是朝窗外远远地飞去，使得阳光下的轻尘在这嗡嗡声中不住地颤动。

自从爷爷去世之后，这大锯就在这里积了十多年的灰尘。甚至已经没有人会想起曾有过这样一位著名的木匠。

事实上，从 1958 年起，爷爷就不是木匠了，就没有做过一天的木匠活。其他的农活，他也不做。那一年，他才四十六岁。他就下定决心洗手不干了，从此做一个无所事事的人。1958 年，成立人民公社，所有的一切，都充公。田地、牲畜、家具，甚至屋周围长的银杏树，也要移植到公路的边上，属于所有人。现在老家门前的那棵银杏树，当时也被移了去。这棵银杏树还是爷爷学徒的时候，从主人家移过来的。也许是因为见证了一段年轻岁月，他对它一直呵护。每年过年，都要在它的树干上贴上一张“福”字，希望它有一天能长成参天大树。是的，现在它的树枝已经越过村里最高的屋脊，它的浓荫也足以庇护所有的家人。可是爷爷已经不在了。

1958 年的秋天，生产队派了两个人，带了绳子和锹，要来挖了这棵银杏树，栽到很远的公路边上。爷爷阻止了他们。他说，你们不会挖，你们会把它弄死。我来吧。我挖好了，陪你们去，我跟你们一起把它栽好。这棵银杏树，和邻居们屋前屋后的树一起，就这样站到了尘土飞扬的陌生的公路边上。1962 年，风潮过了，人们又纷纷赶到公路边上，把自家的树挖了回来。移过去的时候，树死了一大批，移回来的时候，又死了一批。爷爷也去了，把他的银杏树也移了回来。那时候，父亲已经十八岁，是他跟着爷爷去抬的。树出去了三年，瘦了一圈。之后，又花了三十年，它才重又变得茁壮。

公社化让爷爷失去了努力的方向。他辛苦挣得的一切，都不存在了，都跟他没有了关系。于是，他再也不肯参加集体劳动。村里的干部几次要派人用绳子来捆了他去做活，因为他曾经的木匠的名声，终于还是由了他。只是不分给他口粮，让他饿去。一家人每顿省一碗照得见影子的大麦粥给他。他只吃一碗，吃完了，就在墙角的小凳子上坐下来，找一块小木块，用小刀小凿刻“醉八仙”。这“醉八仙”的图样，是住在村西土地庙里的东溪给他的。东溪是他的好友，也是有名的雕匠。

我小的时候，还从他的工具箱里找到一个倒骑着毛驴招着手呵呵笑的张果老，当成宝贝藏着。我让爷爷再刻几个，本是有求必应的他却不理我。过了1958年，他就再也没刻过“醉八仙”。

爷爷曾经有过什么梦呢？我问过父亲。父亲也不知道。母亲说，他有什么梦，他就是懒，早饭都是坐在床上吃的。父亲说：“他不是懒，你们都没看过他干活的样子。他是能吃苦的。没日没夜地干。白天去人家做木工，晚上到地里干活。浑身有使不完的劲。他一个人，养活了我们一大家。你奶奶从嫁过来，就病恹恹的，做不了活。一家人，就是靠他。”

我不信。我认为奶奶是天底下最勤劳的人。我所看到的奶奶，每天给爷爷做饭烧菜，碗端给他，筷子都要递到他手上。要说是奶奶养活爷爷，我倒相信。

奶奶在我十岁的时候去世的。1980年。我站在屋前的银杏树的底下，人们用长长的竹匾抬了她回来。父亲跟在后面哭。奶奶被放在堂屋里的一张床上，我坐在她的旁边，看着她。她喘息着，说不出话。爷爷坐在她的脚旁边，焐着她冰冷的脚。慢慢地，她停止了呼吸。而爷爷还是一动不动，一直抱着她的脚，放在怀里焐。

三十年过去，只要想起奶奶，我就觉得温暖和幸福。奶奶总是在笑，一点不在意满嘴的牙全掉了。满脸的皱纹里都是笑意。她要我骂爷爷，骂他老糊涂。我就躲到桌子底下，骂爷爷——“老糊涂”。爷爷听了一点不在意。奶奶高兴得咯咯直笑。我和弟弟都护着奶奶，不帮爷爷，奶奶叫做什么就做什么。奶奶常常坐在太阳底下，拔下发髻上的一根银簪，放下花白的头发，用一把缺了好多齿的木梳慢慢地梳，一边跟我讲爷爷的事。我坐不住，听不长，听一会儿，就跑了，拔一根草，捅我们家茅屋土墙上的小洞，小洞里住着野蜂。奶奶就说：“小乖乖，不能捣了，再捣，房子就被你捣塌了。”

房子还是爷爷年轻时盖的。我们一家在泥土墙茅草顶的房子里住了四十年，到我十多岁了，父亲才翻盖成砖瓦的平房。然而爷爷盖这房子，也是不得了的事。那时，连房基地也没有，要用“袁大头”的银圆买。爷爷手艺好，周围的人家都来请他。他忙不过来，每天跟徒弟抬着这大锯来来去去。大锯一直挂在这堂屋的墙壁上。到我十八岁了，离家远行的时候，还挂着。

大锯是个极有意义的象征。那是爷爷一生最风光最得意的时候。他天天有活儿做，人人夸他的手艺好。可是为了做一个好木匠，爷爷却经受了一个令人难以想象的可怕历程。

爷爷十八岁的时候，北边村子上，一个好手艺的叫作正新的木匠看中他，要收他做徒弟。然而爷爷的父亲不肯。他的父亲叫万里，性格刚烈，沉默寡言。他说，宁去登工，不学木匠。登工就是去给有地的人家当长工。因为学做木匠，一学就是三年。三年，就是给师傅家当长工，什么活都得替他干。木匠活计繁复难学，不是聪明伶俐的人，根本学不了。即便是学会了，置办全套的木匠工具，也是一个沉重的负担。

原先，万里的家境还不至于贫寒到这个地步。就在爷爷出生的这一年，家里遭了一场大火，被烧得干干净净。1911 年的冬天，爷爷才几个月大，衣服都没来得及穿，万里用被子把他一裹，就冲了出来。这是一场人为的纵火事件。这个纵火的人，在某种意义上改变了我整个家族的命运。纵火者的那个家族，在一百年后的今天，依然留存着一种奇异的难以解释的因子。他的家族，连续出了三代呆子。一百年前，当他还在世的时候，一个道士就当面告知了这个预言。

对于我的曾祖父，那个抱着我的爷爷逃出火海名叫万里的人，我没有丝毫的记忆。他早在 1946 年就去世了。有印象的就是，每年的清明节，爷爷带我去他的坟墓上磕三个头。家里堂屋的一个叫家主的长案上，供着一块写着他名字的牌位。牌位是小小的木刻的墓碑，表示祖先的灵魂驻足于此。清明节、冬至节、过年，和他们的忌日，都得跪拜。如今，这案几上，除了万里的牌位，又增加了爷爷和奶奶的。奶奶的牌位比较复杂，是她去世后，爷爷特地为她做的。他在牌位的外面，加了一个雕刻着图案的木套。这个木套是手艺荒了几十年的爷爷最后的作品，它花费了木匠整整一个月的光阴。我每天放学回来，都看到他坐在门口，凿着，刻着。这时候，因为年轻时的过度使用，他的手已经有些发抖，胳膊也难抬动。

在奶奶刚去世的那段时间，我会每天盛好饭，摆在她的木牌前面，噙着泪，说：奶奶，吃饭啦。当碗上饭菜的热气被风吹向牌位时，我真觉得奶奶就在那里，慈祥地朝我笑着。奶奶去世的那年，我十岁。奶奶去世之后，再也没有人"护短"了。父亲可以任意鞭打他的儿子。也许正由于父亲之后的无所顾忌，少年的我，长大的我，一直思念着去世的曾经溺爱我的奶奶。

爷爷去世的时候，我已经二十三岁。我在珠海，被"莫须有"地关在看守所。出来的那天，接到弟弟的来信：爷爷走了。那天正是中秋节。我孤零零地一个人坐在海边，听着黑暗里的海水整夜地咆哮。

在他们去世了六七四十二天之后，便不再有人在他们的牌位面前，摆上碗筷，请他们回来吃饭了。时间越长，他们就离我们越远。现在，只有清明节，我偶尔会回到老家，去爷爷奶奶的坟上，除去杂草，添几锹新土，拖来在田野里乱跑的女儿，给他们磕头。在我小的时候，对清明节最深的记忆，就是一大早，爷爷扛了锹出门，去给他的父母、他的爷爷奶奶上坟。我跟着他，学他的样，对着修葺一新的坟堆磕头。

1929年，爷爷十八岁，终于还是当了正新木匠的徒弟。

爷爷当学徒是一段可怕的经历。他的师傅正新虽说手艺好，可是带不到徒。他脾气暴躁，人人都怕他。爷爷才跟他一个月，因为刨一块木头，刨子没有磨快，用力往前推的时候跳动了。正新顺手就把手里的一块木头砸了过来，砸在爷爷的手上，立时血流如注。爷爷跑回了家。正新新娶的女人性格贤惠，人也漂亮，几次过来劝说，爷爷又跟她回去。过了半年。这半年，少不了拳打脚踢。忽然又不知道什么事，惹得正新火起，他竟拎了手里的斧头，朝爷爷扔过来。爷爷避让不及，斧头擦过额头，立刻一头一脸的血。爷爷逃回家，哭着，说什么也不肯再去。然而，拜师时，纸上就写好，徒弟听任师傅打骂，打死不用偿命，必得做完三年。正新木匠找人来说话，承诺不会再打，爷爷万般无奈，又回去跟他。

才学了一年半，正新得了病，卧床一月，竟死了。爷爷回到家来，既舒了一口气，又十分失落。手艺没有学成，这一年半的苦算是白挨了。正新木匠不在了，正新女人拿了些他的工具送给爷爷。最是那张大锯，让爷爷高兴。直到他八十多岁了，不做木匠也已经三十年，每到过年的时候，他还要拿下来，用布擦干净，再让我裁一条红纸，他用毛笔写上“治木如神”四个字，贴在上面。

这张大锯是他最爱护的宝贝。他后来出门做活，无论去多远的人家，晚上，大锯是一定要带回来的。父亲说，大锯会显灵。大锯显灵是在爷爷如日中天的时候。

爷爷从正新家回来不久，北村的二木匠收他做徒。二木匠脾气好，却不怎么教他，让他跟在一位请来的帮手华师傅的后面。华师傅是一个奇人。识文断字，文质彬彬，不像一个木匠，可是手艺却又好得出奇。爷爷跟他后面学了不少绝活，还识了好些字。《三字经》《百家姓》，都是跟他学的。跟了华师傅两年半，有一天，华师傅突然不告而别。只有爷爷一个人知道，他是一个共产党。多年之后，爷爷曾尝试去投奔他。

爷爷手艺既已学成，便回家自立门户。时间不长，名头便闯了出来。接着就是成家立业。

奶奶是北新街人，本是大户人家的小姐，她的父亲好赌，家产被败光。她只好下嫁给了木匠爷爷。在我想来，奶奶年轻时一定是好看的。然而父亲说她年轻时就体弱多病，黄黄一张脸，只是在爷爷木匠活最红火的那阵子，身子才变得好些。到了 1958 年，没饭吃了，她把藏在地底下的一罐米挖出来，熬点米汤。米吃完了，又能变戏法般摘来树叶，挖到野菜。“不是她，家里就得有人饿死。”父亲说。奶奶想法照顾每个人，自己却饿出了病来。我记得，她常常坐在灶前的矮凳上，一只手捂着胃，一只手掀起褪了色的蓝围裙擦脸上的汗和眼里的泪。她从早上起床就围着这条破旧的围裙，一直到晚上睡觉，甚至过年也是这样。她为全家人做饭，她总能做出饭来。父亲说她是得胃癌死的：“送到医院，医生用手术刀划开一看，说不用看了，烂得像豆腐渣，抬回家吧。”

奶奶嫁过来的第二年，生了大伯庆林。爷爷做木工挣了钱，买了块宅基地，可是再也没钱盖房子了。只能把现在住的房子搬过来。搬房子并不难。先用木棒把房子的所有关节点支撑好，绑好，然后把土墙推翻了，只剩下屋架子与茅草的屋顶。爷爷的弟弟同元，拿了铜锣挨家挨户敲一遍，说："抬——房——子啰。"全村的男人们立即放下手里的活，赶过来。几十个人，在统一的号子声中抬起了房子，移到已经平整好的宅基地上。放好了，再在四周筑上厚厚的土墙。

打土墙要几天时间，请两三个人就行。要壮汉。先用两块木板夹住，在里面填上泥，泥是精选的。然后用长柄的榔头用力砸，直到把泥砸得结结实实了，再向上移木板，再填泥，再砸，够高度了，墙就好了。移过来的家，屋顶也要修。爷爷是木匠，修屋顶他是拿手的。屋梁不用动。梁是大木料，买不起。只能把破损了的椽子修补好。椽子上面盖的是芦席，芦席上面盖的是草。这样的屋子，麻雀是喜欢的。它们很方便地就在屋草里做了窝。由它去，没人管它们。

爷爷更努力了。几年下来，又在屋子的东面买了块土地，把屋子从两间加到四间。买地盖房，花的钱是可怕的。爷爷花去了没日没夜挣来的银圆，还搭上了地里几年的收成。然而新房落成后，他是满意的。他干劲十足。天不亮就出去，到天黑了，才回家。他的名声也是越来越响亮，成了方圆百里最好的木匠。

突然有一天，他每天挂在墙上的那把大锯发生了奇异之事。当时是深夜，静悄悄的，所有人都已入睡。墙壁上的大锯忽然铮铮几声响，像是有谁用手指敲过。全家人被这响声惊醒，以为有什么东西掉了。起床一看，什么也没有。时间不长，又是一声。

再起来看，还是什么也看不到。天亮了，有人来拍门，说昨晚有人死了，请爷爷去做棺材。

周围几个村庄里，爷爷做的棺材最好。爷爷立即派伯父和父亲四处找帮手。碰到这样的事，必须一天之内做出棺材。任何一个木匠，只要请他了，手里有再重要的活儿，都得放下，立即赶过去。他们也乐意去，因为能拿双份的工钱。况且，没多少工钱也要去，谁不去，谁的头上就可能降下莫名其妙的灾祸。所以，做棺材是木匠们的头等大事。

奇妙的是，从这之后，只要半夜里这大锯响了，第二天天一亮，必然有人来报信，有人去世了，请他去做棺材。

“经常是半夜，大锯一响，我们就都起来。你奶奶做饭给你爷爷吃，我和你大伯做伴，去邻村给你爷爷找帮手。有时候半夜下着大雨，我们两个淋得浑身都湿透了，才把师傅找着。这样急急忙忙去找师傅是有原因的。因为穷人家的棺材，要五六个人做一天。富人家的，讲究了，要七八个人做一天。必得当天做好。所以得请不少的师傅。去晚了，师傅们上人家做活了，请就不方便。而且时间耽搁不起。”对于大锯报信的事，父亲和伯父不止一次跟我说过。因为太令人难以置信了，他们才一再向我重复。可我还是将信将疑，只是对于挂在家里的那把大锯，有了一种惊惧之心。一般不怎么敢去动它。不只是我，家里谁也不怎么去动它。即使在爷爷去世十多年后的今天，它依然被完好地保留着，没有像爷爷其他工具那样一件一件地毁坏与失落。

大锯不响，是在公社化之后，已经没有哪家会请木匠，他们没有能力置办家具。

1958年，人民公社成立。为了田地里能产出天文数字的粮食，说要深耕土地。有人发明了一种机械，叫“搅关”。搅关是用木料做的，像一个巨大磨盘般的东西。“圆磨盘”四周插上木棍，由人推着转动，“磨盘”转动的时候，一圈一圈拉动长长的粗粗的绳子，绳子的另一端系在一只有着巨大犁头的犁上。这样的犁是专门用来深耕土地的，牛是拉不动的，只能由人来推动这搅关拉。人们打着号子，前赴后继地推动着这搅关，犁深深地耕下去，都翻出了黄土。可是绳子和木棒吃不消，常常会断，木头做成的搅关也动不动会散架。爷爷守在这搅关旁边，随时维修。

这对于因为自己的手艺而自视甚高的爷爷是怎样的污辱！爷爷觉得这是他所见过的最荒唐的事，几天之后，他就装病，不去了。时间不长，人们没了饭吃，也就再没有力气去推这个搅关。

接着就是建“万头猪场”。必须在短时间内建成一百间养猪的猪舍。1958年年底前，公社就要来人检查。爷爷和我的伯父庆林，还有另外两个村民，开始了日夜奋战。村里的杂树几乎被砍光。就在这一年，村子里的树，一部分移到公路边，一部分锯了给集体造农具，最后还剩下的，在这一次，终于被砍伐一空。整个村庄里，连一棵碗口粗的树也找不到了。爷爷受着逼迫砍树，心里难受：“真是造孽，再等上几年，这些树都能有大用啊。”然而即便这样，木头还是不够。大队支书说，百间猪舍一定要按期完成。只要建起来，就是胜利。完不成，就是反革命。伯父怕当反革命，就想了个办法。四处找来向日葵秆子，当柱子和椽子。上面小心地铺上薄薄的茅草，远远看，俨然便是屋舍。很快，百间猪舍搭好了。大队支书十分满意，每人多奖励一斤大米。爷爷拎了米回来，长长叹了口气："树都没了。"

万头猪场的百间猪舍，在检查团走后没几天，就倒了一大半。爷爷对伯父说："这就是你盖的房子！"

1958年之后，田地和一切财产都集体化，村庄里再也不需要木工了。即便需要，也是让去做一些不入流的勾当。对于爷爷这样的木匠来说，那是极大的侮辱。他开始闭门不出。他也不再参加任何集体的劳动。他自己找了点杂树的木料，做了一把椅子。每天起床后，他就搬了椅子坐在屋门口，有时候一整天都不动，不知道在想什么，一直坐到天黑。

1993年农历六月二十日，我的爷爷，罢工三十五年的同守木匠无疾而终。作为长孙的我，不在他的身边。我在珠海，被关在吉大派出所。等我回到家的时候，爷爷已经变成一行漆黑的墨迹，写在他自己削制的牌位上，奶奶名字的旁边。

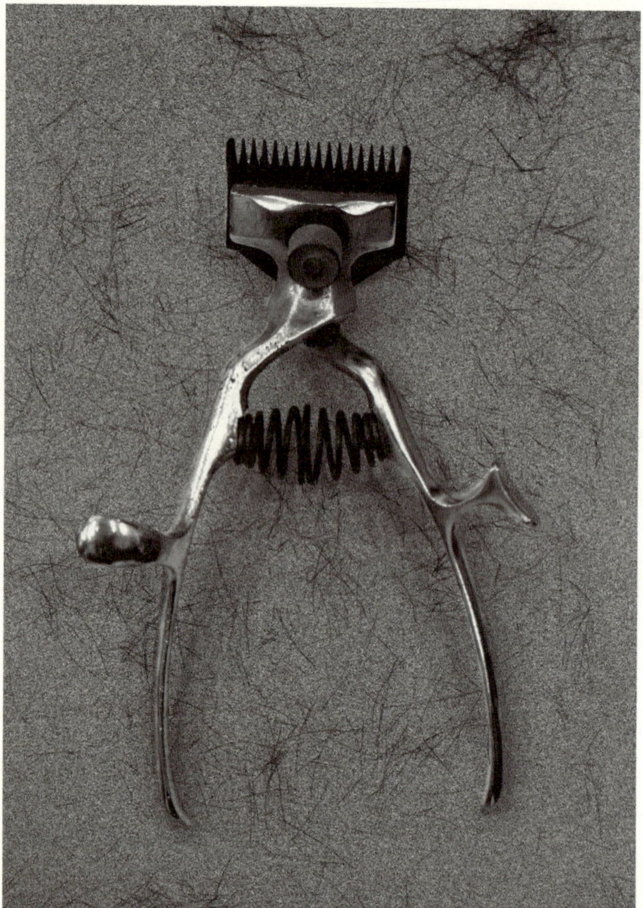

剃头匠每次动手前，
总要把推子对着虚空剪一剪，
咔咔响两声。

申村人对剃头匠的尊重，
有点过。
这尊重超过对村长，
也超过对我爷爷
这样的手艺人。

剃头匠

“剃头爷爷来了。”

老远看到剃头匠，我就跑到屋子里大喊。接着就搬了板凳，坐到门口银杏树的底下。剃头总是从小孩儿开始的。

剃头匠的腋下夹着一个细长的木盒子。脚步轻快，声音洪亮。

“木匠！”剃头匠一面招呼爷爷，一面把腋下的盒子放在我面前的椅子上。爷爷在我大喊大叫之后，已经走出屋子，笑眯眯地在门口站着。

盒子是桃木的，正反面雕着两位神将。神将各骑着怪兽，一个持锏，一个举剑，面目甚是凶恶。这盒子常常使人想起身怀绝技的武林怪客。

不过剃头匠并不怪，整天嘻嘻哈哈，跟大人小孩开各式的玩笑。

“大鱼儿，你家的羊呢？怎么样，一会儿再跟它跑一个给爷爷看看？”

我不理它。我跟羊赛跑的事，成了村里人对我的笑话。一个多月前，我家的一只小羊活活被我累死了。

剃头匠一抽盖子，打开木盒。里面是两把剃刀、一面叠得方正的布单、一把剪子、一条窄长的磨刀布、一把猪鬃刷子、一支装着掏耳工具的小竹筒、一宽一窄两把木梳、一面不太明亮的镜子和一把新上过油的推子。剃头匠每次动手前，总要把推子对着虚空剪一剪，咔咔响两声。不知道是试一下工具呢，还是发出通知，让人有个心理准备。

我的头剃得是快的，才把他盒子里的工具一样一样看清楚，就好了。剃头匠拿刷子在我脸上、脖子上刷一刷，解开系在我胸前的布单，一抖，啪的一声。我就跑开了。

爷爷排在最后一个。他不只是要剃头，还要刮脸、掏耳朵。其中刮脸，是最让他快活的。

剃头匠先拧了一块热毛巾，在他的脸上焐着。而后从盒子里抽出磨刀布，一抖，把一端的绳子套在凳子上，另一端扯在手里，布要扯得紧绷绷的，然后拿剃刀在上面来来回回一磨，“唰唰唰”，电光火石一般。刀磨好了，剃头匠用手在爷爷的脸上抹上一层薄薄的泡沫。应该是香皂。爷爷说是洋碱。这时候动作就要轻了，剃刀刮在脸上，发出沙沙的声音。爷爷苍老的脸一点一点露出干净的模样。他的眼睛微闭着，嘴里发出快活的呻吟。这个刮脸的仪式，比我们想象的时间要长。剃刀从额头到两颊，到嘴唇，到下巴，到喉咙。终于剃好了，爷爷靠在椅子上，像是睡着了。剃头匠还要用热毛巾给他擦脸。擦过两遍，从脖子上解下布单，迎风一抖，啪的一声。这时候，爷爷才慢慢醒过来。

“怎么样，木匠？”

“嗯，嗯。”这就是爷爷的回答。听到这声音，剃头匠很满意。

剃头匠比我爷爷小几岁，两人是平辈。剃头匠每次都是把爷爷放到最后一个剃，剃好了，可以跟他闲话。有时候会说到晚上八九点。

剃头匠住在村子后面的河边上。一个人，住两间茅草屋，家徒四壁。从后门出去，下几十级台阶就到河面，河上停着他的一条小船。船要用长长的竹篙子撑。在河北岸的村子里，有一家大的百货商店，可以买到比较贵重的物品。申村人偶尔要去，就请剃头匠撑了船，送过河去。谁帮谁个忙，欠多少人情，各人心里有数，用不着现还。

剃头匠每个月要挨家走一圈。这一圈要走五天。到这一家，如果不巧，有人出门了，等回来了，要打听剃头匠到了哪家，要追过去让他剪。他是不会回头再来的。这五天里，中饭和晚饭轮着在各户人家吃。在我家吃中饭了，晚饭就到隔壁邻居家，明天呢，再到隔壁的隔壁一家。如此循环。哪家伙食好一点，差一点，剃头匠不计较。吃过就吃过了，从来不讲。不过，只要剃头匠来了，家家都要去割肉，或者杀鸡，这是一件相当隆重的事。毕竟一年才轮到一次。不能不像话。

过年前几天是最忙的。每个人都要把头剪得漂漂亮亮，希望来年有个新气象。

“剃头爷爷，你来剃年头啊！”在路上碰到剃头匠，我问他。

“什么年头啊？”

“为了过年剃的头啊。”

“那也不叫什么年头，你倒是头黏黏的，来来来，我给你刮个光头。”

大年三十这一天，剃头匠是不离家的。他要把庭院打扫干净，在门上贴上春联，掸掉屋梁上的灰，贴上福禄寿的神像，还要用红纸写一个福字，贴到小船的船舷上。这些事情都得在上午办好。到下午了，他就搬把椅子，坐在屋门口，捧着水烟咕噜咕噜地吸。这是他剃了一年的头，等待收获的时候。

申村的每一户人家，都会在这天的下午来拜访剃头匠。有人送来刚蒸出来的馒头，有人送豆腐，有人送鱼送肉。还有人送米送面送油或者自家腌的香肠鸭蛋。

来人送了什么，是多，是少，剃头匠都不在意，他总是显得过意不去：“哎呀，太多了，太多了。”

爷爷往往是最后一个来。他一样一样看剃头匠的收获。剃头匠就一样一样指给他看，脸上满是得意的光辉。等都看完了，爷爷才回家去，拿来剃头匠过年还缺的。要是什么都不缺，就包个红包。送剃头匠红包的，并不只是我爷爷一个。不过他们大多是有身份的，或者相对富裕的。

申村的匠人们并不都如剃头匠这般收取工钱。我的爷爷收现金或者粮食。更多的匠人，只收现金。有没有人不给呢？有。不过只要大年三十来打个招呼：“实在对不住，明年再说吧。”“没事，没事。不急。”所有的匠人都是这么回。要是连招呼都不打呢？少，也有。这样的人家，之后就找不到人做活了。

申村人对剃头匠的尊重，有点过。这尊重超过对村长，也超过对我爷爷这样的手艺人。我是在上了高中之后，才知道这缘由的。

这时候的剃头匠，已经七十多岁，拿剃刀的手开始有点抖了，可是爷爷和一班老人，还坚持请他动手。还好，从来不曾出一点岔子。

剃头匠年轻的时候在北边的一座大庙里做杂工。他的工作有个专有名词，叫“挑经担子”。和尚们出庙去做法事，各种各样的经卷和法器要带着。这就得有人挑啊。这些杂活儿，和尚们自己是不做的。于是就请外面打杂的。挑经担子一年多，方丈觉得这小伙子心善，手巧，还能吃苦，就教他学剃头。给和尚剃头不是容易的事，学了两年，还没有满师，日本人打了过来。

有一天，共产党的县委书记带了人，在庙里开会。日本人知道了，半夜里围了上来。书记组织突围。别人都突出去了，书记断后，没跑掉，开枪自杀了。

日本人忙了半天，只抓住一个死了的书记，很恼火，就把和尚们赶到庙门口，要方丈供出共产党的去向。方丈哪知道什么。日本人问了半天，很不耐烦，拿刺刀把方丈捅死了，一把火烧掉大庙。然后驱赶和尚和杂工们，给部队挑弹药。

几天之后，日本兵在一个大镇子驻扎下来。因为战事紧张，多日不曾洗澡，浑身又痒又臭，终于到了有热水大池的地方，当然要好好享受一番。洗过了，如果有人能剪剪发，刮刮脸，那就更舒服了。有人就推荐了剃头匠。

虽然还没有满师，不过剃头匠的手艺也已经不错了。一试，日本兵们个个满意。

日本兵就此驻扎下来，征来的民工也就打发走了。不过剃头匠不能走，他们正缺这样的人才。

一来二去，连小队长、中队长也要剃头匠来打理。

那是一个午后，中队长差人喊剃头匠。中队长的住所是一座前后两进的老屋。前屋里住的是士兵，后屋里是中队长的卧室和办公室。剃头匠已经来过好多次了。不只是中队长，这屋里上上下下的人，他都熟识。都是他剃过头的。

中队长有个习惯，刮过脸之后，太舒服了，他要靠在椅子上睡一会儿，这时候你不能喊他，刮完了，悄悄收拾好东西，蹑手蹑脚走就行。

中队长在办公室中间的椅子上坐着，看剃头匠过来，笑着递给他一支卷烟。剃头匠接过来，朝他弯弯腰表示了感谢，然后夹在耳朵上。他舍不得抽。

剪完头发，剃头匠用热水湿了毛巾，拧一拧，轻轻盖在中队长的脸上，然后拿出剃刀，在磨刀布上磨两下。揭开毛巾，剃刀在他的脸上如轻柔的手指一般滑行。中队长的眼皮抖了抖，吸一口气，呼出，整个身体惬意地松弛下来。

剃刀经过额头、鼻翼、嘴唇、下巴、咽喉，然后轻轻一抹。中队长什么声音也没有发出。血流如注。

剃头匠收拾好工具，出了门，轻轻把门带上。到了前屋，从耳朵上拿下纸烟，向一个士兵借了火，朝他弓弓腰，转身出去。

剃头匠是撑了只小船离开的。小船应该是他早就瞄好的。

几天之后，剃头匠回到了他已多年未回的申村。他请人在他系着小船的岸上，搭了一个茅棚。

七十八岁的时候，他在这里去世。

“修锅匠，夜里来。
肩上背只大麻袋，
捉人家伢儿上街卖。”

修锅匠

大灶的锅用上一段时间，锅底就会积上一层锅灰。锅灰要经常刮，不刮费柴。刮锅一般都在早上。天刚亮，就听到刺耳的，用铁铲刮锅的声音。不只是一家，好多家，声音有时候会连成一片。锅从灶上取下来，反扣到屋门口的地上，用铲子一下又一下刮下锅底的灰。刮好了，锅拎起来，锅灰在地上留下一个圆圆的黑圈。这时候，必须在这个黑圈中间画一个大大的"十"字。爱胡闹的小鬼，听到刮锅声就会探头探脑地过来。你看不到。小鬼等你刮完锅，会把你的锅偷走。夜里，你以为你家的锅还在灶上呢，其实已经被小鬼拿走了，拿出去吓人。他看到有人独自走夜路，就把锅罩到人的头上，让人眼前一黑，伸手不见五指，摸不到回家的路。所以啊，你要画个"十"字。小鬼一见，就不要了。因为这"十"字就是在锅上绑了绳了，打了个结。小鬼偷过去也没用，戴不到人的头上。

早上听到妈妈的刮锅声，我就要起床，到门口的河边读书，等妈妈做好饭，吃过了去上学。这刮锅声一直陪我到十八岁离开家。

在我没上学的时候，听到妈妈的刮锅声也一骨碌爬起来。我要出去玩。

有一次，妈妈正在刮锅，我拿了把铁锹去帮忙，只一下，就把锅底砸裂了。父亲听到妈妈的叫喊声，跑出来，气得直跳直跳。爷爷就说，跳什么，过两天让修锅匠修一下费什么事。

隔一里远，就听到一个尖而响的声音：“修锅噢——”

爷爷走到屋外的河边上，也是大声喊：“修锅匠。”

“来——啰！”修锅匠远远回应着。“来”字拖得很长，“啰”字极为短促。

修锅匠弓着腰，挑着重重的担子，沿着河边过来。他已经很老了，比我爷爷的年纪还大。人长得瘦瘦小小的，精神倒好。修锅匠把担子放在银杏树的底下，一样一样摆出家伙。

先是风箱，风箱口有根管子，接到炉子的下面。炉子烧的是焦炭。炭上面是小坩埚。修锅匠把事先准备好的小铁条、铁片放到这埚里。这时候还不能点火。

爷爷拎了大铁锅过来。

“嘿，这么大一个裂口啊。”

“大鱼儿调皮砸的。”

我一直在帮修锅匠的忙，一会儿递工具，一会儿拿焦炭。手上黑黑的，不在意，再往脸上一抹，成了大花脸。大人们看着直笑。

修锅匠拿一把尖嘴的锤子，沿着锅上的裂缝，在两边一路啄上许多的小洞，啄好了，点火烧炉。

“看看你的脸。来，帮我拉风箱。”我就去给他拉风箱。

铁片渐渐化成了铁水。修锅匠用一把长钳夹着一只小勺，舀了铁水，飞一般倒在铁锅的裂缝和两边的小洞上。用石棉一压，好了。

修锅匠的家在北河的河边上，家门口是一座水坝。水坝下面是用石块砌的两个半圆的桥拱，桥拱上面铺了条石。不知道为什么，没有栏杆，所以不叫桥，就叫水坝。水坝不高，涨水的时候会被淹掉。这时候过河，就得小心了，要蹚过去。

就是这样一座勉强能走路的水坝，曾经建了好些年。建好了，过不长的时间，夜里就听到吹吹打打的声音，像有人家办喜事时迎亲的队伍从这里经过。出来看，什么又看不到。这样吹吹打打几个夜晚后，河水一冲，坝就又塌了。再建还是这样。这怪事让申村的人很不安，先后找来几拨的阴阳先生，也是不明所以。后来听说东台县有个先生厉害，有阴阳眼，能看前世后世。族长备了厚礼，请他过来。

阴阳先生前后看看，在河边摆起香案，画了符，烧了。两眼一翻，趺坐在蒲团上。半晌站起身来，哈哈大笑："大好事。这河边上住的是什么人家？家里是些什么人？"

河边住的是一户老实的庄稼人，叫"拳头"。人如其名，只会用两只手在地里干活种地，手艺也没学一个。老婆正怀孕，已经六个月。

"你们晓得这吹打是什么？是老爷出行的仪仗。水坝不能建，建就坏了红运。申村要出人了。"

阴阳先生的话，让申村人都振奋起来。要知道，申村自先祖落户此处，五六百年来，就出了几个秀才。从风水上来看，申村这块地低洼如锅底，平淡无奇。虽说人丁兴旺，只是有小富，无大贵，出不了大人物。

阴阳先生到“拳头”家前后用罗盘测了一番，连连点头：“这就对了，这贵人就着落在这个孩子身上。长大了，必定封侯。”

“拳头”一听，喜从天降，当天晚上就摆下宴席，族长与阴阳先生上座，两个私塾先生作陪。另外又摆了一大桌，宴请左邻右舍。个个都帮他欢喜，再不提要筑水坝的事。

“拳头”穷，乡邻们凑了几块大洋送了阴阳先生。先生当晚喝得大醉，“拳头”推了独轮车，送他回东台的老家。

过了半个月，阴阳先生觉得眼睛不对劲。先是红肿流泪，接着就目光模糊。阴阳先生给自己一测，大惊失色。自己不小心泄露了天机，双眼怕是保不住了。

又过了十来天，阴阳先生再次来到申村，找到族长：“你们村子的水坝能修，我找到了法子。”

依然是在河边摆上香案。案子上摆了猪牛羊肉各一大盘。阴阳先生点了香，念了咒，写了一张纸符烧了，把几盘子的肉倒到河中。然后坐下来，脱下脚上的一双草鞋，从腰间的袋子里摸出一把刀来，对着草鞋连斩数下，大声喝道：“还不快走！”说完，走到河边，把草鞋扔到河中。接着又蹲下身来，用手捧了一捧水洗洗眼睛。

“好了。”阴阳先生说完，客客气气告别，不要一分钱的酬谢。

再建水坝，果然顺利。坝筑好了，夜里也听不到锣鼓笙箫的吹打之声了。水坝不塌了，申村人十分欢喜，都说这阴阳先生真是了得。

坝筑好不久，“拳头”的儿子就出生了。因为阴阳先生说过封侯的预言，于是给他取名叫“侯官”。小孩儿刚刚生下来，瘦瘦小小的，浑身长了许多的细毛，左邻右舍就喊他“细猴儿”，大名反倒没人在意。

“细猴儿”长到二十八岁，既没读书，也没学什么本事，整天东逛西逛，帮父母做点地里的粗活，丝毫看不到发达的迹象。家穷，人又长得不周正，尖头尖脑，老婆也娶不到。对他本是寄予厚望的父母终于死了心，给他置办了几件家伙，让他去学了修锅匠的手艺。

就在“细猴儿”学了修锅匠的这一年，他的父亲经过打听，才明白，原来是东台的阴阳先生坏了他家的好运。

阴阳先生泄露了天机，害怕遭天谴瞎眼，动了许多脑筋，终于想到破解之法。他再来申村，明是作法建坝，实是破坏风水。用刀剁草鞋，便是把那些吹吹打打的神怪驱逐。他的双眼保住了，申村重又回到平凡中的平静。

本该封侯的修锅匠，只落成一副猴样。

修锅匠的父母在得知真相后不久，相继病亡。原本嘻嘻哈哈的修锅匠，也性情大变。他不只是沉默寡言了，眼里看人的光也冷冷的，总是一个人独来独往。只是因为申村就他一个修锅的，如果还有别人，大概就没人请他了。申村人最不喜欢脸上没笑的人。

由于修锅匠阴沉的脸，申村人给他起了个顺口溜，专门来吓唬小孩：

“修锅匠，夜里来。

肩上背只大麻袋，

捉人家伢儿上街卖。”

这个形象不好，有点像偷锅的小鬼。越是这样，修锅匠就越对孩子装出凶样。申村的孩子们都怕他。听说修锅匠来了，一哄而散，只敢躲在远处偷看。

我倒不怕他，给我什么样的脸色也无所谓，仍然跟着他忙来忙去。不是我胆子大，因为从小家人就骗我，说我其实不是我家的，是捡来的，从渔船上捡来的。所以叫“大鱼儿”。我相信这个说法。我就想，如果修锅匠把我卖掉，倒好，说不定我就找到我真正的父母了。小孩子的心事，谁能明白呢。反正我不怕他就是。这一来，修锅匠也没办法，说要收我做徒弟。申村人就给我起了个外号，叫“小修锅匠”。

这个外号跟了我好多年，给我带来无穷的烦恼。我不喜欢。这个外号让我显得又脏又坏。为此我跟许多孩子打过架。谁喊我我就打谁。

没人喊我“修锅匠”是上中学之后，真正的修锅匠死了。从此之后，申村再也没人修锅了。锅坏了怎么办？不知道。

明朝初年，申良三出苏州阊门，来申村建村，至今六百余年。老人们说，这六百年里，申村唯一可能出的大人物就是修锅匠。可惜被阴阳先生坏了风水。不只是断送了修锅匠的前程，也改变了申村的未来。申村再出人物，几乎不可能了。现在的申村，只剩下老弱病残。年轻人都去了城里打工。有些人索性把老人也接去了城里，留下老屋荒芜着。申村的小学关了，房顶塌了，墙也倒了。整个申村，显出一种颓败的气息。不要说出什么人物，连申村都要消失了。

申村人并不知道修锅匠对于这个村庄的意义。在他活着的时候，他们反而因为他的这个背景，一次次在背后嘲笑他：

“封侯！封猴吧！”

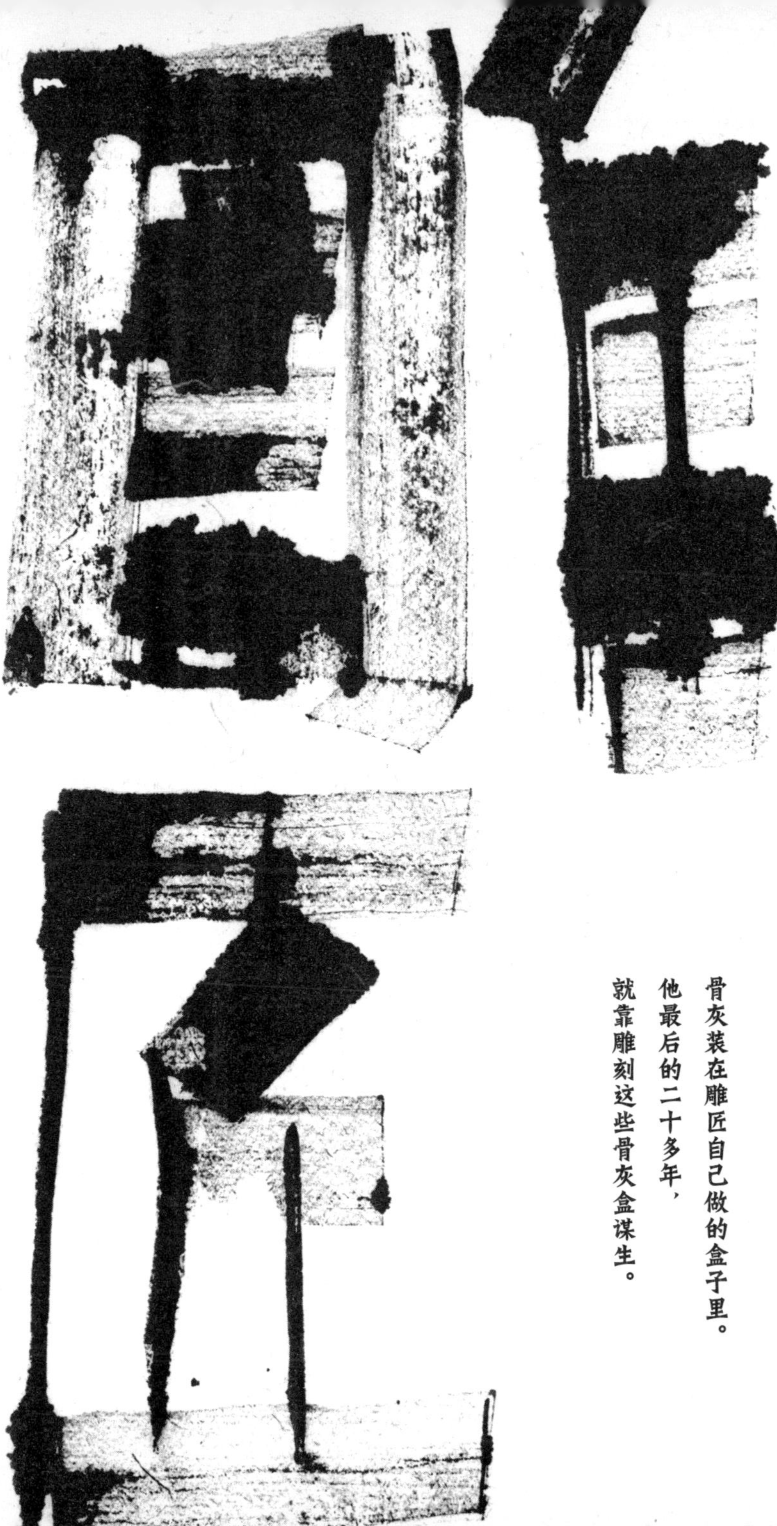

骨灰装在雕匠自己做的盒子里。
他最后的二十多年，
就靠雕刻这些骨灰盒谋生。

雕匠

1

“有女同车，颜如舜华。”舜华就是木槿。

木槿长在土地庙的前面。门左一棵，门右一棵。左边一棵的树下，是一口水井，井上的石栏早已被绳子磨出了很多印痕。远村隐隐传来两声鸡鸣，天刚微曦。“咿呀”一声，庙门开了。雕匠拎了一只木盆出来，到井边上，打一桶水洗脸，仰头便看到了木槿枝头刚开的花朵。雕匠这才想起，今日立夏。

吃过早餐，雕匠用五色丝线编了一根彩带，扎在门右的那棵木槿树枝上。彩带叫长命缕，原是在立夏日系在心上人手臂上的。那一年，雕匠二十六岁，仍是孤身一人，独自住在土地庙里。既是立夏日，午后便会有乡邻来庙里敬神。雕匠把庙堂打扫干净，院子里的泥地上，也洒了水，然后把土地公公、土地娘娘的雕像捧到院里的桌上，拿一块干净的布，细细地擦。土地公公和土地娘娘都是新雕的，柘树的木材，雕工极细，眉毛发丝，纤毫毕现。最妙的是眼神，无论你从哪个方向看，都像是带着笑，要对你说话。雕匠正擦着哩，就听到墙外有人喊：“雕匠，可有干菊花？”

来的是木匠。“有，有。”雕匠答道。他把土地神供到庙里的案桌上，到西厢房里拿出一只雕花的木盒子，抽开盖子，让木匠自己从里面抓。

“多抓点，多抓点。”雕匠殷勤地劝着。木匠只抓了一小把，放在随手从半夏河新采的一片荷叶里：“用不着许多，只是一个意思。”

木匠拿了菊花回去，是要烧成灰撒在麦堆里的。立夏日撒菊灰，麦便不蛀。

“木匠，菊灰不要飘到半夏河里。”

“晓得。”木匠抬脚要走，一眼就看到了木槿树上的长命缕。

2

木匠是我的爷爷，叫同守。爷爷在八十三岁的时候去世了，如果还活着，今年正好一百岁。

雕匠在木槿树上系长命缕的事是爷爷跟我说的。我就问他：“雕匠爷爷怎么没有雕匠奶奶？”爷爷说：“他不要。”“他为什么不要？”“他不想要。”“那他把长命缕挂在树上做什么？”爷爷说：“你还小，不懂，等你长大了再跟你说。”我说：“我怎么不懂？我懂。我都十岁了。”爷爷掉了头不理我，手里捏着刀专心地雕奶奶的牌位。奶奶早就去世了，他还不停地雕奶奶的牌位，反反复复地在上面刻一些好看的花纹。

自从知道了雕匠爷爷会在木槿树上挂长命缕，我每年的立夏都要去土地庙看一看，每次都能看到。树下的桌上，总放一桶薄荷煮的凉水。我用木勺舀一碗，喝了，去土地神面前磕头。磕头不能空手去的，须带几枝自家田地里的稻穗，恭敬地摆在土地神面前。土地公公和土地娘娘都是很欢喜的样子。磕头的时候，雕匠就站在旁边，合十答礼。雕匠长得十分清瘦，个子不高，脸上总带着若有若无的笑。照例，等我磕完头，他会说，不要把菊灰撒到半夏河里啊。我说："雕匠爷爷，我知道。菊灰若是撒到河里了，青蛙就不会叫了。青蛙不叫了，就不得丰收。"雕匠就笑一笑。可是第二年，他还会这么提醒，好像是土地神必得让他这么一说。

3

雕匠是到朝鲜打过仗的。打仗回来，没有住处，村长安排他住在土地庙。土地庙破旧不堪，连土地公公和土地娘娘都不见了。村长就派了我的木匠爷爷，带了几个人，重新修整一番。

雕匠当兵出去六年才回来。回到村子的当天就去了芹秀家。

半夏河是一条南北向的小河，把村子一分为二。河上有一座小木桥。芹秀家住河东。一过桥，左手边，门口有棵大桑树的便是。

芹秀的丈夫不在了，家里只有公公纸扎匠和她。雕匠去芹秀家是因为井水。井水是和雕匠一同去当兵的。雕匠回来了，井水没能回来，死在朝鲜的上甘岭。

井水本是不肯去当兵的。他被拉走的那一天，合村的人都来看。

照上面的规矩，家里有弟兄三个的，必得要有一个去当兵，说徐州在打仗，人手吃紧。雕匠的大哥、二哥都结婚成家了，只有他光棍一个，学了雕匠的手艺。村里的翻身主任曹铁匠找到他，劝说道："当了兵，有酒肉吃，每个月还有粮饷。比你当个雕匠强多了。"雕匠便应了。大哥、二哥轮流请他吃了三天的酒席。

井水是家中老四，读了三年私塾，十分明事理。孝顺父母，对三个哥哥也恭敬有礼。谁家若是请他帮个忙，随喊随到。按理说，派他当兵，是不会推托的，哪知道翻身主任跟他一说，他竟死活不从。父母每天跟井水哭，说三个哥哥都有家有口，万一有个闪失，孤儿寡母如何是好？井水也哭，却不说话。

到了出发这一日，当了翻身主任的铁匠，带了人四处找不着井水，把领来的军服往他父亲面前一扔："当兵是件光荣的事，到你家倒变成烫手的山芋。名单是早报上去的，我也是进退不得。儿子你自己挑一个，中午出发。"

井水躲在芹秀的房里。

芹秀去年失了丈夫。芹秀是大户人家的女儿。肌肤如雪，瓜子脸，见人先笑，欲说还休的样子。嫁过来之后，是丈夫的掌上明珠，从来不曾到田地里做半点粗活。丈夫死了，村里人都说是因为她太美，本来身子就弱的丈夫每晚操劳过度，断送了性命。

在芹秀新嫁时的婚宴上，井水就丢了魂魄。两年间，父母给他提过五次亲，都被他回了。

井水学的是弹棉花的手艺。芹秀新婚的这年冬天，芹秀的丈夫请他去，弹两条新的。井水这次弹得格外的细致，芹秀也觉到了不一般。八斤的被子，他不肯放过一个细小的棉花疙瘩。那弓弹得抑扬顿挫，如琴瑟一般。棉花铺在堂屋的中间，细细的棉絮杨花般飞舞。芹秀出来倒了几次茶，猛然看到了井水眼里的亮光，就躲到新房里，再不敢出来了。然而弹棉花的弦声，还是绵绵地传过来。

井水再见到芹秀又在一年之后，那是冬天。芹秀的丈夫死了，停在堂屋的中央。井水来行礼。芹秀一身缟素，哭成个泪人儿。井水只看了她一眼，心里一酸，也要流下泪来。等他转身回到家里，裹着被子躺在床上，心里却冒出欢喜的念头。

知道井水跟芹秀好上的只有他二哥。二哥是个老实人，一天也说不上一两句话，只知道埋头做活。二哥跟父亲说："井水怕是躲在芹秀屋里。"

父亲从芹秀的屋里把井水拖出来。井水抱着芹秀院子里的桑树放声大哭。乡邻们从四面聚过来。翻身主任站在一旁，也不知如何相劝，只好等他哭好了上路，可眼见得日头过午了，井水还是抱着桑树不放。

雕匠已经把军装格正正地穿在了身上。看他变得威武的样子，不住有人给他递上水烟。雕匠对井水跟芹秀相好的事很吃一惊，想到井水这个弹棉花的，倒占了这合村头等人才的便宜，心里不由得愤愤骂了好几句。

芹秀猛然拉开门，快步走到井水的面前，伸了手想去抱他，又在半空中停住。她拿手背擦了擦脸上的泪，细声地说："你去。我等你。"说完返身进屋，砰的一声关上门。

4

雕匠跟井水当兵去了六年，未曾同村里通半点音信。等雕匠回到村子，人们才知道井水死了。

雕匠去了芹秀家。很多人看到他穿着旧军装，吱呀吱呀地走过半夏河上的小木桥。雕匠后来说，他跟芹秀说了一句："井水死了。"芹秀就晕倒在地上，是他掐人中才醒的。

雕匠又过了几天才去跟芹秀说井水怎样死的。去的时候，天已经黑了。芹秀家的狗对着他狂叫，也没有人出来呵一声。

雕匠硬着头皮进了屋。一进门，空地上摆着成形的、不成形的纸人纸马纸屋纸家具。芹秀的公公是方圆几十里唯一的纸扎匠。屋里的一张八仙桌上摆满了纸扎匠的刀、剪、糨糊和各式的纸张。桌子的中间是一盏亮堂堂的罩子灯。纸扎匠就坐在八仙桌边，脸朝西，头也不抬地忙碌。忙一会儿，拿酒瓶灌一口酒，并不要下酒的菜。纸扎匠的对面坐着芹秀。芹秀低着头，靠在椅子上，像是骨头被抽掉了。雕匠就背对着门坐在八仙桌边上，面朝着北墙跟这两人说话。

靠北墙放着一个香案。香案上摆着祖先亡人的牌位、香炉和烛台。刷着石灰的墙上贴着一张巨幅的毛主席像。雕匠像是对着毛主席像在说话。

5

炮打了一天，刚刚停，雕匠就同班长上了阵地。班长就是井水，到朝鲜不久就当上了。到阵地上一看，没一个活人。班长领着弟兄们散开来。怕是紧张弄的，雕匠解开裤子，朝一段冒烟的树撒尿，想要浇熄掉。突然就觉得后腰上有股凉气。把头一转，一把枪正对着雕匠。雕匠双手还提着裤子，人就僵掉了。

等看清雕匠是自己人，那伤兵又把眼睛合上，呻吟一声，手里的枪放了下去。

“班长，班长。”雕匠就朝井水喊。井水跑过来，一把撕开伤兵满是血的棉袄，拿绷带缠他。雕匠一把从伤兵手里抓过枪，一拉，空枪，没有子弹。雕匠回头朝空地上狠狠吐了一口唾沫。

“背下去。”井水朝雕匠挥挥手。

雕匠背了伤员往后山走的时候，太阳就要下山了。

雕匠走得快，一颠一颠的，伤员趴在他的背上，不停地叫。他就慢下来，对伤员说：“同志，不要叫，引来敌人就完了。”伤员就忍着不叫。

夜黑了。敌人的炮火一阵紧似一阵。雕匠急了，走了半夜，歇了八次，医院还没到，真是撞邪了。雕匠的两条腿直打晃，没办法，只得在路边坐下来，不走了。雕匠跟伤员说：“同志，你再坚持一下，医院就到了。”怕他要冻死，就把棉衣解下来，盖在他身上。伤员应该也累了，连哼的力气都没有。

天才露了一点亮，雕匠就望到医院在前头五百多米远的山洼子里。“我的乖乖！”雕匠叫一声，背了伤员就跑。

雕匠把伤员放在医院门口的一张担架上，喊医生。一个年纪不大的医生过来伸手一摸，抬头看了雕匠一眼：“人早死了，送过来做什么？”雕匠的脸唰一下就白了，低声跟医生说：“那我回了。”

“歇口气，吃碗稀饭去。”医生朝旁边招招手，两个女兵过来，把担架抬走了。

雕匠喝了两碗稀饭，回过了劲，就一路小跑往阵地上赶。真不晓得怎么跟井水交代，送个伤员送了一夜，人还死了。

回到阵地，雕匠呆住了。那段昨天黄昏被他用小便浇过的树干又在冒烟。往山坡下一望，一个班的弟兄大部分躺在了坡上。

一定是没了弹药，跟敌人肉搏的。有的背后被刺了洞，身子底下还紧紧压着个死尸。有的没到敌人跟前，就被子弹打穿了。找了一圈，就是没有井水。

直找到坡底，才见到班长井水。他只剩了个头，带着肩膀。四周都是敌人的死尸。井水是抱了一捆手榴弹，跳到敌人堆里拉炸的。

雕匠抱着井水的头回到战壕里。又找了半天，找到了两颗手榴弹，都是死了的战友捏在手上的，没来得及拉引线。子弹是一颗也没有了。雕匠靠着战壕坐着，把手榴弹的引线圈套在手指上，等敌人上来。枪停了，炮停了，什么声音也没有。

6

雕匠活着回来了。

雕匠一天天往芹秀家跑。据说是芹秀请他去的，让他讲讲井水。雕匠每天吃过晚饭就过去。芹秀的公公先忍让了几天，终于发了火："你个大男人，有事没事来我们家，像个什么样子？"雕匠知道他好酒，就拿退伍金给他买酒。纸扎匠有酒喝，也就不多言，有时候还训两句朝雕匠叫的狗。

芹秀在猪舍上工，帮着篾匠养猪喂牛。雕匠跟社员上工下工，在地里做活，两人碰不到。只有晚上下工了，吃了饭，他来坐一坐，谈谈井水。雕匠觉得自己的命是井水救的，要对芹秀好。井水每天都跟自己谈她。几年来，他们天天在一起，有个空隙，就说芹秀。

雕匠对芹秀已经像井水一样了解。井水到朝鲜后，知道自己不可能活着回来，就一次次跟雕匠讲芹秀。说他怎么躲在芹秀窗子外面唱，怎么在芹秀回娘家的时候，跟一路。说他买各式好吃的东西，偷偷放她的窗台上。说连她家的狗也被哄得好好的，后来只要用手在它头上一拍，它就快活地直摇尾巴。一直说到终于有一天进了芹秀的房。井水把能回忆起的细节，一一都说给了雕匠。雕匠每次都听得认真，井水说完了，他还在傻愣愣地发呆。井水就给他一巴掌："你这狗日的，跟我一样，都会死在这里。"

总是这样，听到小木桥上吱呀吱呀的声音了，芹秀家的狗就会跑出来叫两声，发现是雕匠，又摇着尾，在前面带路似的小跑，跑到门口趴在地上，抬头望雕匠。门是虚掩的，里面透着光。雕匠弯下腰，摸摸狗的头，再轻轻一拍，然后推门进去。芹秀和纸扎匠就在桌子的两旁坐着，抬头看一眼雕匠，又各做各的事。

纸扎匠一边喝酒，一边糊他的纸家具。如今纸扎只能算是他的爱好。并没什么人请他。有人过世了，烧点纸钱就算了。并不像以往，要扎纸房子、纸床、纸灶、纸家具。活人都过得艰难，哪还顾得上死人。

芹秀纳着鞋底。听雕匠对着毛主席像讲东讲西。偶尔会飞一般瞟雕匠一眼。雕匠在这几乎抓不住的眼神里，看到了一点点的笑意，雕匠就满足了。再小坐片刻，便满怀喜悦回到他住的土地庙。

7

雕匠当然不会让芹秀知道，他对她和井水有多么知根知底。井水甚至把他跟芹秀亲热的细节都跟雕匠描述过，而且还不止一次。到最后，已经听不出是真的，还是井水在吹牛，过嘴瘾。

雕匠只跟芹秀说井水在部队里的事。芹秀并不要听打仗，却对兵们的打闹玩笑有兴趣。后来，雕匠就跟芹秀说起井水当逃兵的事。

雕匠和井水被带到溱潼，入了新四军，两人分在一个班。班长本是里下河一个村的翻身主任，新四军北撤，他怕留在村里被反动派杀头，跟着部队往北跑。再回来的时候，就当了班长。班长是个细长个子，走起路来，腰有点扭，像个女人。虽然尖着嗓子说话，并不凶，一脸温和的笑。班长带着四个新兵，押一队民夫往前线送粮。一路走，一路教新兵们使枪。并不真使，只是比画比画，没有弹药糟蹋，大概懂个意思就行。

运粮的队伍走到一个河滩上，正等着对岸的渡船，敌人的飞机就来了，对着人群又是丢炸弹，又是机枪扫射。班长喊，趴下，趴下！大家面朝地趴下。

雕匠和井水在地上趴了很长时间。听不到动静了，才爬起身。河滩上已经没有一个人。几辆小推车中弹起火了，正烧着。班长死了，脸朝天，眼睛睁着。旁边哼哼的是跟他们一道来的一个新兵。另一个兵没影子，跑了。民夫们也跑了。没跑的，都躺在地上，全死了。

“怎么弄？回去算了。”雕匠说。看到一地的死人，他害怕了：“到不了大部队，恐怕就被打死了。”

井水说：“到了队伍也是被打死。”

两个人是在苏胖庄被抓住的。挂着盒子枪的队长一眼就看出他们是逃兵，打着绑腿，穿着百姓的衣服，又没有路条。队长一挥手，两个民兵过来，反背了两人的手，绑了起来。井水就说：“都是自己人。我们也是新四军。”队长过来，踢了他一脚：“可耻！国民党的逃兵还好说，解放了，可以当我们的人。”他挥挥手，“关起来，明天送乡里枪毙！”

雕匠和井水被关在一间堆着农具的仓库里，靠墙坐着。门锁着，一个民兵坐在门口的板凳上吧嗒吧嗒抽水烟。

两个人一言不发。到半夜，井水抽抽噎噎哭起来。

“喂，你在想芹秀吧？”雕匠说。

井水不说话，只是哭。看守的民兵打开门，拎了马灯进来，朝他们照。看到井水脸上的眼泪，没有说话，又关了门出去。

井水不哭了，往墙上重重一靠，叹口气。忽地又坐直，把脸凑到雕匠耳朵边上说：“是土墙。帮我把手上的绳子解开。”

井水和雕匠用一把没有柄的锄头，在土墙上挖了一个洞，逃了。

在远离了村子的野地里，两人发生了争执。井水说什么都要回家，雕匠说要回去找队伍。其实走哪条路都凶险。雕匠说：“回到家，说不定还是被村长送到乡里去枪毙。”井水说：“我偷偷回去一下，就远走高飞，不相信找不到一个地方躲起来。”雕匠说：“你是好，两个人可以过快活日子。我有什么好？我不回去。”井水发了半天呆，还是跟上了雕匠。

井水和雕匠追了一天，才赶上送粮的小车队伍。幸好还有三四个民夫是旧识，认得他俩。新班长倒没有细加盘问，只是说：“新兵啊？”他俩点点头。班长身旁的两个老兵就嘿嘿笑。

井水负伤，是过了长江后的事情。

冲锋号一吹，井水就随着队伍往前冲。天上的子弹蝗虫般乱飞。突然就听到人喊：“同志，你挂花了。”井水停住脚，用手在腿上一摸，一手的血，身子一晃，就倒了下去。五六个兵奔过来抬他。排长吼道："妈的，两个人抬。其他人给我冲！"

雕匠到医院去看井水。井水的脸上放着光："腿瘸了。路走不了了。"雕匠瞥了他一眼："腿瘸了有什么好？芹秀还能要个瘸子？"井水呵呵笑。

战事的空隙，排长从前线来医院把井水和几个伤愈的带走。井水拄着双拐，一颠一颠地到院子里来见排长。院子不大，里面有一棵银杏树，看样子上百年了。排长就站在银杏树的底下。井水走到排长面前，用胳膊支着拐杖，半伸着手跟排长去握："排长，排长，真舍不得你们啊。"握到排长的手了，才觉得他的脸是阴沉的。排长夺过井水的拐杖，用力朝远处扔去。井水失去重心，身子一歪，踉跄了两步，挣扎着倒在地上。排长从井水的旁边捡起另一支拐杖，在他的身上啪啪啪就是几下："叫你装，叫你装！"

井水后来又逃跑了三次。有两次被雕匠追到了，劝了回去。有一次，是雕匠报告了，没有跑就被抓了起来，一通打。雕匠是在帮他，如果他真跑了，被抓到，是要枪毙的。即便逃回了村子，没有手续，也会被抓起来。他不能眼睁睁看井水这样死。

井水直到去了朝鲜，才真正死了心。他死了心以后，倒跟雕匠和好了，不记恨雕匠。打起仗来不要命。他跟雕匠说："就死在一块吧。"

雕匠也认定自己要死在朝鲜。可一直到最后，他也没跟井水说心里话。怎么说呢？没法说。他一次次不让井水做逃兵，虽说是怕井水被抓到会死，可也不只是这样。他实在不情愿井水回到村子。这个不情愿的念头从什么时候起的？细细想，恐怕在芹秀从家里跑出来，对抱着桑树的井水说“我等你”这句话时，这个念头就有了。

现在，井水死了。当初的这个念头，成了折磨雕匠的噩梦。雕匠就反复对自己说，我要好好帮井水照顾芹秀。

8

雕匠要替井水照顾芹秀，已经不可能了。

雕匠每天还来，但已经十多天没给纸扎匠带酒，纸扎匠也不言语。纸扎匠知道，雕匠的退伍金用完了，又成了一个穷光蛋。更何况，村里的闲言碎语也越传越盛。

大年三十，雕匠拎了两条鱼去芹秀家。进到院子，正碰到芹秀拿个小圆篓，装着石灰，在地上印一个个白圈。这叫“打囤”，表明粮食太多了，装了一囤又一囤。“打囤”是每年大年三十晚上必要做的事。看到雕匠过来，芹秀直起腰，满脸的笑迎上来。

“晚饭吃了？”

“吃了。”在月光底下，雕匠觉得芹秀的脸像是画出来的一般，不禁有些痴了。芹秀轻轻一笑，从他手里接过鱼：“进来坐吧。”

纸扎匠端坐在雕匠平时坐的那条长凳上，脸朝外，拿个水烟抽着。看雕匠进来，纸扎匠抬头看了他一眼，从烟盒里捏出一撮金黄的烟叶子，按在烟嘴上，顺手拿燃着的麻秆点着，咕噜咕噜一吸，鼻子里冒出长长的烟来，然后轻轻一吹，噗的一声，烟嘴上的烟灰跳落到地上。“过了年，就不来了吧。你也是个要脸的人，不能让人指脊梁骨。”

雕匠的脸涨得通红，一时回不上话来。芹秀拎了雕匠带来的鱼，正要送到厨房，听到纸扎匠这话，重重往地上一扔，转身进了自己的房，嗵的一声把门关了。

两条鱼在地上直蹦直跳，因为嘴被几根稻草拴在一起，蹦不远，只能在地上打滚。纸扎匠提起来，递还给雕匠：“都是一个村子的，低头不见抬头见，不要让我把话说绝。”

雕匠拎了鱼，走到半夏河边上，回头看看芹秀的窗子，里面亮着灯。一个人影站在窗口。雕匠就沿着这河边走，站到这窗子的正对面。手里的鱼不停地折腾着，雕匠就一直看着那灯光映着的人影。

等灯熄了，那窗子跟房子一起，变成黑夜里一个模糊的轮廓，雕匠又转身过那半夏河上的木桥。木桥吱呀吱呀地响起来。雕匠走到木桥的中间，回过头，就又看到芹秀的窗子亮起了灯。只是亮了一下，又灭了。雕匠就在小木桥上站着。站了半天，解开手里的稻草，把那两条鱼投进了半夏河，深一脚浅一脚回到土地庙。

过年后一个月，村里的男人们全去了古马河的水利工地。

已经是春天了。工地上的工人们都脱了棉衣，穿了单衣裤挑泥，只有雕匠还穿着一件军大衣。这军大衣已经脏得没法再看了。因为他这旧大衣，人们都在背地里耻笑他。

雕匠从来的第一天，就一直穿着这件由黄变黑的军大衣。平日里我的木匠爷爷跟他说话最多，忍不住就问他：“雕匠，这天都暖了，怎么还穿大衣呢？”

雕匠拉了我爷爷跑到没人的工棚里：“木匠，我回来没给自己买过一样东西，我这是没办法。”雕匠掀开大衣，里面只穿着一条有破洞的短裤。爷爷吃一惊，什么也没说。当晚回到家，爷爷拿了自己一条长裤，又拿了伯父一件褂子，给雕匠送过去。

第二天，雕匠脱了大衣，穿着单衣褂上工地，从河底往岸上挑满满两筐的泥，嘴里也和着众人吼起震天的号子。

那天晚上，雕匠跟我的爷爷有过一次深谈。

雕匠说：“我的命是井水救的。我就想对芹秀好些，算我报答井水。可纸扎匠连家门都不让我踏一步。”

爷爷说：“你就算了。她要你帮什么。”

“那我怎么对得住死去的井水呢？”

“你能帮她什么？钱你没有。只有两把力气。力气有什么用。我看啊，你还是想想自己的日子。”

雕匠叹口气：“我是个没用的人。”

爷爷几乎每个晚上都听到雕匠的叹息。爷爷知道他在想什么。可爷爷知道，他想的，对谁也不可以说。

古马河的工程没有结束，就听到芹秀的死讯，得的是急病。

9

芹秀就摆在她家的客厅里。身上穿着大红的寿衣。寿衣是老式的，料子很粗糙。头上戴了个黑色的软边圆帽，帽檐上夹着一张黄纸，挡着她的脸，表明没脸见谁。这个奇怪的规矩，据说还是吴王夫差传下的。

雕匠淌着泪，却不能大哭出来，只是在她的头前磕了三个头，在地上的铁锅里烧了两把纸钱，就退了出去。

芹秀第二天就被火化了。因为芹秀是个失了节的人，跟井水。纸扎匠不肯把骨灰留在家里，直接就撒到半夏河里了。

那天夜里，雕匠一直在半夏河边上坐着。好几个走夜路的人从他旁边走过，跟他打招呼，他也不理，人像是呆掉了。

10

雕匠来跟我爷爷借了木匠的工具，斧头、凿子、雕刀、锉。他自己的那套家伙早就丢了。爷爷问他做什么，雕匠说："我住在土地庙里，土地神倒不在，住得不安生。想雕了土地神，供着。"爷爷就说："好事啊。真有好几年没去敬过土地神了，难怪这几年收成不好。你好好弄。"爷爷从家里找出一段珍藏的柘木："这是块好木头。好是好，就是难弄，俗话说柘木硬似铁。不过，雕土地神，倒正合用。"

雕匠谢了我爷爷回去。一连几个月都在雕这段柘木。

先雕出了土地娘娘。看到的人都说好，没想到这么多年过去，雕匠的好手艺一点没丢。

土地庙在村子西头的一块荒坡上，跟村子还隔着一大片的桑林，雕匠一个人孤零零地住在那里，没事就打磨他的土地娘娘。土地娘娘是照芹秀的样子雕的。不过这娘娘是笑着的，芹秀笑得少。又因为穿了古人的衣服，梳着古人的发髻，不细细端详，不大会发现这个秘密。但是我爷爷知道。雕匠刚雕好，我爷爷就说："看起来眼熟啊。"雕匠说："木匠，不要说。上了漆就看不出来了。"爷爷说："不说。"又说："倒也好。"

"为什么要把她的骨灰撒到河里呢？人死了，入土为安，埋了也就算了，还要去喂鱼。"有一天，雕匠忍不住跟我爷爷说。

"撒就撒吧，不撒怎么着？祖坟里是不能葬的。她跟井水有这样的事，纸扎匠怎么会让她进祖坟？不进祖坟，随便埋了，做个孤魂野鬼，也可怜，不如就撒了。"

"撒了就连魂也没个落脚的地方了。"

爷爷和雕匠坐在土地庙的门口说话。说到这里，爷爷看了一眼庙堂案桌上那尊还没有上漆的土地娘娘。

雕好了土地娘娘，雕匠接着又雕土地公公。自然，土地公公的样子是照着井水雕的。

"木匠，你还记得井水的样子吧？"

"记得。"

在这件事上，雕匠不避我的木匠爷爷。我爷爷直到去世，也帮他藏着这个秘密，只跟我父亲说过。爷爷说，两个人，都是孤魂野鬼，命苦。雕匠给他们这样一个去处，也好。

11

今年端午节后，父亲从老家来南京看我，带了一篮子母亲包好的粽子。

第二天早上，等我起床了，父亲已经在厅里坐了很久。餐桌上放着一只白瓷的大盘，里面是三只煮好的粽。

“粽箬还是半夏河里摘的吧？”我剥开一只，露出雪白的糯米。

“半夏河里的。你看这系粽的绳，不是你们城里的塑料绳，是屋后竹园里的笋叶。粽子沾了塑料味儿，就没法吃了。”

我看了看被我丢在桌子边上的扎粽的笋叶：“小时候，这些箬叶、笋叶，都是我们去摘，趁机可以在半夏河里玩，摸摸河蚌、田螺什么的。”

“现在是我摘，你妈包就行了。到现在，村子里还算她包得最齐整。”

我赞同地点点头。我已经许多年没看到母亲包粽子了。包粽子总是在端午节前一天的下午。她坐在屋门口的一张矮凳上，面前是一只装满了水的矮沿的木盆，里面是浸泡了许久的箬叶。靠盆沿搁着簸箕的口，簸箕里装着满满的糯米。母亲变魔术一般，把箬叶一下子就变成了一个圆锥，用小木勺舀了米，放进去，用手一压，一裹，再随手用笋叶一扎。我印象最深的是她最后一个动作，她把包好的粽子凑到嘴边，一手捏着笋绳的一端，牙咬着另一端，用力一扯，一只棱角分明、结结实实的粽子就扎好了。

一面想着，一只粽子我已经吃完。壶里的水也开了。我起身给父亲和自己各沏了一杯白茶，就在长椅上靠着。一时无语，两个人默默地看着白茶的叶子，一片一片在玻璃杯里竖起来。

父亲就淡淡地说了这么一句："雕匠死了。"

12

端午节的前一天，雕匠到半夏河里摘粽叶，淹死了。

雕匠的灵堂就设在土地庙。

雕匠二十六岁的那年春天，二十五岁的芹秀死了，死后骨灰撒在半夏河里。雕匠淹死在半夏河的时候八十三岁。他独身一辈子，没有家属，由村里的长者主事，当日就火化了。骨灰装在雕匠自己做的盒子里。他最后的二十多年，就靠雕刻这些骨灰盒谋生。为什么选这个营生，也许只有我的爷爷、父亲知道。他一辈子都在纠结芹秀的安身之处。总觉得不该把骨灰撒了，应该装到盒子里，埋起来。他人生最后的二十年，每天都在做骨灰盒。他死了，土地庙的厅堂里，靠墙还放了一堆，有做好的，有没有完成的。他的那只是长者帮着挑的，上面雕了花，数最好的。其他的，一把火烧了。

骨灰盒放在土地庙堂屋中央的长案上，放在土地公公和土地娘娘的雕像面前。长案上点起了蜡烛，燃起了香。长案前面放了一张矮桌，矮桌上是乡邻们送来的供品，有鱼有肉，最多的还是粽子。

来赴丧的人不论老幼，一一在这矮几前面的蒲团上，朝雕匠的骨灰盒磕三个头。没有人答礼。雕匠孤零零过了一辈子。每个人磕完头起身，一眼看到的，是脸带微笑的土地公公和土地娘娘。这土地公公和土地娘娘是雕匠二十多岁时雕的，算起来，坐在这里微笑着，也快六十年了。

雕匠一死，他的住所准备恢复成真正的土地庙。村里几个长者一商议，骨灰盒不能总放在土地神面前，因为村中人不断要来拜土地神，如果让雕匠的骨灰盒一直摆在这个神案上，每次也跟着拜他了，这是不妥的。

“还是让他入土为安，就在这院子里找个地方埋了吧。”

这时候雕匠唯一的知己，我的木匠爷爷也已过世多年。不过爷爷早就把这段往事对我的父亲说过，父亲就建议，把这骨灰盒埋在土地庙门西的那棵木槿树下。

13

“你还记得那两棵木槿么？”父亲问。我点点头。

“还记得每年的立夏，雕匠总要在那棵木槿上系上一条长命缕么？”

我又点点头。两人一时又陷入了沉默。

“你还记得土地庙里的土地公公么？”父亲又问。我知道他一定有什么话要告诉我，就答道：“我记得，总是笑眯眯的。”

“你觉得那个土地公公有什么特别的地方么？”

“不是照井水的样子雕的么？雕匠跟爷爷讲过的。村里还是没有别人知道吧？”

“没有。”父亲说。他把茶杯抱在手上，一直没喝。

“雕匠是照井水的样子雕的。可是在他雕完之后，你爷爷和雕匠都发现，那个土地公公不是井水的模样。”父亲说，“更像雕匠自己。”

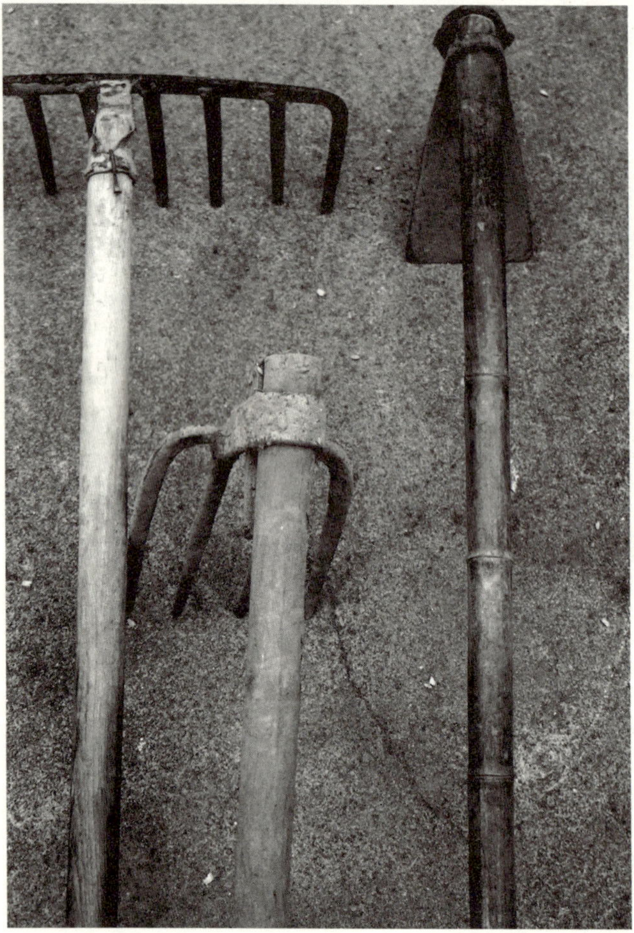

他家有个很大的院子，
围墙上满是蔷薇花。
一到春天，
就完全是一个花墙了。

花匠

1

花匠是我介绍到城里来的。

花匠叫如法，跟我是小学同学。我每天上学都要从他家门口经过。那时候他还不叫花匠，他是花匠的儿子。他家有个很大的院子，围墙上满是蔷薇花。一到春天，就完全是一个花墙了。竹编的院门总是开着，每次到他家门口了，我就朝里面大声喊，如法，如法，上学了。同时把头探进去看各式的花。如法的家，就是一个童话的世界。也是因为如法的缘故，我竟认识了几十种花草。

每次我一喊，如法就会飞一般跑出来。常常是手上沾着泥，洗都来不及洗。他在帮他爸弄花。走不多远就是一条小河，他到河里去洗。他洗手很认真，连指甲缝里也要洗得干干净净。父亲有他这个儿子时，年纪已经不小了，宝贝他，在他头上留着一根辫子。表明是家里的独苗儿。因为这根辫子，他常常受到同学的嘲笑，打闹的时候，动不动就伸手来揪他。在他十岁的时候，老花匠大宴宾客，终于把他头上的辫子剪去。这让我大大松了一口气。

我高中毕业离开家乡的时候，如法已经当了三年的花匠。他送了我一棵西府海棠。过了二十年我回去，这海棠竟长得两米多高了。

如法来看我。

“大鱼儿，花匠来看你。”

母亲的话音刚落，如法已经到家门口。如法来找我，是想让我介绍他到城里打工。他没有儿女，妻子刚死了，不想再在村子里待着。他就想离村子远点。有碗饭吃就行。

2

一晃，花匠在南京一所大学里干活已经五年。人人都喜欢他，他人既朴实，又清爽，逢人就是一张笑脸。手艺又好，偌大一个校园，里面的花花草草被他整治得欣欣向荣。

有时候路过，我会看看他。他住在一个山坡底下的平房里。房子虽小，里里外外栽的都是花，什么时候来，都觉得生机勃勃。临走，总要送我一盆，五色梅、幸福树、清香木或者长寿花。

这一天我又去，见到花匠，就看出他神色不对。

3

花匠已经多日睡不好觉了。昨天晚上入睡算是早，谁知到半夜，像有个什么尖利的东西刺中了心脏。陡然的疼痛，让他从梦中惊醒过来。花匠坐起来，找了一杯水喝下去，感觉那刺痛的东西拔掉了，然而还留下了伤口，那伤口牵扯不得，不能动。花匠就靠床坐着，用手轻轻压着胸口，缓缓地呼吸。慢慢地，那伤口的痛淡下去，变成一种弥漫的不适。

才是后半夜，花匠已经全无睡意。

这种可怕的情形，已经是第三次了。在第二次发生的时候，花匠就有了一种对猝死的恐惧。花匠先去了市立医院，医生询问半天，拿听筒听了，也做了心电图，说，还好，植物性神经紊乱。没有大问题。放松放松，说不定就好了。虽然不能有个确切的判断，医生倒开了不少药。又建议花匠在身上背一个什么东西，做二十四小时的监测。花匠取了药，没肯背那个东西。

只吃了两天药，头又变得晕了。细看了药上的说明，每一样的副作用都不小。是药三分毒，特别是西药，来得猛。花匠心里不踏实，自作主张，把药停了。果然，头不晕，胃口也好了许多。然而这心里头，总隐隐有不适感。

年过四十，只要哪里有个疼痛不适，立即就会放大了想，最后总要想到不治之症上。更何况，这次碰到的，是一种猝死的可能。花匠不敢大意。思来想去，又到市中医院挂了名医堂的号。

给花匠看病的老先生七十多岁，神色慈祥，说话慢条斯理。他搭了脉，看过舌苔，说："你这是忧思过度，使心神不能自主，发为怔忡。给你针灸几次，会有所缓解。只是心病还得心医。你要把胸襟打开，不要太过劳累。"

老先生的话让花匠连连点头。

整天跟花花草草打交道，要说有什么堵心的事，也说不上。然而这段时间以来，的确是十分的烦闷。最近学校里有议论，新来的校长打算辞了一批农民工，换正规的大学毕业生。虽说重换个地方也不是难事，只是几年下来，跟这里的树啊花的，都有了感情，就这样丢下来，心里不舍。老花匠打了电话来，说最近头晕的病又犯了，让他再买几瓶六味地黄丸寄回去。几样事一闹，花匠心里就有些堵。

针灸过后才十来天，又发生心悸。花匠就很紧张。花匠倒不怕死。只是担心死得不明不白。要是真有个什么病，也好。该治，该不治，至少自己心里明白。做什么也有个准备。怕的是不知觉的时候，陡然就没了。花匠一边想，外面渐渐透出了亮。先是鸟儿不住地鸣叫，接着，人声起来了，鸟鸣消失。随后就是车子声、机器声，完全进入到嘈杂纷乱的白日时光了。不用看，只是听，就知道一天到什么时候了。

我来见花匠的这天，正是他半夜心痛一夜无眠的第二天。我安慰了几句，当然没什么效用。闲谈中说起仙鹤观的正一道长。花匠一下子来了精神，一定要我带他去。

4

我们到观的时候，正一道长正在院子里煮茶。

仙鹤观在学校后面的山上，我有时会过来跟正一道长说说闲话。到了饭时，偶尔还会叨扰道长，吃一碗素食。不过也有好几个月没去了。

因为是雨天，山上看不见一个行人。进了混元殿，里面也是一片寂静，我们朝手持乾坤圈的太上老君行了礼，抬脚进了后面的庭院。庭院的中间是一个敞亮的八卦亭，亭子中间是个茶案，雨帘的背后，正一道长俯着身，正在煮茶。看到我们撑着伞从石板路上走过来，道长轻步走到飞檐底下，含着笑，拱手朝我和花匠行礼："好久不见了，今天下雨，还有雅兴上山。"我说："雨天清静，正好来请教。"花匠跟着弓腰行了个礼："道长好。"说着，进了亭子，我把雨伞收了，抖一抖，在廊下靠柱子放下。

道长请我们在对面坐下，用一只木夹从沸水里拣起一只小瓷碗，倒上茶："上个月我去了一趟湖州，在顾渚山里采了一点紫笋茶，你尝尝，看看这味道还行？"我把茶碗举到鼻下，轻轻一闻，笑道："陆羽都说好的茶，道长采得来，让我这样的人牛饮，白白糟蹋了。"正一笑道："你是行家，不要自谦。"寒暄已罢，我对正一道："有件事还要请道长指点。"

正一道长是真有道行的。据说连外省的官员也常会过来问个祸福。我跟道长的关系当然说不上有多近，只是熟悉。第一次见面，我说："道长这'正'字好。字形里有'上'，有'下'，有

‘止’。上为天，下为地，知止而后有定，定而后能安。天、地、人都全了。这‘一’就不用说了，一生二，二生三，三生万物。好啊。”正一道长听了十分欢喜，对我自此就有些高看。每次来，都要请我喝茶。

道长领了我和花匠进到后面的三清殿。花匠在玉清元始天尊前行了三叩礼。正一道长让他在一张案桌前坐下，给他起了一卦。正一起卦用的是蓍草古法，相当的繁复。我们是完全不懂的。

正一的面色从凝重慢慢变得舒缓，抬头对花匠说：“是‘井’卦。‘六四，井甃，无咎。’井正在修治，没有咎害。这卦面上的意思，你是明白的。也不用我多说。你这印堂上，像是飘了一层浮云。这是邪气。今年你命冲太岁，前有难关。这个难关，你若是冲过去了，你有二十年的好运。”

花匠道：“冲这个难关，道长可有什么办法？”

正一道长略一沉思，说：“除了万事小心，少争执，多避让之外，你回去后，养一只猫。猫通灵，可辟邪。最好是老猫。”

5

老花匠接到儿子的电话之后，第二天就从申村赶来了南京。他把家里的老猫带了过来。这可真是只老猫，二十三岁，相当于人的一百岁。这么多年来，老花匠跟它朝夕相处，到了难分难舍的地步。这次为了儿子，竟送进城来。

父亲手里拎了个布袋子，里面有他随身的小物件。老猫在他的脚旁边钻来钻去。

父亲带了老猫来的这一夜，花匠真就睡得不错，早晨一起来，气色大好。他很有兴致地在老猫面前蹲下来，伸手去摸它的头。老猫猛然向后一缩，退几步，眼睛盯着他，耳朵朝后，尾巴竖了起来。人与猫一时僵持住。花匠盯住老猫的眼睛，老猫的眼睛像多个镜面对照后形成的深不见底的虚空。

老猫完全不认得他了。

花匠离开老家已经五年，虽说每年都要回去几趟。不过从来没好好在意这只老猫。老猫只在老花匠喊它的时候才冒出来，平时就在村里四处溜达。村里人都认得这只猫。看到了，就说："啊，花匠家的猫。"拿东西喂它。它并不吃，看一看，径自走开。它只吃老花匠给它的，或者自己捉。老鼠已经不常见了，只能偶尔打打牙祭。花匠去年春天回去的时候，老猫不知道从哪里捉来了几条泥鳅，一条一条摆在门口的井边上。老花匠把鱼洗洗干净，烧好了，端给它。老猫吃了两条，就在一旁歇着，用爪子洗脸。邻居铁头叔家的狗经不住诱惑，挤过来想偷一条，被老猫一巴掌打在脸上，一声哀号，逃得无影无踪。

花匠就说："老猫这么凶！"

老花匠的笑里有点小小的得意："村里的狗都怕它。它走过去，狗都让得远远的。"

最叫人吃惊的，是老猫还会逮鸟。它会找一棵大树爬上去，藏在树叶里，一动不动。终于有只鸟儿过来，在它面前略略停顿一下，它一把就抓过来。所以在花匠心里，是拿它一半当野猫的。

看花匠没法靠近，父亲走过来，拍拍老猫的头说：“老猫，他是自己家的人。不是外人，是家里人。”

父亲抱起老猫，把老猫的鼻子硬凑到花匠的脸上：“记住，是家里人。”

老猫像是听懂了，身体松弛了下来。眼睛里的光也柔和了许多。花匠用手轻轻抚摸着它身上的毛。老猫的毛已经失去了鲜亮的光泽，变得干燥而暗淡。老猫先是舔了舔刚刚被花匠摸过的毛，又轻轻舔了一下花匠的手背。父亲笑起来：“老猫在认你呢。它记得你了。”

花匠高兴起来，从父亲手上接过猫。猫一挣扎，跳到地上，走了。父亲说：“不要急。它跟你还不熟。熟了就好了。不过老猫脾气怪。你呢，跟它也不要太亲。它不喜欢人抱它，离人总远远的。”

父亲走了，没提自己头晕的事。

父亲不让花匠远送，花匠只好在学校门口跟他挥手告别。回到家，刚打开门，一直蹲在门后面的老猫，噌的一下，跑了。

花匠哪里追得上。等他跑出来，老猫早已不见踪影。

6

养了二十三年的老猫，是一定不能丢的。花匠找了三天，虽然没有找到，可基本断定老猫还在校园里。既然在校园里，就好弄。

花匠从来没有想到，校园里竟有这样多的野猫。一部分是被人遗弃的，一部分恐怕是它们自由繁衍的。有肥有瘦，有大有小。花匠一早起来就去菜场，买一袋子的小鱼。然后拎了鱼，不停地在校园里转悠。一边走，一边给猫喂鱼。抢到鱼的就躲到一边去独自享用，几只抢不到的，会远远跟着他。并不靠近，很机警，有个什么动静，立即就窜进树丛。花匠数过的猫，有一百多只了，可一直没看到老猫。幸好有人说看到过，才让花匠不至于灰心。

花匠找猫的事在学校里很快就传开了。熟人见到，见面的问候都是："猫找到了？"

到中午的时候，花匠袋子里的鱼都分掉了。他在行政楼后面的池塘边上，找一张椅子坐下来，看一池的荷叶发呆。夏天就这么过去了，荷花早谢了，荷叶还好，然而池塘就显得有些落寞，连水面上的涟漪都显得有点呆滞了。一阵风起，几片梧桐叶子从头顶飘下来，落在衣襟上，花匠掸了掸，下意识地把领口紧一紧。父亲已经打了两次电话，花匠总是说老猫很好，胸闷的程度也大大在减轻。父亲就高兴。

一只褐色的大猫从冬青树底下钻出来，紧紧盯着花匠，眼睛一眨不眨，好像他的脸上有什么奇怪的东西。花匠也盯着它。这只猫显得十分的粗野，目光也是蛮横而没有顾忌。花匠的眼神一点也不能退缩。原本并不太信道长所谓猫能通灵的说法，可是不久前，在报纸上看到一则消息，说在美国罗得岛州的斯蒂尔疗养院，有一只名叫奥斯卡的黑白相间的家猫，竟能预测病人的死亡。它已经预告了五十起死亡，人们给它取了个名字，叫它“四脚死亡天使”。这个消息让花匠对猫开始有所戒备。褐色的大猫终于没敌得过花匠的对视，怀着一种恨恨的恶意转身离去。花匠松一口气。忽然又自嘲地笑了。一场不大不小的病，竟让自己变得这样神神道道了。

花匠每天喂过猫，就在这张椅子上坐一坐。每次都有不同的猫会跟过来，在一旁远远地看他。有的目光柔和，有的目光胆怯，也有的老气横秋。猫与猫之间的关系，也颇为复杂。看起来都独来独往，可有几只相对较亲，有几只毫无关联，有几只呢，就常有争执。花匠对它们的世界，是越发感兴趣了。而猫们，也习惯有这样一个人天天来喂鱼。它们几乎每天都要来跟花匠打个照面。然而一直没有见着老猫。花匠也怀疑老猫是不是已经走出了校园，可是心里又放不下。他没有办法到外面去找。他只能把希望放在这校园当中。如果老猫真的有灵性，它应该回来，应该来见我。花匠想。

7

和往常一样，花匠分发了鱼，朝它们抖一抖空袋子，又往池塘边那棵梧桐树走去。木头的长椅上放了一只黑色的塑料袋，里面鼓鼓的。花匠没有去管它，在一旁坐下。或许是哪一个临时放这里的，转一圈会回来。

花匠坐在椅子上，有点奇怪。竟然没有一只猫跟过来。他记得在池塘那边的时候，还有两只跟在他的脚后。那些猫们跟他已经亲近许多了，不再远离他。虽然不会让他去抱，却能在他的脚旁边打转了。这让花匠的心里有了一丝暖意。有时候甚至会恨恨地想：老猫啊，养了你二十三年，说走就走了。说你有灵性，我看啊，说不定还不如这些野猫。

眼前看不到猫，花匠心里有些失落。在椅子上呆坐了半天，觉得很没味道，站起身，准备走了。四处看看，也没有人。他心里就有些疑惑，这袋子到底是谁的呢？“谁的袋子？”他问。那么，该是谁忘在这里的了。花匠想。看看里面有什么再说吧。

花匠打开袋子，啊的一声，立即把袋子扔下。里面是一只死猫。

猫是被人打死的。身上满是血，头几乎都被打扁了。或许是用棍子，或许是用砖头。

花匠站在椅子旁边，一阵恶心，又一阵的愤怒。怎么有人这么的残忍，又这么的变态。打死了猫，还装在袋子里，放在椅子上。为什么要放在这把椅子上？花匠一个激灵。这是给我看的。这个人，他知道我喜欢猫，知道我在找猫。这只猫，是我害死的。这个人，是仇恨我，还是仇恨猫？花匠的心里忽然有一种对变态的恐惧。他四下看看。空无一人。或许，那个杀猫的人，就躲在哪个角落正看着。

花匠能看出来，死了的这只猫，就是那次与他对视的褐猫。那么一只健壮粗野的猫，就这么死了。花匠一度认为，它能做这里的猫王呢。现在成了一个扁了头的“死亡”。

花匠拎了猫，从家里找了把铁锹，把猫在一棵玉兰树底下埋了。花匠喜欢玉兰树。它在春天是第一棵开花的。花直接就开了，满枝头都是。没有绿叶。像把整个生命都挂在树上。花匠觉得这跟褐猫有某种相似的地方。可是褐猫死了。花匠走了这一路，心里渐渐平静下来。他下了个决心，他要找到这个可恶的人。

花匠挖了个小坑，把猫埋下去。满心的歉意。如果不是自己这么喂猫，它就一直会离人远远的。它就不会这么轻易被杀死了。花匠觉得是自己的错。而这错，又更让花匠增添了对凶手的怒气。花匠把猫埋好，双手合十，祷告了两句：猫啊，你来世变一只老虎吧。花匠往保卫处走去。他要跟他们说，校园里有个杀猫的人。

自从看到了这只死猫之后，花匠一直觉得后背凉凉的。总像有冷飕飕的目光在盯着。即便是回了家，也是这样。像有个人，就蹲在楼下，在朝窗口看。

花匠这一夜没有睡好。几乎没睡。

8

第二天，花匠还是买了鱼去喂猫。看到猫了，他把鱼都扔得远远的，如果猫叼着了，不立即走，他就轰它，赶它，让它惊恐地逃去。花匠不再想让这些猫跟他亲近了。他本不想再喂它们，可不知怎的，一早起来，还是去了菜场。既然去了，只好又买了鱼。花匠想，这是最后一次了，不再喂了。喂了，却是害它们。一面想，还是一面喂。只是心情格外的低落。猫们也许看到了花匠的反常，没有像往常那样积极地跟他。走到池塘的边上，竟然还剩下了三四条鱼，在袋子里有一下没一下地跳着。花匠没有去那张平日里坐的椅子。他看了一眼，还好，椅子上空空的，没有异样的东西。花匠叹口气，把袋子里的鱼倒进了池塘。

花匠依然在校园里走动，目光探寻着猫的动静。他比以往更想父亲送来的老猫。有时候，甚至觉得那只猫和他的命运有着某种神秘的牵连。他原本是想通过喂猫的方式，跟校园里的猫们混得烂熟了，就会发现老猫的踪迹了。可是被这样一个心怀歹念的人一搅和，完全打乱了他的计划。

三四天过去，校园里没有任何的动静。花匠带了点鱼食，在校园里走过一圈之后，就到池塘边上喂鱼。他已经不知道还要不要找那只老猫了，也不知道如何去找。有时候，甚至想，就跟父亲明说了吧。可是每次话到嘴边，又说："老猫天天陪着我呢，好得很。"

花匠站在池塘边上，陈高个从他旁边走过，跟他打招呼："花匠，又有一只猫被杀死了。"陈高个是保安，跟花匠很相熟了。

花匠连忙跟过去。死猫是一个女学生看到的。她经过防空洞门口的时候，看到了猫。猫是被用刀砍死的。有一只耳朵都被砍得挂了下来。几个女同学聚在一起，在远处看。其中一个捂着脸在哭，身子一抖一抖的。

陈高个用袋子装了起来，花匠陪着他，找一块空地埋了。

花匠又觉得心脏十分不舒服，没有多说，回家了。

花匠在家里歇了两天，再到校园里弄他的花草，刚刚经过门口的保安室，就被陈高个喊住："花匠，你来坐一下。"

"校园里出了怪事。这段时间，连你看到的两起，已经有十三只猫被人杀死了。"

花匠大吃一惊："十三只？"

陈高个点点头："手段还残忍得很。有的连头都砍下来了。有的是把尾巴砍掉。还有的剥了皮。是个变态狂。保卫处让我们巡查。哪里查得到。"

一个老年的胖保安皱着眉说："摄像头也没拍到。肯定是躲在暗处的角落里干的。"

"学生们都传疯掉了。网上也在讲。说我们学校里有个变态狂。"

"十三只。"花匠道，"有没有报案？"

保安们笑起来："这报什么案。杀的是几只猫。派出所哪会管这个。"

胖保安还是皱着眉头："要我说，这里的野猫也实在太多。有时候叫一夜。叫得那个惨。觉都睡不着。"

花匠瞥了他一眼："这什么话。猫多就能杀么？"

"老吴，你不要瞎讲。人道一点。"陈高个说。

老吴横了一眼陈高个："不要跟我装斯文。"

花匠沉着脸走出去。

老吴看花匠走得远了，回头跟几个保安悄声说："你们说这个花匠，会不会是他干的？他一个人整天没事在校园里乱转，跟猫混。这段时间没看到他，就死了十多只。"

9

杀猫的人没有找到，对花匠的传言却越传越广。花匠走在校园里，已经有很多人用异样的眼光看他。

花匠知道这传闻，还是陈高个说的。

“花匠，你可知道他们在背后说你？”陈高个接过花匠递给他的一支烟。

“说我什么？”

“这帮狗日的嚼舌头，说是你在杀猫呢。放狗屁。”陈高个朝路边的草丛里吐一口浓痰。

花匠一惊：“怎么说是我杀猫？”

“我说是放狗屁么。”陈高个说。

花匠回了家。

虽然曾有过要捉住这杀猫人的念头，可想过就算了。花匠并没有真的行动。等这人杀了十多只猫之后，花匠是更为老猫担忧了。不过他是指望保安负起责任来的。保安们自然没有太把这件事放心上。他给我打电话，让我问问公安局的人。我说：“你还真是迂了。杀几只猫，公安要是连这个都要管，添十倍的人手也顾不过来。这段时间主要是抓酒后驾车。跟你说啊花匠，多在家歇歇。”

过了几天，他又跟我打电话：“我们学校里有人在杀猫。闹得人心惶惶，手段残忍得很。你找记者来采访一下吧。”

“花匠，你身体好些了没？这样的事，报不了。没有记者会管的。”我真觉得花匠有些钻牛角尖了。

“杀猫的事，闹得人心慌。你们要是报一报，说不定引起重视，就把那个变态狂抓了。”

“好好好。有空聚啊。”我挂了电话。

花匠没想到自己竟被当成了杀猫人。这样不行。花匠在校园的林荫道上来回走着。这样不行。怎么会这个样子？怎么说是我？花匠觉得自己已经没有了退路，被那个家伙逼到墙角了。

花匠带了一支手电筒，还带了一把小铲子。他本想带把小刀的。怕被人发现了，说不清。手里有把铲子，要是动起手来，也有个家伙，还能算正当防卫。花匠是个精细人。

花匠先去了保卫处。保卫处的处长是个白净面皮的中年人，戴副无框的眼镜。他认识花匠，也听说过杀猫的传言。不过没太往心里去。他知道这学校里，变态的、忧郁的人不少。有些人是不能刺激的。刺激了，出了什么事，负不了责。更何况，也没有证据说是这个花匠干的。就是干了，杀几只猫，又不犯法。越是这种变态的人，你越要小心。所以看到花匠进来，回头看看他，客气地问：“你，有事？”

“黄处长。”花匠平静了一下口气，“最近还有没有猫被杀死？”

“还好。不多，一两只。”

“我在想啊，这杀猫的人，能杀猫，就能干别的事。学校里有这样一个人，是个隐患。你们保卫处，应当重视。”

“我们很重视。”

“我是想跟你们打个招呼，我是要查的。从今天起，我就参加巡查了。我有个想法。你们能不能也给我配个对讲机，万一有什么情况，我好跟你们沟通。”

“花匠，我们有我们的纪律。这个对讲机，不好给外人。这个绝对不行的。这样吧，我把我的手机号码给你，要是有什么情况呢，你直接给我打电话，怎么样？”

“好。”花匠把号码记在自己的手机上。

花匠走了，黄处长倒变得有点糊涂。他不知道这个花匠是变态，还是有点神经。应该是有点神经。

10

陈高个说他几次听到猫的惨叫。那是临死前的声音。根据这声音，花匠断定杀猫人主要是上半夜动手。

校园里猫的几个聚集地，花匠是熟知的。不过因为连续的屠杀，猫们早已变成惊弓之鸟。不用说来你脚跟打转了，听到人的脚步，就立即逃去。偌大一个校园，原本猫影横行的景象完全消失了。一部分逃到了别处，一部分可格外小心。老猫也走了吧。花匠想。陈高个跟花匠说过，被打死的猫里，没有花匠说的那只老猫。现在，埋猫的事都是陈高个在做。

花匠爬在梯子上，用老虎钳解着一根深深勒进树干里的铁丝：“高个子，你看，好好一棵树，非要绑根铁丝。树长粗了，就勒进去。长粗了，再往里勒。你看，铁丝都包进去了，树的伤处鼓了一圈。树想把这个口子养好，养得好吗？铁丝在里面，它养不好。我跟你说，看到它，我心里就疼。有人害树，有人杀猫。要在我们乡下，早被人打个半死了。”

陈高个跟花匠说：“真要找那个狗日的？”

花匠说：“一天找不到，我一天睡不着。说不定哪天他就把我家那只老猫给打死了。而且，你知道的，不找到他，人家真以为是我呢。”

花匠巡了几夜，什么动静也没有。或许是猫少了，机警了，不容易下手。或许是花匠的动作，引起了杀猫人的警觉。花匠已经像个老侦察员的样子。他打量每一个人，无论是学生，还是教职员工，或者来校园里闲逛的。很多人不习惯，背地里说他神经。最后的传说变成这样：“校园里有个精神病花匠，专门杀猫。”“据说是老婆死了，气疯的。”

11

天气是日渐冷了。猫的死亡的事，还是时有发生。花匠束手无策。人也渐渐地消瘦下去。大家都以为花匠是个精神病，对于他杀猫，人人心生恐惧，已经有不少人找了学校的领导反映。

花匠不知道，在别人的眼中，他就是那个他在寻找的杀猫人。他现在已经是变态狂加精神病。知道了也无可奈何。但是别人对他的疏远和恐惧他还是感觉到了。有时候，他善意地朝某个学生笑笑，点点头，想说点什么，特别是女生，竟会变得脸色苍白，快步逃去。花匠经过几次这样的惶惑，也就主动离她们远远的。他不知道自己怎么一步一步走到这个境地。他现在唯一能做的，就是逮着那个阴险的杀猫人。可是，杀猫人就如同一个幽灵。有两次，花匠听到了猫的惨叫。他赶过去，猫死了。四周空无一人。猫的惨叫，是凶手发出的唯一声响。

黄处长也接到了对花匠的指控，只是他没有证据，不好采取什么手段，就经常在监控室里看花匠。有时候都已经是下半夜了，花匠还一圈一圈，在昏暗的路灯底下走着，像一只关在大铁笼子里的狼。

有一天不算晚，夜里十一点多，黄处长一边在电脑上玩“斗地主”，一边瞥着监视器里的花匠。原本正行走着的花匠，突然站住，像听到什么声响，立即又飞奔起来。黄处长忙用对讲机喊保安过去。

在摄像头的死角，扔着一只还在抽搐的濒死的猫。花匠站在旁边。保安悄悄在对讲机里说：“他又打死了一只。”

看到保安过来，花匠说：“凶手就在附近，跑不远。”一边说，一边跑过去，拿着手电朝树丛里乱晃。保安跟着他，冷冷地看他。

凶手自然毫无踪迹。花匠绝望地在一盏路灯底下站住，从口袋里掏出小花铲，死死地握在手上。牙咬得紧紧的。脸上的肌肉都有点扭曲了。保安打了个冷战，连忙掉头回去。

保安跟黄处长说：“这个人疯掉了。自己杀死了猫，还到处找。我看他的样子，是自己做什么都不知道。不是梦游，就是鬼上身。”

黄处长点点头，目光从监视器上移开：“我看到了。”

第二天一上班，黄处长给后勤处打了个长长的电话。

12

我去看花匠的时候，发现花匠的病已经很重了，人已经瘦得脱形了。

我请他到一家湘菜馆吃饭。跟上次看到的花匠相比，他几乎变了一个人。人瘦成长长的一条，面色蜡黄，脸上的皱纹也多了，表情有点木木的，甚至有点惶惑。不过见到我，倒很高兴，一直跟我说话。

“在别人的眼里，我是个神经病。”他叹口气，放下筷子，“女学生看到我都吓得跑。我看，我还是回老家算了。这里怕是待不下去了。可是老猫丢了，我回去没法向老爷子交代啊。你说这个杀猫人怎么回事？就跟我对着干。你说他是针对我吧？”

“你得罪过什么人没有？”

“我也想过，我一个花匠啊，我能得罪什么人？别人都可以给我气受，我从来都是给人赔笑脸的。我在这里五年，都没跟人红过脸。我一个农民工，不用说老师、教职工什么的，学生我也不敢得罪。”

吃过饭，我和花匠走到店门外，花匠没精打采地说：“那我不送了。”

一阵风吹过来，夹着尘灰，打在我脸上。我一只手捂着嘴鼻，一只手朝花匠摆摆，两人各自怀着一种莫名的烦躁分了手。

13

保卫处的黄处长应该是在我见过花匠后的第三天去他家的。带了陈高个和另一个保安。他们说经过请示领导，要送花匠去医院看看。花匠说我看过了，查不出来。黄处长说，再看看吧，你放心，钱我们出。

他们把花匠送去的是精神病院。医生经过一番细致的检查，说："你这个情况比较严重，属于重度忧郁症了。病到这个程度，很危险，甚至，可能你自己做什么，你都会控制不了。你自己都可能不知道。要药物控制，建议你住院治疗。"

花匠看到诊断，终于相信，原来自己真是病了，不是其他病，是忧郁症。花匠一直以为，只有日子过得好的人才会得这种病，没想到自己一个种花的人，也能得这病。好在黄处长讲钱由学校出。否则的话，真就没办法了。

进入病房的过道口有两道铁栅栏。花匠刚进来的时候，正是晚饭时间，几个人端着饭盆在过道里吃饭，说着话，一个人就把饭盆子扣到另一个人脸上，两人扭打起来。医生把花匠往他房间里一推，就赶过去拉架。房间的门是上锁的，从外面。

花匠躺在床上，辗转反侧。他相信医生的话。他翻来覆去地想，是我吗？真是我杀了那些猫，我自己还不知道？我有精神病？真有？如果没有，怎么想得起来要养一只老猫辟邪呢？这在几年前肯定不会的。都是心悸闹的。花匠打算好好吃药，把这个病早点治好。他有点怕了。怕自己。

14

报案的是个退休女教师。她的儿子得了小儿麻痹症。因为她是学校里的老师，儿子被照顾录取在本校读大学。她每天用轮椅推着儿子上学放学。学校里的人个个都认得她。她跟保安说，她们楼下的地下室里，有几只死猫，都冻在冰里。

黄处长带着四五个保安赶了过去。

“一直都是关着的。”退休老师推开地下室的门，“我下午从这里走，看到门虚掩着，我想关起来，顺便往里一看，全是水，都结成了冰，你们看——”

整个地下室都被水淹了，水又结成了厚冰，厚冰里冻着四只猫。猫倒在冰里，一部分在冰里，一部分在冰外。应该是被人杀死了，扔在地上，被水淹了，再冻住的。

水应该是从外面漫进来的。七八天前下了一场大雨。在靠墙的地方，放着厚厚的，用拆开来的纸盒做成的床铺。床铺上什么都没有，但能看出被身体压过的痕迹。现在这个纸做的床铺，被冻在了冰里。地下室其他地方，全都空无一物。

黄处长回到监控室，仔细地查看录像。

在录像里能清楚看到那人的有三次。这人看起来有点土，有点凶，四十岁左右，一米七的个子，走路外八字，戴个鸭舌帽。他不是学校里的教职工。没有人认识他。也没有人跟他说过话。从录像里看，大概在一个星期前，这人出了校门，之后再也没有回来。

15

学校里果然不再发生杀猫事件。有人说是那个杀猫的人离开学校了，更多的人说是那个杀猫的花匠被送到了精神病院。

校园里有一大片花死了。有领导问起，黄处长才想到，花匠还在精神病院。

黄处长已经知道，杀猫的另有其人，不是花匠。

花匠从脑科医院回到学校，发现校园里贴满了通缉令。

几天前，有人在银行门口持枪抢劫，打死了一个人，抢走二十万。

刚回到家，花匠就给父亲打了电话。父亲接到电话就问："听说南京有人杀人了？"

"抢钱。"花匠说。

"抓到没？"

"没呢。"

"你身体怎么样？"

"我全好了。"

"好了就好。我过两天再来南京，老猫还好吧？"

“嗯嗯。”花匠支吾着，抬头看了看窗外。校园里多了好些背枪的军人。

“爸，你别来了。我过两天就家去。这回家去就不出去了。”

铁匠光着上身，
腰里围了块黑色的破皮裙。
炉火烧得旺旺的，
铁块正红。

铁匠一手拿长长的铁钳
夹着铁块放在砧子上，
一手挥锤打下去。
铛铛铛
的声音不急，
却沉重有力。

铁匠

铁匠住在离我家不远的半夏河边。1985 年，整整八十岁的铁匠曹鞋儿去世了。两个儿子偷偷把他埋在自家的屋后。不想被村支书发现，又挖了出来，去火化。铁匠被挖出来的时候，尸臭弥漫了整个申村。

村支书指挥他雇来的外村人用塑料纸裹起已经腐烂的尸体，抬上拖拉机。那时我十五岁，已经初中毕业，和上百名申村人一起，一言不发地站在远处，默默地看着这凄惨的一幕。

2014 年的初夏，我回家小住，到申村的这天下午，刚下过一场小雨。走到半夏河边，看到一位老人在耕地。老人倒退着步子，吃力地拉着铁犁，土耕得颇深。看到我走近，他停下来和我招呼。我递过烟去，他便扶着犁跟我闲谈。他便是曹鞋儿的儿子红荣。红荣已是八十一岁的老人，一头白发，满脸皱纹，脸上永远带着笑意。我跟他闲话，说他这么大年纪，一个人过，不容易。一个挑着担子从旁边路过的女人笑道：“他哪是一个人，他有洋婆子呢。”红荣就笑骂：“滚滚滚。”“洋婆子”说的是红荣养的一只老羊。已经好多年了，一人一羊，相依为命。

红荣在家里排行老二。哥哥与弟弟早已去世。他孤身一人，不曾婚娶。我每次回来，都看到这只老羊领着几只小羊在河边上吃草。没事的时候，日渐苍老的红荣就坐在一张小木椅上，抽着烟，不知道是在看河里的鸭子，还是看护着小羊不让它们掉到水里。如果有一天，他不在了，他这一家在申村也就结束了。

铁匠曹鞋儿、红荣这一家，在申村已经住了三百年。

1923年的秋天，申村富户大槐一岁的小儿子夭折了。大槐痛不欲生，请木匠用上好的木头，做了一个小而结实的棺材，装殓了，埋到申村西边一座大坟的前面。风水先生说那个地方好，可使家族发达。

这大坟周长九十多米，高七八米，是曹鞋儿家的祖坟，建于清朝康熙年间。

曹鞋儿，祖上本是反清复明的义士，为了躲避清军的追杀，逃到申村的一个亲戚家，买了一块田地，安居下来。曹家先祖应该是个颇通军事的义军首领，来到申村的时候，也应该带来了不少钱财。他在申村西边的旷野里，买了二十多亩的土地，四周挖了小河，把这块田地与周围分割开来。河两边栽了杨柳。只是在对着申村的方向，建了一座小石桥，与外界往来。过了小石桥往东一公里，就是我家。

曹家住在孤悬于申村之外的这个垛子上。这是一块高地，处于旷野之中，除了申村离它稍近外，它的南、西、北三个方向，都要在地平线上，才看到人家。无论从哪个方向来人，远远就能看到。特别是在第一代先祖去世之后，曹家又在靠河的地方为他造了一座大坟。方圆数十里的人，都知道申村的边上有一座“曹家大坟”。这座大坟绝不是为了摆阔气，它是一座瞭望塔。站在坟顶，可以俯瞰四野及整个申村。

在我小的时候，申村曾经成立了一个民兵连。民兵们经常在曹家大坟附近操练。他们在离大坟很远的地方挖了一些简易的掩体，民兵们趴在里面朝插在大坟前的弹靶开枪。在每个弹靶下面，都挖了一个坑，有人藏在里面。等枪响过了，就会用长竿举起一个牌子，舞动着，报告刚才那一枪打中了几环。

在大坟的顶上，插着一面迎风飘卷的红旗。红旗插上了，表明正在演练，请远离此处。红旗拔掉了，说明演练结束，取消戒严。

大槐把夭折的小儿子刚刚埋下不久，曹鞋儿的父亲“斧头”就找来了申村的阴阳先生。阴阳先生勘查了两天，又写又画，最后拿了一张纸，写道：“西南小坟，对曹家大不利。轻则火灾，重则人亡。破解之法有二，或他移坟，或你迁居。”

财大气粗的大槐，完全不搭理“斧头”要他迁坟的要求。两家为此打起了官司。

这是申村最著名的一场官司。这场官司从 1923 年打到 1925 年，曹家几乎变卖了全部家产，打点衙门的上上下下。大槐呢，也是大送厚礼。大槐家大业大，送礼并没有伤筋动骨。而曹家因为官司，田地变卖得只剩下五六亩，曹家垛子，已不再为他家独有。衙门拖延了两年，看曹家再也给不出好处，终于下了判决：大槐家的小坟就地略改朝向，不用迁移。

这一含糊的判决，事实上标志了曹家的失败。判决下达一个月后，曹鞋儿的父亲心力交瘁，病倒在床。他把曹鞋儿喊到床边："你记着，是谁坏了我曹家两百多年的家业。此仇不报，我在九泉之下也不瞑目。趁我还有口气在，你赶紧结婚成家，了我一番心事。"

二十岁的曹鞋儿遵从父嘱，娶了从小定下的娃娃亲戴氏。戴氏进门才半个月，五十一岁的"斧头"便抱恨而终。

曹鞋儿卖了一亩地，凑齐给父亲办丧事的费用。下葬之日，天降大雨，亲友们把"斧头"匆匆送到墓地，就赶了回去。曹鞋儿跪在父亲的坟前，　·直到天黑。

所剩无几的几亩薄田完全不够生活。曹鞋儿无奈，只得到镇上田二铁匠家当了学徒。

曹鞋儿人高马大，孔武有力，入行虽晚，倒真是当铁匠的料，只一年，就学了铁匠的本事。回到申村，在曹家垛子的家门前，摆开铁匠铺，给乡亲打造农具，生意也还不错。

1944 年的夏天，麦子收割了，田地里车了水，秧也栽上了，正好有段空闲时光。铁匠曹鞋儿生了炉火，打起了镰刀。远远的，就看到村长希旺过了小桥，慢悠悠地过来。

铁匠光着上身，腰里围了块黑色的破皮裙。炉火烧得旺旺的，铁块正红。铁匠一手拿长长的铁钳夹着铁块放在砧子上，一手挥锤打下去。铛铛铛的声音不急，却沉重有力。

这个希旺，他一向是看不入眼的。一个要饭的，比他还穷。可是希旺今非昔比，当了村长之后，立时风光起来。走东家串西家，一会儿让交公粮，一会儿派人抬担架，别人家有个什么纠纷，他也被请去排解。有吃有喝。这让铁匠又羡又妒。

希旺当村长已经两个多月，乡长让他找个帮手，他却迟迟没能办成。动员了几个，都被谢绝了。不到万般无奈，他是不会来找铁匠的。铁匠是个多事的人。嗓门大，心眼多，手段狠。要是让他当了村干部，恐怕会惹火烧身。可眼下乡长催得太急促，希旺只得硬了头皮来到曹家垛子。

等希旺说明来意，铁匠爽直地把已打成刀形的铁片伸到水里，滋的一声，一股水汽蒸腾而上。铁匠扔下手里的活计，挺直腰爽直说道："你既是登门来说了，我怎好不给面子？这也是好事。村里的事总要有人来做，我不怕出这个头。"说完，让妻子倒了茶，亲手端给希旺。接着又把手里的旱烟递过去。这旱烟是铁匠的宝贝，通常不让人碰。只有遇到贵客了，才让吸上两口。烟竿是上好的湘妃竹，烟锅是他自己用一只大田螺壳特制而成。烟叶也是自家种的。他把这简陋的烟具挂在腰间，一刻不离。

铁匠在兴奋与焦虑中等了五天，希旺终于通知他开会。等铁匠和希旺到了祠堂，乡长俞飞及几个重要的干部郭余何、阚宏院、徐新华、单广进等人都已到齐。这批申村周围最早的党员，几年之后，在新四军北撤的时候，被国民党还乡团枪杀了。

俞飞招呼铁匠坐下："曹铁匠你们都认识。经过我们的考察，符合入党的条件。今天我们吸收他加入党组织，你们有没有意见？"

众人都说，没有意见。

"那就宣读入党誓词。"俞飞站起来，举起右拳。铁匠学着他的样子站起来，一句一句跟在后面读了。大家走过来，一一跟他握手。铁匠第一次跟人握手，很是激动。俞飞告诉他，入党及党所有的事，上不能告父母，下不能告儿女，内不能告妻子。这是铁的纪律。铁匠连连点头："这我知道，这我知道。"

乡长分配给铁匠的职务是申村的翻身主任。俞飞说，你的任务是配合希旺，动员穷人起来分地主富农的田地。他们分到田了，才会听我们的话，才会捐粮、出工、当我们的兵。铁匠不停地点头。

开完会的第二天，铁匠去了维经家。维经是北村的一个富户。

铁匠开门见山："大爷，现在共产党来了，日子安稳。你有把朴刀，放在家里也没什么用，能不能借我用用？"

维经的这把朴刀，是铁匠打的，也是他最得意的作品。只是因为当时铁是维经自己拿来的，钱也先给了，自己不好留下来。那刀实在是漂亮，铁匠时常在心里惦记着。

维经脸一沉："这把刀我花了好几块大洋，放在家里防贼防匪，怎么好借给别人。"

铁匠道："大爷，实话对你说，我已经当了翻身主任，就是负责斗土豪，分田地。你如果要把这把刀留着，我也不管。我就先走了。"

维经一听吃惊不小，连忙伸手拉住铁匠，回头大声喊媳妇做饭："大兄弟高升了，要祝贺祝贺。不要走，不要走。"

说着，进里屋拿出挂在墙上的刀来，递给铁匠："大兄弟，有你当了官，我还留这把刀做什么？不知道你们斗土豪，是要斗什么人？像我们这样行善的人家会不会有事？"

铁匠接过刀，拿布一擦，精光闪亮，顺手挂在腰间："大爷，你就不要担心。我们是世家的交情。有我在，不会叫你吃亏。"

维经连连点头。说话间，酒已倒上，维经恭敬地请铁匠入席，边吃边谈。

这是维经第一次请铁匠吃饭。铁匠酒饱饭足，从维经家出来，不由得哼起了小曲。

过了一天，希旺通知铁匠去祠堂开会。铁匠换了一身青布裤褂，手持朴刀，绕路多走了半个申村，跟每个人含笑打招呼。申村的人们虽然不知道他当了什么干部，但言语间对他马上客气了许多。

铁匠虽然当了翻身主任，家里的境况并没有好转。当干部不拿薪水整天忙，家里已经揭不开锅。这天开完会回家，被女人好一通数落："家里明天就断粮了。你要我们娘儿几个全饿死了不成？"铁匠心中烦闷，一甩手出了家门。不经意间，又来到维经家门口。维经一看铁匠过来，心里一阵慌张："大兄弟，来家里坐坐。"

铁匠进门坐下，闷头喝了一碗茶。维经说："大兄弟怎么脸色不好，遇到什么难事不成？"

"唉！"铁匠长叹一声，"我为了公家的事东奔西走，顾不得家。家里眼看就要断粮，我这心里堵得慌啊。"

维经道："你一个当干部的人，哪里还顾得上家里柴米油盐的小事。我这里先拿点米面回去。"

铁匠一听，喜出望外，连忙站起身来，千谢万谢。维经让儿子拿了两根布袋，一袋装米，一袋装面。铁匠把两根袋子系在一起，喜滋滋地扛回家去。到了家，把粮食往老婆面前一摔："整日的你跟我啰嗦。不当干部，哪来的粮食？"老婆一看有了粮，立刻闭口不言，由他数落。

自从铁匠当了翻身主任之后，申村的确有了很大的动静。几乎每天都听到铁匠的大嗓门。他敲着一只铜锣，不时地传达上面的各类通知。一会儿是青壮年集合会操，一会儿是组织担架，一会儿是运送公粮。申村的气氛变得忙乱而紧张了，完全合拍于这个纷乱不堪的时代。从他的口中，人们或真或假地知道了外面变幻的形势。虽然大部分形势，申村人并不十分关心。除了日本人投降。

曹铁匠听到日本人投降的消息已经是在两天之后。他立即敲着铜锣把这个重大喜讯告诉给申村人。人们从家里找出过年剩下的鞭炮燃放起来。这一天，申村有了一种过节的喜庆。这也是铁匠唯一一次给申村人带来欢乐。

此时，大槐的儿子和乐当了申村的财经主任，管新四军从四乡筹集过来的钱粮。和乐原先是裁衣，走针引线、裁布缝衣确是一把好手。读过几年书，人也长得漂亮，家里又是富户，虽然与铁匠共事，却是十二万分瞧他不起。即便是碰面了，也是掉过脸去，不正眼看他。因为两家本有仇怨，铁匠对他自然也是冷脸相向。这仇怨，终于酿成了大祸。

日本人投降之后，共产党在全县开始了整风运动。乡长带着已经壮大了的党员队伍也开了会。其实也只是走个过场，什么“批评与自我批评”，什么“相互监督”，都是说说而已，说完就算。然而这整风运动，却让铁匠嗅到了有利的气息。

早在几个月前，铁匠就听说裁衣贪污军粮的事。正好碰到现在整风，铁匠心中大喜，当即请人写了告发信。就在整风会议开完的第二天，乡长就收到了对裁衣的举报。他当即派人把裁衣抓了起来。

事实很快就查清。裁衣在担任村财经期间，私自吃掉了一百多斤的米和面。乡长知道裁衣这个人，就是爱贪小便宜，为人狂妄，其余也没有大的问题。他不想把事扯得太多，于是放话说：“让他把吃掉的粮食补回来，罚点款，找几个人，把他保回去。”

裁衣被放了回来。回来的第二天，又神气活现地在村子里招摇。并且扬言，要给那个举报的人好看。举报的人就是铁匠，对此，申村几乎人人皆知，铁匠也不十分回避。对于裁衣的狠话，铁匠十分不安。裁衣有钱，又有亲戚在口岸镇上当国民党的一个大队副，弄不好，真会被他反咬一口。他咬咬牙，这一次，不是你死，就是我亡。他重新收集证据，并且找了一个文笔好的人，帮他写了告发信，措辞相当严重。

铁匠告发裁衣的罪名，除了贪污军粮外，还有“试图勾结国民党反动派报复共产党”。

裁衣再次被抓起来，关在东岳庙。我的爷爷木匠跟他是朋友，五次三番到他家中，恳求裁衣的母亲想法子救他。老太太想给儿子一个教训，也舍不得花大笔的钱。她理也不理儿子的求救。

两个多月后，乡长在东岳庙门口开了公审和枪毙裁衣的大会。

裁衣死了，铁匠长长地舒了一口气。

裁衣死时二十六岁。他的妻子二十二岁。儿子鸣九才十三个月。

枪毙裁衣的这天一早，铁匠敲着铜锣召集全村人参加公审大会。喊完话，自己直奔东岳庙。铁匠混在人群中，他没有看到裁衣最后的表情，也不想看。只是在裁衣被枪毙之后，他随着人群，去看了趴在地上满是血污的裁衣的尸体。他只看了一眼，就快步挤出人群，回了家。

他没有吃饭，一觉睡到天黑。然后一个人跑到父亲的坟前跪下：“爹，仇报了。”说完，靠着父亲的坟坐下，掏出旱烟，一口一口地吸着。这一天，离裁衣家赢了他家的官司，整整二十年。而那一年，裁衣才六岁。

裁衣死后，申村几乎没有人跟铁匠来往。所有人都躲着他。他走过去了，人们在后面用手指着他的脊梁唾骂。虽然申村的人们，并不喜欢死去的裁衣，却更恨铁匠的狠毒。

形势变化之快，让人措手不及。裁衣死后不久，国共就打起了内战。1946 年的冬天，虽然粟裕在苏中七战七捷，然而国民党的部队还是排山倒海般压了过来。新四军的大部队，带着部分的党员干部向北撤退。大部队走了，还乡团控制了申村。参加铁匠入党仪式的七个人中，除了希旺跑到姜堰城向国民党的区公所自首了，其余几个人都被还乡团捉住枪毙了。铁匠躲在曹家垛子上，心惊胆战。

还乡团过来的时候，铁匠就沿着河沟，从小路跑掉。还乡团捉去了他家全部的家畜，毁坏了一切家具。本要放火烧了他家的房子，有人建议不要烧："如果烧了，他就不回来了。留着房子，我们下回再来捉。"还乡团把他家的后墙扒开一个大洞，让冬天的北风呼啸而入，然后扬长而去。

其后每隔数日，还乡团就要过来一次。其实也是顺路过来。他们是到申村巡视，顺手捉几只鸡鸭，逮几头猪羊，然后再拐到曹家垛子看一看。

铁匠的儿子红喜，每天坐在曹家大坟的顶上，向四处眺望。每当看到有陌生人过来，就吹柳叶哨子，向全家人报信。这样的日子持续了两个月，铁匠知道，他再不走，迟早会被捉到。

铁匠也去了姜堰，去自首。

铁匠从来就不是个有信仰的人。对于共产党，他也了解不多。本是图个风光，出人头地。没想到竟会让自己陷入这样一个危险的境地。他十分的懊悔。他到县城去自首，是带着十二分的诚意的。

铁匠不会写字，向国民党的区公所口头交代了他所知道的党员们的名字。对于铁匠这样卑微的人物，国共两党都很不在意。

他的叛变也没有造成更大的损失。他交代的八个人，六个已经被枪毙，希旺自首了，裁衣——在他的告发下，早已被共产党枪决。交代完了，铁匠在纸上按下手印，浑身轻松地来到姜堰的大街上。好心人告诉他，不能离开姜堰。只有在姜堰，人们才知道他已经是共产党的叛徒。离开这里，被还乡团捉到了，还是会被立即枪杀。

铁匠四处寻找一个可以糊口的活计。可是因为逃亡到姜堰的人实在太多，而活儿却是有限的。加上只要知道他是自首了的共产党，无论穷富人家，一律不肯收留。

几天之后，铁匠在一个桥洞底下找到了希旺。希旺已在姜堰乞讨多日。所幸这是他曾经做过的营生，熟门熟路，不至于饿死。

铁匠找了一只破碗，拄一根竹子，跟在希旺后面上了街。他虎背熊腰，偶尔抬眼看人，眼里还会露出一抹凶光。行人不用说对他有所施舍，看他过来，立即加快步子赶紧躲开。

希旺说，你这样不行。我帮你找个市口好的地方，你就在地上坐着，一动不要动，装作瘫子。铁匠依照希旺所说，在屁股底下垫了两只稻草把子，盘腿沉默地坐着，等人施舍。

铁匠在姜堰装瘫痪整整两年，高大粗壮的一个人，竟成了一只枯槁瘦小的丧家之犬。1948年，共产党重又把国民党军队打跑。儿子红喜来姜堰找了半个月，才找到铁匠。此时的铁匠贫病交加，连步行回申村的力气都没有了。红喜又回申村，找了我的爷爷木匠和另一个人，用一辆独轮车，把铁匠从姜堰城推回申村。

铁匠的妻子因为担惊受怕，日夜以泪洗面，竟哭瞎了双眼。屋子的后墙被还乡团扒了个大洞，虽然用高粱秆堵了，冬天的北风还是呼呼地往里钻。女儿红宝十六岁，受了风寒，得了气管炎，终日不停地咳嗽。虽是这样，既要帮瞎眼的妈妈打理家务，还要抚养才两岁多的小弟红华。二子红荣十四岁，个子矮小，干不了重活，跟在大哥红喜后面打点短工。铁匠躺在床上，暗自流泪。他不怪自己命苦，只是觉得拖累了全家，心里愧疚。躺了半个多月，终于可以下地。铁匠立即去找乡长报到，希望政府重新安排他的职务。谁知乡长早接到上面命令，对于自首过的党员干部，一律不作安排。

妻子见铁匠再也当不成干部，不忧反喜，说道："好，现在可以做个安稳百姓了。你收收心，好好过日子。"

铁匠无奈，回家借点钱，收拾打铁的家伙，重新做回老本行。

铁匠的儿子红喜二十一岁，跟南村的戴家从小订了娃娃亲。铁匠到戴家，请求让两人完婚。对方说，曹家太穷，女儿是独女，嫁过来，受不得这苦。要让红喜来戴家做倒插门的女婿。铁匠只得答应。

红喜性格爽直，能说会道，身材高大挺拔，在乡下，也算得是一表人才。到了岳父家，吃苦耐劳，待人友善。不只是岳父一家欢喜，左邻右舍也是不住口地夸赞。一年后生了一个儿子，再一年，又生了一女。曹家、戴家俱各欢喜。红喜也常带了妻儿回申村来看父母，带点衣物、食品。铁匠手头拮据，红喜也是有求必应。铁匠自从流亡回家，也算是过了几年舒心日子。家中存了数百斤余粮，买了十数根木料，打算再过段时日，盖个新房，给老二红荣娶房媳妇。

1952年的大年三十，铁匠一家欢欢喜喜蒸馒头。照申村的风俗，过年前要蒸数十斤面粉的馒头，待正月里慢慢吃。这是一年一度的大事，再穷的人家，借面粉也要做馒头的。

最先是铁匠的大女儿红宝发现着火的。一家人拼命扑救，可是因为风大火猛，原先祖上留下来的两只大水缸，又被国民党还乡团砸碎了。如今一只小水缸的水，完全不顶事。申村的人远远看到火光，赶过来救火。哪里救得及，整个家被烧得精光。连一件完整的家具都没抢救出来。

救火的人散去，铁匠一家坐在废墟前放声大哭。红荣和红华到处找已经做好的馒头，馒头都落到了泥水中。他们一一捡出来，可是已经不能入口。团聚的大年三十，曹家一家，抹着眼泪，坐在旷野的北风之中。他们连一条被子也没有，只能挤坐在一个稻草堆底下。大人们默不作声，只有六岁的红华，不停地喊饿。铁匠把他抱过来，解开衣扣，把他贴胸口放着，用衣服紧紧裹起来。刚开始红华还在说“我要吃馒头，我要吃馒头”，说着说着，便睡着了。

这情境几乎是我家1911年时的翻版。只不过我家是被人放火。然而，所遭遇的痛苦倒是一样。依照申村的风俗，遭火的人家，在三天之内不得去别的人家，以免把火神引去。所以曹家不能去借宿，也没有人家愿意接待。可又如何挨得过这严寒的冬夜呢。

时间并不长，远远就看到从申村方向有人举着火把过来。人们送来了鱼肉豆腐、馒头糕点。还有人扛来了一张小方桌。爷爷送来的是一床自己盖的棉被。

铁匠打躬作揖，不知道说什么好。

第二天，大年初一，村支书天宁过来，围着已成废墟的曹家走了一圈，吩咐铁匠："你到村里领三十斤米、三十斤面，再领几十块钱，把房子弄一下吧。"铁匠连连点头，一直把支书送到申村村口。

1953 年的大年初一，申村许多人都来到铁匠家帮忙。不到一天的工夫，就搭好了一个简易的草棚。铁匠一家，临时有个避风之处。铁匠的亲家听到消息，带了女儿赶过来。一番安慰之后，赶紧派人通知红喜回来。红喜被政府派到扬州疏浚河道，过年也在工地上。

这一年，红喜二十六岁，正是年富力强之时。能吃苦，人也精明，不论是亲戚朋友，还是河道工地上的工友，对他都很喜欢。红喜听到家中被烧的噩耗，心如刀绞，赶忙请假回家。领导看他情况特殊，批了十天假期。

红喜走了十八个小时才走到家。房子、床铺、桌凳和粮食，都烧得焦黑。被救火时的水一泼，到现在还陷在泥污当中，无从收拾。门口刚搭的草棚，还不如猪舍。红喜和父亲商定，先盖房。由于村里的青壮年几乎都去了扬州的河道工地，找不到人帮忙，就和父亲两人自己动手。因为我爷爷是木匠，村里安排他修理仓库、农具，没有去做河工。爷爷也去帮忙。爷爷与曹家父子一道锯树筑墙，七八天的时间，终于盖成了两间勉强可以安身的土墙草屋。屋已建成，归期也到了，红喜匆忙赶回工地。

一早出发，半夜才走到工地。红喜满脚是血泡。队长不断催促，红喜只歇了一天，第二天就一瘸一拐地下了河沟挑土。河已经挖得很深，且陡，从底下往上一看，要望一眼才到顶。河泥向上挑，要三个人接担。因为他脚疼，工友们照顾他，让他挑最下面一段，可以省些体力。四五天后，红喜脚上的泡才消退。他白天干活，晚上躺在床上长吁短叹。十九岁时，父亲逃亡到姜堰，全家靠他四处打短工养活。结婚成家了，日子刚刚安顿下来，家中又遭到这样的变故。这一次，不知道要多少年才缓得过来。自己整日在蚂蚁一般的人潮里劳碌，到底生活的出路在哪里？他看不到。他蒙着头在被子里哭。

红喜日渐消瘦。挑泥的力气也小了。可是他不能请假，怕干部说他装病。红喜一言不发，咬着牙坚持。

1953 年农历二月十九，红喜从家里回到工地一个多月，这天上午，他刚挑了几担土，觉得肚子痛，抛了扁担，双手捂住肚子蹲下来。工友们围上来，看他脸色铁青，豆大的汗珠从额上、脸上往下滴。领队的干部让两个民工扶了他去医务室。

医生是个年轻人，拿个听筒给他听听，开了点止痛片，让他回去躺着休息。红喜回到工棚里，晚饭也没吃，躺在铺位上，不停地哼哼。工友们回来问了他几声，给他倒了点水喝。因为白天太累，大家躺到被子里，很快就睡了。

第二天一早，工友喊红喜，问他怎么样，红喜一声不答。用手来摸他，红喜已变得僵硬而冰冷。

红喜死了。死时二十六岁，跟被枪决的裁衣一个岁数。

红喜的死惊动了整个挖河的工地。连部、营部，甚至团部的干部都赶了过来。人既已死，当即买了棺材将他入殓，派人送往申村。

一个班长带着八个民工把棺材抬上一辆卡车，坐上去，护送回家。卡车只能开到离申村还有十多里路的姜黄公路，然后由民工一路抬过来。班长在前面飞奔，先到申村曹家报信。

铁匠与老婆听到红喜的死讯，当即哭倒在地。申村人听到音信，从四面八方赶到曹家。妇女们去安抚家属，男人们动手搭起停棺材的凉棚，棚子还没搭好，棺材已抬到门口。铁匠、铁匠老婆、红喜的妹妹红宝、弟弟红荣，一齐扑到棺材上号啕大哭。铁匠不停地拍着棺材，一句话也哭不出来。这边刚把他们拉开，红喜的岳父岳母带着红喜的妻子和孩子赶了过来。红喜的妻子看到棺材，把抱在手上才一岁多的儿子一丢，喊了一声“红喜啊”，倒在棺材面前。有人掐人中把她救醒。她呼天抢地，疯了一般，在地上打滚。

红喜死了，妻子另嫁他人，偶尔也带孩子来看爷爷，一年也就一两回。红喜的妈妈早已双目失明。红宝有肺病，整日咳嗽。七岁的红华，是姐姐照顾，结果也传染上了咳嗽的毛病。红荣虽然已经十九岁，由于从小缺吃少穿，长得又矮又瘦，竟如一个十二三岁的孩童。

铁匠顾不得悲伤，拼命干活，他只能独自一个人撑着这风雨飘摇的家。然而无论怎么辛苦干活，挣得的粮食毕竟有限。铁匠决定养鸡。鸡长大了，既可生蛋，又可卖钱，或许是一条出路。

借钱买了三十只小鸡。小鸡好养，吃得不多，而且他家住在一个四周都是庄稼田地的高地上，鸡四处觅食较为容易。每天一早，铁匠就打开鸡笼，任它们跑去，到晚上了，他站在门口，双手做成个喇叭形，几声“啊嗬、啊嗬”，小鸡们就从四处奔回。

鸡长大了，食量也长了，已经没法靠自己捡点小虫养活。铁匠把给鸡找食的事交给了红荣。红荣哪里找得到粮食，就每天偷偷地从玉米地里掰几个棒子。

地已经归公，全是集体的。地里的粮食也是集体的。经常有人到地里偷玉米。有些田地，甚至等不到收获，玉米就全被人偷光了。村支书十分恼怒，派了“鞋头”来看管玉米。

“鞋头”是我家西边的邻居。因为出生时，是用鞋子在下面接着的。据说，用这种方式接生，孩子好养。所以，取名叫“鞋头”。等他年长了，人们就喊他“鞋爹”。

“鞋爹”看管玉米地是认真的。玉米少了，他要受重罚。玉米保全了，他能得到更多的粮食。

红荣是在天黑了之后被抓到的。他掰了五六个玉米棒子，刚从地里钻出来，迎面撞上“鞋爹”。“鞋爹”瞄他很久了。“鞋爹”揪着他的衣领往村支书家走。到了支书家门口，红荣还死死地抱住那几个玉米棒子。支书二话不说，让“鞋爹”把红荣绑在门口的槐树上。

支书拿了把椅子在他面前坐下，问他道：“你偷了几个玉米？”

红荣道：“五六个。”

“放屁，到底几个？”

“十几个。”

“啪！”支书一个耳光：“你不老实，到底几个？”

“二十个。”

只要支书一吓，红荣就往上加数字。村民们闻讯纷纷赶来。铁匠、红荣的姐姐红宝，也都赶了过来。看围的人多了，支书更要杀一儆百。然而只要支书一逼迫，红荣就往上加数字。支书没耐心多跟他啰嗦，跟“鞋爹”说：“你给我打，让他长点记性，看他下回还敢不敢偷。”“鞋爹”走过去，啪啪啪，一连打了三个耳光。

红荣的姐姐忍不住，跳了出来，大声骂道：“杀头的，下手这么狠，还有没有人性。”一面骂，一面过去给红荣解绳子。支书一见，火冒三丈，当即两巴掌，把红宝打倒在地。铁匠冲过来，一把扶起红宝，大声喊道：“这样还得了，在毛主席领导的新社会，还屈打成招么？”话音未落，支书喊道，给我吊起来。民兵营长、大队会计还有“鞋爹”跑上前，用绳子把铁匠反绑了双手，吊到树上。支书道：“在这里绑一夜，明天送乡里。”

铁匠一家看到这个情形，吓得目瞪口呆。红荣与红宝呜呜咽咽哭着，再不敢说一句话。众乡亲看到这个情形，七嘴八舌，纷纷指责铁匠一家偷粮食，又顶撞支书，实在不该。有人劝他认个错，求支书放他一回。有人说，送到乡里，不死也得脱层皮。

铁匠被吊在半空中，万般无奈，吃力地抬起头来，对支书说道：“支书，我错了。不该掰公家的玉米，下回一定不敢了。”

支书点点头，火气也消了，让“鞋爹”把铁匠放下来。

“铁匠罚粮五十斤。下回哪个敢再偷公家的粮食，一个样。”支书说完，挥挥手。众人各自散去。铁匠带着儿女回到家，一夜哭到天亮。

受了这样的刺激，铁匠与女儿红宝都病倒在床。红荣没办法，只得杀鸡给他们养病。等铁匠病愈，三十只鸡早已吃完。然而红宝的病却是日渐沉重。

红宝早已许配给了三十里外的国俊家。国俊因为长得十分矮小，大家喊他矮国俊。经常来铁匠家帮忙做活。红宝已经二十五岁，因为要照顾瞎眼的母亲和有病的小弟，一直不肯嫁过去。本打算今年成婚的，谁知竟一病不起。

红宝是 1958 年夏天死的。她卧床已经一年，正好又到玉米结出棒子。红荣煮了一碗玉米粥，端给她。她摇摇头：“‘鞋头’这个坏良心的，别的人再怎么偷，他不敢去抓，就会欺负我们家。我这个病，是他害的。我死了，也不放过他。”她不敢恨支书，把所有的账都记到“鞋爹”头上。

“红荣，你不要忘了，他是怎么打你脸的。你不要忘了。”

红宝又抓住妈妈的手说：“妈妈，我要死了。”

妈妈跟她说：“宝儿，你死了，要常回来看妈妈。妈妈眼瞎了，看不见东西。你要回来帮妈妈看家。”

红宝点点头，自己坐起来，穿上准备结婚的衣服，然后又缓缓地躺下去。妈妈坐在床边上，拉着她的手，慢慢地，手就凉了。

村里人纷纷过来看红宝。红宝因为穿着新嫁衣，像是一时睡着了，马上还会醒过来。没等到娶她的矮国俊，坐在旁边一只凳子上，拿一把蒲扇在给她赶苍蝇。

红宝的死，几乎没有人在意。甚至没有听到曹家的哭声。连矮国俊也是表情木然，看不出有多哀伤。或许是因为她卧床太久，人人都觉得她的死是理所当然。或许是大家的心已经麻木了。铁匠找了个破衣柜，把红宝塞进去，草草埋了。第二天他继续下地干活。

时隔不久，村里忙着“公社化”，所有人家都要把粮交出来，锅也砸了，都去吃食堂。因为铁匠家离申村太远，不方便吃食堂，也不方便管理。村里把他家的房子扒掉，在我家东边的半夏河边，给他盖了两间草房。铁匠一家搬了过来，永远离开了他们家族住了三百年的地方。铁匠并不留恋。这些年来，他过得太不顺了。换个地方，或许还有个转机。

铁匠搬到申村之后，食堂倒了，又要各自生活。此时申村人的生活，已经到了困苦的极限。没有一个人能吃一顿饱饭。铁匠的瞎子老婆，整天躺在床上饿得直哼哼。她没法劳动，她把饭省给儿子、丈夫。她已经支撑不住了。铁匠万分无奈，重操旧业，讨饭去了。要到饭食他就端回来，给瞎子老婆吃上几口。铁匠是要面子的人。以前在姜堰要饭，因为情况特殊，并不觉得丢人。过了十多年，又去讨饭，他很难为情，实在伸不出手。他总要离申村很远了，才从怀里掏出碗来要饭。要是看到熟人了，立即藏起来，装作走路。慢慢地，他要饭的消息还是传到了申村。他不再出门要饭。

瞎子老婆躺在家里，饿得没法起身了。铁匠在一个半夜，潜到隔壁村的玉米地里。才掰了四五个，他就被人当场抓获。邻村的人把他吊到晒场边的一棵树上，拿竹子和绳子死命地抽打他，等打得累了，才放他下来，往路旁边一扔。

铁匠回到家，躲在家里不敢出来。老婆已经不哼了，只发出轻轻的呻吟。红荣无奈，去舅舅家求救。舅舅带了两只烧饼、五斤大米赶过来。他只有这些。

舅舅把烧饼递到他姐姐的嘴边，姐姐伸出手，轻轻地推出去："我用不着了，你给他们。"

瞎子女人死在1960年秋天。村里给了几根旧木料，给她做棺材，又给了几十斤粮食，作为慰问。铁匠把她葬在女儿红宝的旁边，让她们做个伴，到那边也能够相互有个照应。

1966年，"文革"开始。申村的人们生活已经有了很大的好转。铁匠也变得快乐起来。他六十一岁了，整天忙忙碌碌，像是比前些年还精神。

造反派指挥部要推举几个"贫农协会代表"，我的父亲知道铁匠是申村最穷的人，就推举他。

当天晚上，父亲把印着"毛泽东思想红卫兵"字样的红袖章送给铁匠。铁匠十分激动："要说吃苦，我是吃得最多的。革命我也是积极的，我当翻身主任，哪个地主富农看到我不怕？”父亲听他一说，很高兴：“我们马上要开批斗会，你上台去斗那些坏人。胆子要大，声音要响。”铁匠道：“斗他们我是拿手好戏，你放心，二十年前——”

谁知父亲向上一汇报名单，村支书听到铁匠的名字，立即跳起来：“他还什么贫协代表，他是大叛徒。反动派一来，他就去自首，出卖了好几个党员。明天开批斗会，他是应该站到台上受批斗的。”

父亲大吃一惊，连忙去找铁匠：“大伯，你怎么回事？你是叛徒？”

铁匠嘀咕着说：“我什么叛徒？我谁也没出卖。我不识字，自首书都不是我写的。”

“不要多说了，明天上午，你到霍庄中学接受批斗吧。”

“我不到生产队上工，给不给工分？”铁匠问。

“给给给，你去受批斗。”

“给工分就行。”

第二天一早，铁匠不用人喊，自己去了霍庄中学。他在人群中坐下，不知道什么是批斗。看人家举起拳头喊，打倒反革命分子某某某，他也跟着喊。忽然喇叭里喊，带上叛徒曹铁匠。两个人走过来，押着他走到高台上。高台上已经站了五个人，他是最后一个。那些人每个人脖子上都挂了一个牌子。就他没有。因为他是临时增加的。

铁匠学着别人，低着头，随便别人怎么喊。批斗了半天，把他们关到一间教室，让他们继续反省。

铁匠坐在一张椅子上，抬头看看那几个人。他们年纪都不小，穿戴整齐，斯斯文文。一个老先生给他倒了一杯水，还递给他一支烟。“老先生，你们是？”铁匠问他。

“我们都是学校的老师，我在这里教书已经二十多年了。”老人和蔼地笑道。

时间不长，有人把铁匠喊过去，教育了一通，让他回家。

晚上，父亲不放心，来找铁匠：“大伯，今天情况怎么样？”

“我被分到一个屋子里。有个先生给我倒茶，还给了一支好烟抽。”

“让你交代，你交代什么了？”

“我哪有什么交代的。说我出卖了几个党员。我哪里出卖了，我又没得到一分钱，我出卖什么。让我不要乱说乱动。不说不动，我又不是死人。”

父亲被他说得笑了，也放下心来。

造反派觉得斗铁匠这样的人也没什么意思，再没找他的麻烦。铁匠老了，日子过得简单而平静。他几乎每天都来看我的爷爷，两个人坐在屋门口的银杏树底下聊天。

铁匠的二子红荣，一直没有结婚。三子红华结婚了。娶的女人又矮又胖。她小时候曾掉进过水井，救上来，再也不长个子了。不过智力算是正常。

1985 年，铁匠八十岁。有一天，他又抱了孙女儿跟我爷爷来聊天。原先生产队长的儿子也来我家闲坐。闲话当中，说起一年多前的一个笑话。申村许多人都被派到江都去挑凤凰河。上工第一天，没有事做，几个人出去闲逛，什么建筑都进去看一眼。走不多远，看到一个高烟囱的房子，大家都说去看去看。走到门口，不由得唾一口吐沫。晦气得很，是个火葬场。

第二天晚上，红荣忽然说肚子疼。这一喊，大家都很害怕。因为三十年前，红荣的大哥红喜就是挖这条河时死的。加上昨天去看火葬场触了霉头，大家很紧张。红荣听这么一说，更是害怕得躺在草铺上大哭。医生过来一看，说没事。吃了药，肚子不疼了，红荣又下工地干活，可是一直提心吊胆。直到三个月的河工结束，回家了，他才真正放心。

铁匠听了很不高兴，抱了孙女，怏怏回了家。当夜做了个噩梦，有人卡住自己的喉咙。第二天总觉得喉咙疼，吃不下饭。红荣和红华把父亲送到医院，一查，食道癌晚期。

过了四个月，农历七月十六的晚上，铁匠死了。红荣和红华把他偷偷埋在自家屋后。

三天之后，还是被一个村干部发现了。他跑到乡民政科一汇报，请马科长下来处理。

马科长来到曹家。正是一场大雨过后。曹家屋子漏雨，家中泥泞一片，没有地方立足。

“你家的粮食呢？”

红荣指指门外一个铁皮桶。

“穷成这样，找这家做什么。”马科长嘀咕着。

“你家罚点款，放一场电影，宣传一下火葬的重要性，就算了。如果不罚，就把人扒起来烧掉。”

红荣只是点头，他一分钱也没有。马科长叹口气，对村长说，你们自己看着办吧。转身走了。

申村没有一个人肯去挖埋在土里已经三天的铁匠。村干部找来两个外乡人下锹。铁匠刚被挖出来，臭味立即传遍申村的每个角落。两个外乡人，戴着手套，用一块塑料布把尸体裹住，抬到拖拉机上。

铁匠被火化了。骨灰在火葬场存放了一段时间，因为没人付火化的费用，也就扔了。

铁匠尸身的被挖，对红荣、红华都是沉重的打击。他们遇到人，头一低走过去，不敢跟人招呼。他们觉得自己不孝又无用。红华身体本就不好，终于倒了下来。在铁匠去世半年之后，红华也离开了人世。红华四十岁，去世前不停地吐血。人死了，眼睛一直睁着。

妻子在红华去世之后，带女儿回了娘家，一去不返。破旧的小屋里只剩下红荣一人。

红荣八十多岁了，每天还踩着三轮车，吆喝着收购酒瓶。最近几年，我每次回家都会遇见他。我从半夏河边走过，他站在屋门外朝我看。

“大大。”我喊他。

“哎！”他高声应答着，朝我走过来，“大鱼儿啊，家来啦！”

他接过我递给他的烟，站在小河边上和我拉家常。他说话或者不说话，脸上总带着欢喜的笑。他的脸上从来没有一丝愁苦的样子，他大概早已原谅了这个世界，或者他觉得生活本该如此。

称伯父为杂匠，
是因为他学的手艺太多，
却没有一样是精的。
晃荡晃荡，晃荡了一辈子。

杂匠

称伯父为杂匠，是因为他学的手艺太多，却没有一样是精的。晃荡晃荡，晃荡了一辈子。这些手艺，除了木匠是我爷爷逼他学的，其他都是他自己喜欢的。他想做什么就做什么。自己快活。爷爷说他没出息，游手好闲。他也不生气。

夏天的时候，我从南京回老家。远远就看到了家门口的那棵银杏树。

银杏树在屋门口的南沟边上。一条小路从树底下伸到河里。

伯母站在“水马儿”上盯着我看。

“大妈。”我喊她。

“哎呀，是我家大鱼儿回来啦。你说我这眼睛，瞎子一样。我说是哪个来了。”

“水马儿”是几根木头搭成的一座简陋的栈桥，贴着水面浮着，可以蹲在上面洗衣服、洗菜。七八岁的时候，爷爷教我学游泳就在这“水马儿”的边上。

伯母蹲在“水马儿”上，正在洗一篮子的碗碟。今天要来很多客人。伯父已经不在了，去年去世的。去世的时候，我回来过。伯母反反复复跟我说：“晚上给他烧了两个菜。他嫌不好，骂我。我说，老爹，不要骂，我重给你下面条。下了面条，他又骂我，还是嫌不好。我赔着笑脸，问他，你到底要吃什么，你说，我来弄。他说要喝粥。我又烧了大麦糁儿粥。不错，他喝了两碗。喝了粥，隔壁的珍婶过来借脚踏车，他还跟她开玩笑。说借什么车子啊，我来驮你。珍婶笑着骂他老不正经。他觍着个脸笑。哪个晓得，第二天他就死了呢。”她就这样唠唠叨叨。

伯父原本是跟着爷爷学木匠的，可是学了两年，实在太差，爷爷不要他，嫌他丢人。当申村找不到木匠做活时，也有人来喊伯父。爷爷就说：“半吊子。”

做不了木匠做什么呢？他去“捣黄猫儿”。“捣黄猫儿”就是捉黄鼠狼。这个阵势我见过，大得很。要找一个极大的麦垛子。四周用网围起来。四五个人，五六条狗。人们号叫着拿长长的竿从四面向这草垛奋力地插。狗奔跑着、咆哮着。一名主将手里拿一把宝剑，对着虚空舞着，像是在作法。还真有用，一个时辰下来，一只、两只，黄鼠狼从草垛里窜出来，落在网里。他们并不把黄鼠狼打死，而是装在一只竹篓子里，拿盖子盖好。然后像一支得胜的军队，他们收拾好家伙，扬长而去。伯父是那个主将的副手。然而这也算不得什么职业，甚至卖黄鼠狼的钱，还不够他们的酒钱。我看伯父参与这个，只是因为好玩。他玩性大，又浑身是胆。

不“捣黄猫儿”了，他去捉鱼。捉鱼也要家伙。他一件一件地置办。渔网，他自己会织。鱼篓子，他砍了竹子，请篾匠帮忙。只有皮靠要买。据说他那一身皮靠就是用黄鼠狼的皮换的。皮靠是什么皮我不知道，黑黑的，密不透风。上衣下衣连在一起。穿在身上，头和手脚露在外面。下水的时候，脖子、手腕和脚踝上要扎好，不能进水。

伯父天生好水性，可以在水底下憋一炷香的时间。冬天的时候，在冰上凿个洞，钻进去，一会儿钻出来，手里就能抓着一条鱼。然而在申村，捉鱼也不是正经的营生。因为河都是集体的，并不能由着你去捉。只能趁着黑夜偷。偷来的鱼不能卖，家里人打打牙祭罢了。

那就养蚕吧。蚕养得太多，他自己家里都放不下了，只好摆放到我家里。刚上小学的我高兴得很，自己找了个小篮子，天天到家东边的小树林里采桑叶。桑树很多，都不太高，我轻易就能采一篮子。伯父看我这么热心，夸赞得很。他说：“大鱼儿，等蚕上山了，卖了茧，给你买一双凉鞋。”我还从来没穿过凉鞋呢。要么穿布鞋，要么光脚。我就更卖力了。

蚕终于上山了。“山”是伯父用麦秸编的粗绳子，把变得透明了的蚕，一只只捉上去，等它做茧。

从镇上卖茧回来，伯父说话算话，真给我买了一双软绵绵的泡沫做的凉鞋，鞋子是黄色的，像小鸭子，很漂亮。

不知道为什么，第二年伯父的兴趣又变了。不养蚕，去逮癞蛤蟆。

逮癞蛤蟆要夜里去。打一支八节头的手电筒，拿一支竹片，从癞蛤蟆头上刮毒汁。一滴一滴，装在瓶子里去卖。据说有人专门收回去做药。

逮癞蛤蟆的不只是伯父一个人，他们有五人，常常结伴而行。众多的癞蛤蟆往往会藏身在偏僻的河沟周围。要逮着它们，要走很远。

在申村西北七八里的地方，有一片坟地。不用说夜里，白天从那里经过，也有些瘆人。我每次都绕着走，飞快跑过去。特别是里面有一具棺材，竟露天放在外面，没有入土。里面是一个年轻姑娘。她跟着父母从北方逃荒过来，得了病。荷先生给她开过几服药，没有效用，死了。村里人凑了钱，请我爷爷做了棺材，抬放到这公用的墓地。因为是未出嫁的姑娘，不得入土，就搁着。

有天夜里，五个逮癞蛤蟆的人摸到附近，看见几点鬼火在坟地里幽幽地飘着。

“哪个敢在那个棺材上睡一夜，我这一瓶子的蛤蟆汁送给他。”

“林头，你敢不敢？”伯父叫庆林，申村人不喊大名，都喊某某头。庆铁喊铁头，庆官叫官头，我的父亲叫庆山，人家就喊他山头。我奶奶，就叫“林头的妈”。大家都知道我伯父好面子，爱吹牛，平时总自夸胆子大，想激激他，灭他的威风。

“林头，要是你敢在这里睡一晚上，我们四个人各送你一个满瓶。”

“对对，送你满瓶。”几个人笑着起哄。

一瓶癞蛤蟆汁相当值钱，伯父心动了。

“能不能打手电？”伯父问。

“不能。”

“能不能唱？”

“不能。只可以躺着睡。睡到天亮了才行。”

“行。”伯父说。

四周黑漆漆的，伸手不见五指。伯父把那具装着未嫁姑娘的棺材盖子掀开，反过来放好，躺在上面。

事后有人问过伯父，到底怕不怕？伯父说，眼睛睁着，一夜没睡。天要亮的时候，有砖头扔过来，他反而踏实了。是那几个同伴扔的。他们在旁边守着呢，终于失望了，扔几个砖头吓吓他。

伯父赢了钱，得意得很，请人来家吃喝。特别是那几个输了癞蛤蟆汁的兄弟，更是常客。直到钱花光了，家里才得安宁。

打赌事情过去了几个月，逮癞蛤蟆还在继续。有天晚上，天不好，没有月亮，伯父一个人走得远了，发现前面没路。拿手电筒照照，全是荆棘窝，只好回头。走不多远，又是荆棘窝。伯父一想，坏了，鬼打墙。有办法，对着荆棘窝小便。小完便，寻条路再走。哪知道走上几百米又走不过去，还是荆棘窝。伯父心里发慌，使着劲儿乱跑。衣服裤子被勾得一缕缕的，也顾不得。

鸡叫了，天渐渐亮起来。伯父从一个小树林里钻出来。林子外面的村子他认识，是野庄。他的姑父住这个村里。野庄离申村有几十里路。

他的大姑父，我的大姑爷爷，把伯父接回家。伯父吃不下饭，烧了碗生姜红糖茶，让他喝了，裹着被子睡觉。一边请人去申村给我的爷爷送信。

到第二天，伯父神情还是恍惚，体力已经恢复。大姑爷爷骑了自行车，让他坐在车后边，一路颠簸，来到申村。

我听到伯父遇到鬼打墙的事，又害怕又好奇。伯父家离我家有一里多远，在西南角上，是一个茅草屋。伯母嘴里念念叨叨，熬了米粥，上面挑了一勺子红糖端给伯父。伯父的家中坐了一屋子人。每个人脸上的神情都神秘莫测。伯父要休息了，父亲带了大姑爷爷来我家。

我对大姑爷爷一向是有些害怕的，因为他的脖子上有许多可怕的疤痕。爷爷说是被刺刀戳的。有十三刀。我偷偷数了几次，从来没数对。1946年的冬天，大姑爷爷曾被国民党的还乡团捉住，因为他穿了一件好衣裳，说他是共产党的干部，绑了，扔在沟里用刺刀捅。他忍着疼，一声不吭。命大，没死掉。

大姑爷爷说："也有遇到鬼打墙的，从来没这么厉害，把人一迷几十里。这林头，这回一定遇到恶鬼了。不要自恃阳气壮。你阳气壮，胆子大，跟人跟鬼都赌狠，这哪行？小鬼是让着你，说不定就招惹了恶鬼。阳气也要藏着点，犯得着跟鬼较劲？下回啊，这夜路还是少走，不要一个人。"

伯父在家躺了一个星期之后，剃头匠带他去了一趟千佛寺。

剃头匠年轻时曾在千佛寺做过帮工，跟庙里有些香火之情。方丈给他念了一段经文，又给了伯父一串佛珠、一部佛经让他回来自己念。从庙里回来，伯父戒了荤腥，吃了半年素，念了半年经。

伯父生于 1937 年，2010 年去世。到伯父下葬，伯母也没有哭一声。依旧过日子，平淡地接受了伯父去世的事实。然而一个月之后，她突然病倒在床。一躺就是半年。

“大妈，你的病好了？”我帮她拎了装着碗碟的竹篮子，从小河边往家走。

“什么病不病啊，是老爹闹的。”

“怎么是大伯闹的啊？你一个人在家过，什么都不方便，我看还是搬过去跟‘鱼网儿’住吧。”“鱼网儿”是她的儿子，在城里开了个小吃店。因为生下来是用鱼网接生的，就叫“鱼网儿”。

“不去，不去。你晓得我这个病怎么来的？我现在弄明白了，是得罪了老爹。我自己也琢磨，好好的，哪能说病就病了呢。我就去‘圆光’。”在村子东北三十多里的地方，有个神婆，说是能引鬼上身，让阴阳两界的人对话。

“她作了法，你大伯上了她的身。跟我说，我刚死了，你就不在家了，你跑到哪去了呢。我说，到‘鱼网儿’家啦。他说，你倒好，到儿子那块，有吃有喝，不管我了，让我喝西北风。我说，我不是在儿子家也供你的么。他说，那么远，我到哪去找。你不在牌位面前供，我哪里吃得到？我饿得前心贴后心。你不是头疼，也不来家。”

“我就晓得，他这个黑心人不饶我。”伯母呵呵笑着。

伯父去世前，我到泰州的医院看过他。他不肯在医院住着。要回家。精神还好，只是太瘦。穿中式的衣裳和一双黑布的鞋，声音还是很洪亮。他说，死要死在家里。死在外面成什么样子？变作孤魂野鬼了，你们给我烧纸钱，也收不到，都被本地鬼抢走。

说着，大发脾气。“鱼网儿”只好顺着他，送他回申村的家。回到家，精神倒比在医院好得多。我父亲去看他，他说，你看，回来就好了。父亲说，你屋门口的这棵大桑树死了，要挖掉。伯父说：“过阵子吧。我现在身体不好，病好点再说。”

病没有好。两个月后，伯父走了。走的时候，大口地吐血。“鱼网儿”说，爸爸，赶紧送你去医院吧。伯父用手死死地抓住床架：“不去，不能去，就死在这里。”

他坚持要死在家里。

伯父去世之后，埋在他家房子西边的田地里。那条一直很神气地跟着他的黄狗，天天在不远的地方蹲着。这条狗再也无人问津，凄惶得很。他的尾巴末端有撮白毛，村里人在伯父死了之后，说这是“孝尾”，养这样的狗，主人不吉。父亲说，他家门口的那棵大桑树死了，就是不好的兆头。总之，一个人去世了，事后，村里人总能找到种种不祥的预兆。

伯父爱若性命的鸽子，在他去世不久后，全走了，一只不剩。他在的时候，如果谁偷了他一只鸽子，甚至一个鸽子蛋，他会拎了棒子，打上门去。他每天最重要的事，就是放他的鸽子。也正因为他的鸽子，我才知道，他对我的女儿，或者是对于我，有着特殊的爱。

女儿一岁的时候，我才带她回老家。在到老家之前，她还不会说话。刚进村子，看到满眼的菜花，她说了她人生的第一个字：“花。”

她不会喊爷爷，只是对着大伯笑。大伯也笑。大伯回家之后，不一会儿一只手端了一只碗，一只手拎着一只鸽子。他说，这碗鸽子蛋给宝宝吃。这鸽子，给她煨汤。父亲愣了好一会儿。他知道，大伯对鸽子是怎样的疼爱。即便他自己或者伯母生病了，他也舍不得杀一只的。我们坚决推让了，让他把鸽子拿了回去，只留下一碗鸽子蛋。当天晚上，女儿“抓周”。我的父亲给她准备了钢笔、铅笔、毛笔、书、尺子等等，几乎都是学习文具。也许觉得太不客观，他在这些文具当中，放了一只煮熟了的鸽子蛋，作为陪衬。“抓周”开始了，女儿毫不犹豫，伸手就抓住了那只鸽子蛋。我们哄笑起来，她的爷爷直摇头，还不甘心：“宝宝还空一只手，再抓一个，再抓一个。”可是女儿不听他的，两只手捧着鸽子蛋，直往嘴里送。

女儿“抓周”的时候，伯父也在，他比谁笑得都开心。

离开家回城的时候，要从他的坟边上经过。伯父的坟在油菜地的中间，上面已经长出许多青草。二十多年前，我第一次离开家乡到城里去打工，也是从这里经过。天刚蒙蒙亮，伯父和伯母就在现在埋着他的这块地里干活，他直起腰问我：“大鱼儿，你到哪里去？”我用手指指远处说：“我出去。”

我也不知道我要去哪里，只是想离开申村。在我走得很远了，回过头，伯父还站在这地里朝我张望。那次离开家，我一去就是十年。今天，再次从这里走过，伯父站立的地方，已是他的坟地。

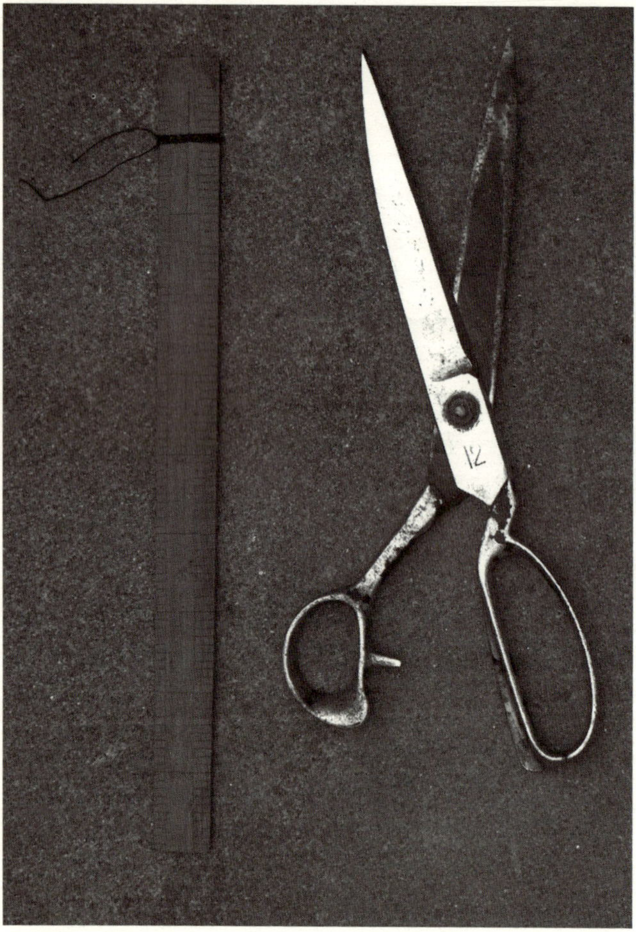
12

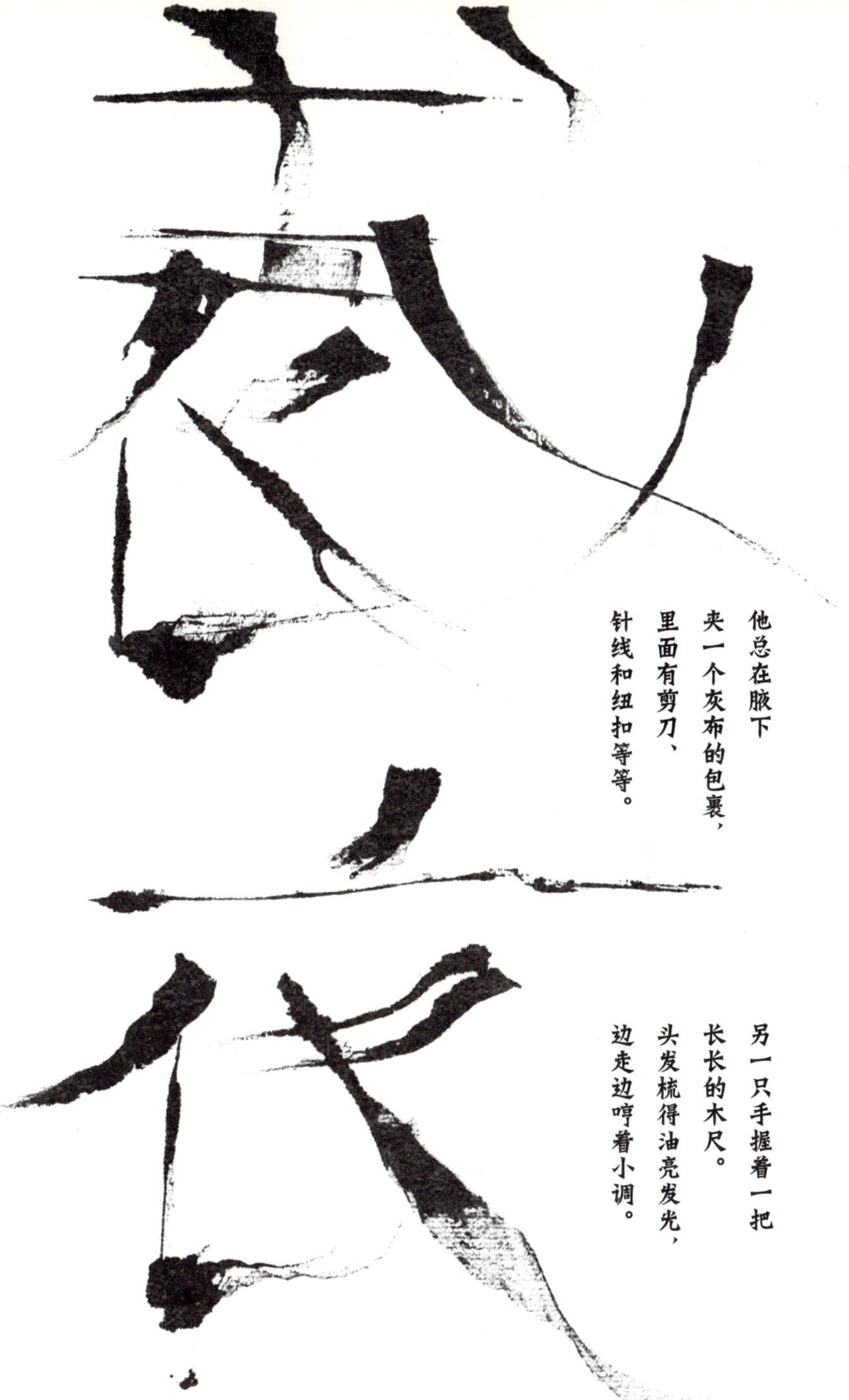

他总在腋下
夹一个灰布的包裹，
里面有剪刀、
针线和纽扣等等。

另一只手握着一把
长长的木尺。
头发梳得油亮发光，
边走边哼着小调。

裁衣

我家门前横着一条小河，叫南沟。河的对岸，有一座青砖小瓦的平房。河窄窄的，两岸的榆树、槐树、李树，几乎都要枝叶相接了。一棵粗大的柳树，倾斜了，向河对岸倒过去，长长的枝条一直垂到了水里。夏天的时候，放学回来，少年的我常常横坐在这柳树的树干上，一边在嘴里衔一片柳叶，吹不成调的曲子，一边用脚踢下面的河水。有时候，河对岸那座房屋的后门就会打开，一位老人看到我这样，立即朝我走过来，站在河边上，轻声对我说："当心，当心，不要掉到河里。"

她六十多岁，头发已经全白，一脸的皱纹，虽然说话还是轻声细语，可是因为牙掉了，关不住风，听起来，声音就变得有些奇怪。谁会想到，在四十年前，她曾是申村最有名的美人呢。

她嫁过来的时候，在申村引起了极大轰动。不是因为她的美丽，而是因为她嫁给了申村的裁缝和乐，做他的二房。我们那里，管裁缝叫裁衣。

裁衣死的时候二十六岁，她二十二岁。因为她是从许庄嫁过来的，人们开始叫她“许氏”或者“许庄的她”，后来就叫裁衣奶奶。

和乐的父亲是申村的富户大槐。算是中年得子。因为家境好，和乐在私塾读过几年书。到十四岁，大槐送他到镇上学做裁缝。学了两年回来，手真变巧了。什么花式的衣裳都会裁剪。一时成了申村的红人。他总在腋下夹一个灰布的包裹，里面有剪刀、针线和纽扣等等。另一只手握着一把长长的木尺。头发梳得油亮发光，边走边哼着小调。身上的衣裳是自己缝制的，布料是上好的，做工细致考究，加上他细挑挺拔的个子，风流多情的姿态，真是他手艺的活广告。

裁衣十八岁，遵照父母之命，很不情愿地娶了姑妈的女儿陈氏。

这陈氏聪明贤惠，通情达理，家中的活计，也是样样精通，只是由于七八岁时生了天花，留下了一脸麻子。这对于风流自赏的裁衣，是万万不能接受的。他几次跟父亲说要退了婚事，次次都遭到父亲的咆哮。所以在结婚之后，他对陈氏从来没有好脸色，总是恶声恶气，呼来喝去。

结婚五年，陈氏一直没有生养。这让裁衣有了借口，他跟父亲说，想娶一个二房。其实大槐比裁衣还要忧急。“不孝有三，无后为大。”若是裁衣没有儿子，这么大的家业谁来继承？所以，裁衣一提，大槐就托了媒人四处物色。

不到一个月，媒人上门，说申村北边的许庄有个姑娘，十九岁，人长得好，又贤惠，只是家境贫穷，才肯做二房。大槐带着裁衣，第二天就随媒人去了许庄。

到许庄去相亲是1943年的春天，从申村到许庄的一路，满眼都是菜花，裁衣怀着一种兴奋与焦躁，一路走得飞快。还没到那户人家门口，媒人远远就指着一个在门口桃树下洗衣的姑娘："裁衣，你看看，这人才！"媒人啧着嘴，赞叹不已。

桃花开得正盛，姑娘低着头在桃树下一个长长的木盆里洗衣服。满手都是皂角的泡沫和清香。看有人过来，抬起头，朝他们笑笑，在围裙上擦擦手，一转身，进了屋子，再也不肯出来。裁衣只看了她一眼，就痴了。他不敢相信这就是媒人给他介绍的女人。这个刚刚十九岁的姑娘，容颜秀丽，肤白如雪，粗布衣裳也掩不住她曼妙的身材。裁衣在许家的两个时辰，一直用眼睛在寻找着再也没有露面的姑娘。父亲与许家人的谈话，他没有一句放在心上。等离开许庄了，他的心还怦怦直跳。

婚事很顺利。一个月后，裁衣就把许氏娶回申村。为了表示自己对这新娘的厚爱，裁衣杀猪宰羊，大宴宾客，整整热闹了三天。

裁衣与许氏如胶似漆，把原配陈氏冷落一旁。许氏对陈氏，总是恭敬地以姐姐相称。陈氏对她也是客客气气。她也曾跟新婚的丈夫提过，让他不要对姐姐那样冷淡。然而裁衣哪里听得进去。他一眼也不想看到这个麻脸的原配妻子。许氏只能接受丈夫如蜜一样黏稠的爱。

然而这甜蜜却是如此短暂。只有三年。然后，许氏将一个人，度过近六十年的孤独落寞岁月。在这六十年中，她有多长时间会回忆到这短暂的恩爱呢？她的心，将被这六十年，挖成一口很深的枯井。六十年里，她几乎再也没有提起过这个给过她疼爱，却留给她一生苦难的男人。

结婚半年，许氏怀了身孕，裁衣更是春风得意，走起路来摇头摆尾，脚好像踩在云雾里，嘴里从早到晚哼着小调。虽说裁衣为人高调，申村人也不怎么反感。毕竟他的手艺是一流的。不管何等的布料，到他手里，总能变出样式。那样式，既不是让人不敢接纳的新潮，也不是一成不变的土气。穿在身上，十二分的得体。特别是年轻人，临婚嫁，必定要请裁衣。因为娶了许氏，裁衣也变得规矩了。虽然嘴里还和姑娘媳妇一样调笑，再不动手动脚。这样的调笑，是乡下的年轻人欢迎的。

陈氏看到许氏怀孕，完全断了在申家生活的指望。她带了随身的衣服，回了娘家。没几天，让她母亲来跟大槐说，反正你们家也不要了，让她另嫁他人吧。大槐跟裁衣商量，裁衣巴不得麻脸的婆娘早些离去，当即同意。过了两天，陈氏差人过来，把自家的陪嫁用小独轮车推了回去，自此之后，两家再无来往。然而陈氏并没有完全消失。她在多年之后，以另一种非同寻常的形式再次回来，在失去了裁衣的这个家里，制造出种种可怕的景象。她要报复这个家。虽然她最应该报复的裁衣，已经死去多年。

1944 年，裁衣的生活，已经到了幸福的巅峰，然而他不满足。在申村，上过几年私塾，能写会画，还有一手的好手艺，裁衣算是一个人才了。然而就这样一个体面人，却常常受两个穷汉的窝囊气。

他们原本穷得叮当响，见到他，都是要点头哈腰的，可是自从当了干部，就在村子里扬眉吐气了起来。不只是不把他裁衣放在眼里了，还常常对他吆三喝四，让他捐钱纳粮。裁衣常常想，这世道就是不公平，我这样的人才，却无权无势，倒让穷汉要起了威风。我们走着瞧。

国民党几乎没到过申村。整个申村，据说只有万掌的儿子是国民党。他常年在南京，很少回家，回家之后，如果碰到人了，会跟人点个头，递一支纸烟，并不多说话。没有人知道他在南京做什么。对于申村人来说，国民党是个陌生的、跟自己毫无关系的党。虽然已是民国，但申村人，依然过着数百年来一成不变的生活。只是在日本兵来的时候，申村人有过小小的慌乱。但日本兵只是路过，没有停留。早在日本鬼子进村之前，邻村的人就已跑过来通风报信，申村人跑得干干净净。等鬼子过去半天，才各自回家。

真正改变了申村的，是共产党。按照家谱的记载，申氏家族定居申村，已经六百多年。六百年来，申村人日出而作，日没而息，生活的模式没有太大变化。然而从1940年开始，如同一个不问世事的悠闲农夫的申村，突然变得亢奋了。

1940年8月，黄桥决战前的两个月，共产党又一次来到申村。这一次，跟1927年不一样。不是来两三个，悄悄地做一番工作，很快又消失。看样子，这回是要做长期打算。他们有了新四军的枪杆子做依托，能够光明正大地活动，公开招募共产党员，在每个村安排自己的人担任村长。可是，由于可荣的事情，申村绝大多数人都是婉言谢绝，唯恐会惹出什么祸事。可荣是申村的第一个党员，1927 年从外地回来闹革命，并且在新街镇上开了一个茶馆，才风光了两年，就被人杀死了，连尸体都没有找到。

乡长几次来找我的爷爷木匠谈话，说："木匠，你吃百家饭，认识人多，见多识广，人缘也好。你当村长，老百姓信服，工作好做。"木匠却是一而再、再而三地拒绝，终于惹得乡长大怒，一把把腰里的盒子枪拔出来，拍在桌上："木匠，你怎么这么麻烦。你想好了，不要敬酒不吃吃罚酒。你要是再推三阻四，就说明你是要当反动派，那可别怪我不客气。"

木匠慌了神，去请五寿奶奶帮忙。乡长是五寿奶奶的本家侄子。五寿奶奶说："木匠，不要慌。哪天他们来人，你躲起来，让人来喊我。"

两三天后的一个清晨，天还没大亮，木匠起了床，收拾了刨子、锯子，正要去客户家做活，远远就看到外号"麻烦"的乡长带着两个人从南面路上过来。他急忙跟我奶奶说："林儿妈，你快去请五寿奶奶。"说完，拿了梯子爬到吊在屋梁上的家主后面。家主是用两块半人高的木板钉成的一个倒"丁"字形佛龛。一端钉在屋梁上，一端架在墙壁上。正面供着祖先的牌位和佛像，背面正好可以蹲一个人。我奶奶撤掉梯子，到门口迎接乡长。

“木匠呢？”

“出去了，到人家做活，刚走。”奶奶说。

乡长挥挥手，让两个人到家里搜。家很小，就三间草房，一下子就看完了，没人。乡长说：“你去把木匠叫回来。我们就在这里等。他如果不回来，我们就去用绳子捆。”

奶奶赶紧说：“好，我去，我去。”说完飞一般跑到五寿奶奶家，请她过来。

奶奶没有回来，来的是五寿奶奶。

五寿奶奶是“麻烦”乡长的本家长辈。五寿是秤匠的二儿子，是个呆子。因为从小的娃娃亲，一个大美女，成了五寿奶奶。

看到五寿奶奶，乡长赶忙站起身来：“姑奶奶，你怎么来了？”

五寿奶奶道：“你们坐这里做什么？先到我家去，弄点吃的。有什么事，慢慢说。”

五寿奶奶带了他们回家，立即让人去买鱼买肉。吃过饭，五寿奶奶说：“木匠是个老好人，让他当干部，办不成事。他家里负担重。儿女四五个，老婆又病病歪歪，全靠他一个人养。他哪有精力当干部？你们再想想办法，看看有没有其他合适的人。我呢，也帮你找找。”

经过五寿奶奶好说歹说，乡长终于松口答应。对于五寿奶奶的这份恩情，爷爷在过了几十年后还在念叨。

找不到当村长的人，乡长十分焦躁。几次来找五寿奶奶，托她多出力。五寿奶奶正一筹莫展，一天，忽然看到希旺从外村要饭回来，从门口经过。

“希旺，不要走，来我家坐坐。”希旺一看是五寿奶奶，折身回来，把打狗棒靠墙放着，从肩上放下打满了补丁的布袋。希旺正想把手里要饭的大碗放在墙角的地上，五寿奶奶一把拉了他进来，说：“来来来，我家的饭刚刚烧好。”五寿奶奶满满装上一碗米饭，又在上面夹了些菜，从桌子底下抽出一条板凳，让他坐下。

希旺家在村子西北的空野上。家里没有一分地，人口又多，万般无奈，全家出动，以要饭为生。不过，要饭从来都不在申村，要走得远远的，最好是完全陌生的地方，没有人能认出自己。虽然申村人人知道，但不能说破，说破了，难为情。

“希旺，你这样总不是个事。乡长让我找个人当村长。当了干部，家里人就有饭吃了。”

希旺一声不响，埋头吃完碗里的饭，用筷子刮一下嘴，把碗放下。五寿奶奶又要给他盛，希旺说：“饱了，饱了。五寿奶奶，我前两天也听说了，乡长找木匠，木匠不肯当。他有一手的好手艺，有吃有喝有钱拿，肯定是不肯做这个把头别在裤腰带上的事的。”

五寿奶奶道：“现在情况不一样，新四军开过来了，又不是要你去当兵，就是在村子里张罗张罗，哪有你说的那样子吓得人怕。”

希旺道：“我晓得你是好心。说实话，当村长我倒也不怕。只不过，我一个要饭的人，当村长，怕会丢了共产党的脸。”

“嗳，这什么话，你要是肯当，我跟乡长讲。”

希旺道：“我肯当。总比要饭饿死强。”

五寿奶奶从门口拿了希旺要饭的布袋，装了半袋子大米。希旺千谢万谢，高高兴兴背了回去。

五寿奶奶跟乡长一说，乡长第二天就找了希旺。一看希旺是个忠厚老实人，十分高兴，当即就任命了：“共产党就是穷人的党。你现在就是我们党的人了。回去找把刀，随身带着，一是防身，二是也表明一个身份。另外，你再在申村找一个人，做你的副手。也好有个帮衬。”

希旺回村之后，找了铁匠曹鞋儿。铁匠跟希旺的沉稳性格大不一样。他游手好闲，最爱惹是生非。听到当了官，可以不种地就有饭吃，十分愉快，当即应承下来。

希旺当了村长，铁匠当了翻身主任。翻身主任是个新名词。意思是领导穷人翻身做主人。两人一早起来，就在腰里各夹了一把亮晃晃的朴刀，在村里四处走动，找人开会，或者动员群众捐钱捐粮：“新四军已经过来了，要打日本鬼子，打伪军。有钱捐钱，有粮捐粮，有力出力。”

到了1944年，申村成了物资中转站。从外面运来的粮食、弹药、衣服，一包一包堆成小山。上级要求在申村找个会记账的会计。此时的申村，会识字算账的，都是有钱之人，能跑的，都跑了。在家的，只有裁衣一个。乡长找到裁衣一说，请他当村财经，管理为前方部队准备的物资。裁衣一口答应。他早就不服气那两个神气活现的穷光蛋了。

现在，申村有了三个共产党的干部。

裁衣负责的工作有两项，一是管理物资，二是检查治安。这两项工作，都是他喜欢的。管理物资，有吃有喝，来领物资的人都有求于他，他可以颐指气使。检查治安，更让他十分露脸，风光无限。

一次村长组织了担架队上前线，出发前，找裁衣领粮。按规定，必须在第一天领完。可是有人到第二天才来，裁衣当即每人扣下大米三斤。第三天来的，裁衣一斤粮也不给，说过了期限。来人找到翻身主任铁匠，说不发粮正好，我们不去了。

铁匠来找裁衣。裁衣正和新娘子在房间里调笑哩，正眼也不看铁匠，歪着头道："我是按规定办事。你看，多下来的粮食已经做了账，上缴了。一两也没有。账本在这里，你可以自己看。"铁匠大字不识，哪里会看什么账本，只得气恨恨出去，向大户人家借了粮，让抬担架的人先上路。这只是裁衣与铁匠结下的众多梁子中的一个。他们两人，一个是穷人，一个是富人，想法、做法，相距甚远，而且互不服气，常常闹到乡长面前去评理。乡长日理万机，哪耐烦管他们的闲事，一顿臭骂，赶走了事。

到了晚上，裁衣常常拎了马灯在村子周围转悠。巡逻对于别人是件苦差，对于裁衣却不是。他可以逞威风。这天已经半夜了，他转到村东一户人家后面，看到两个人，一男一女，从灯光里一闪，钻到了后面的竹园里面。裁衣大喊一声："谁？"没有反应。他又喊："再不出来，我喊民兵了。"竹影一晃，出来的是区里的肖政委："裁衣，你嚷什么？"裁衣一看是他，立即脸色发白，扭头就跑。

对于此事，裁衣的口风倒紧，只跟家人讲过，在外是守口如瓶。他虽受了点惊吓，倒也没十分往心里去。反而觉得跟肖政委在心里更近了一层。所以，下次见到肖政委的时候，态度就显得更为亲昵了。直到一年之后，他临死了，才意识到这次偶遇是致命的。

裁衣的父亲大槐，是个明白人。看到裁衣在外接连不断地惹是生非，就把他叫到跟前，指着他的鼻子大骂，要他辞了村财经的职务，在家待着。“我们家有吃有穿，你在外面瞎胡闹，不要现在得意，你是引火烧身。你给我回家，哪里也不要去，再四处跑，我打折你的腿。”

裁衣哪里肯听，依然是忙忙碌碌，耀武扬威。

1944年秋天，裁衣的儿子鸣九出生。有了儿子，原本轻浮放荡的裁衣，更是飘飘欲仙，整天把“夫复何求”四个字挂在嘴上。不节制的得意，引得了越来越多人的厌恶。然而他浑然不觉，除了用手中一点小权，吆三喝四之外，更是和村里的翻身主任铁匠争权夺利，闹得鸡飞狗跳。

大槐忧心如焚，整天担心裁衣出事。几次三番地逼他没用，又软言恳求：“你刚刚有了儿子，在家多照顾些你的女人孩子。整天在外胡混，有你什么好处？你不知道，你这个样子，多少人在你后面指你脊梁骨！”然而裁衣充耳不闻，依然我行我素，整日不是开会，就是跑腿、算账。大槐终于忍无可忍，有一天，拿了一根棍子，在裁衣开会的时候，打上门去。裁衣抢了他的棍子，扔到门外。主持会议的乡长勃然大怒：“什么老顽固，想当反革命不成？再影响革命，把你绑起来。”

大槐回到家，忧愤交加，一病不起。母亲周老太也跟裁衣说：“乐儿，你看，你爸为你都病成这样，你就别干了。好好在家。”裁衣依然不听。幸亏爱惜许氏，白天在外瞎忙，每晚倒是回家。大槐拖了几个月，到 1945 年农历二月十八，一病而亡。大槐死了，裁衣没有了人管束，更是逍遥自在，整天梳着一个高背头，臂膀里抱着鸣九，在村子里东跑西跑。

1945 年 8 月 15 日，日本人投降，新四军决定解放早已被日本人占了的黄桥镇和泰兴县城。申村的村干们又忙开了。裁衣把孩子交给许氏，整天不归家。要组织担架队，要组织民兵，要分发钱粮，越是苦累，裁衣越觉得乐在其中，因为只有这样的苦和累，才体现出自己的权威，才有面子。8 月 29 日，日军撤出黄桥，黄桥光复。9 月 12 日部队进攻被国民党接管了的泰兴县城，俘虏了国民党的县长。泰兴光复之后，全县有了一段暂时的宁静。全区接到上级通知，对干部进行整风学习。

整风的会议由区里的肖政委主持：“所有人，有问题的，最好自己讲出来。不讲，由别人讲了，就不好了。你们如果发现什么人有问题，不能隐瞒。要检举揭发，不徇私情。知情不报，也是要处理的。”

裁衣对“整风”没有兴趣。他认为跟自己无关，只是经常开的普通的一个会而已，嘴里还是像往常一样口无遮拦：“整什么风啊。我们天天从早忙到晚，又不拿一分的工钱，还查什么。”

“整风”会议开过后的第二天，乡长就收到了有人对裁衣的举报信，说他“贪污军粮”。当天晚上，裁衣就被抓到乡里。事实很快就查清了。裁衣在担任村财经期间，私自吃掉了一百多斤大米和面粉。乡长说：“麻烦！让他把吃掉的粮食补回来，罚点款，找几个人，把他保回去。”

大槐在世时，跟木匠相处甚好。木匠听到裁衣可以保回来的消息，赶紧去跟裁衣的妈妈周老太商量。周老太说：“那就请木匠大哥帮忙了。我哪里请得到保人。”周老太无奈地摇摇头。事实也是如此，没有人愿意多管裁衣的事。因为他的飞扬跋扈，几乎没有人看他顺眼。他出了事，正好看他的笑话。

终于，还是看在木匠的面上，凑了十个人。周老太太买了酒肉，一番招待之后，木匠带了他们和罚的钱粮，一起去了乡里。十个人，在保证文书上按了手印，把裁衣领了回来。这文书叫“充家保”。如果被保人今后再犯，所有按手印的人，都要把家产全部充公。

裁衣回来的第二天，换了一身新装，头上抹了油，又大摇大摆地走在村子里。

“裁衣，你回来了！”

“回来啦。”

“乡里面怎么样？”

“很好。和乡干们一道吃，一道玩。没什么大不了的事。”

又有人问：“你怎么会让他们给抓了去呢？”

"哼！什么人搞的鬼，我全知道。这不，我不还是我，能怎么样？人请我吃冬酒，我请他吃年酒。"所谓吃冬酒年酒，意思是要报复。

又有不怀好意的人问他："裁衣，你姨父不是在口岸当国民党的大队副么？"

裁衣道："可不是。我跟他打个招呼，管叫害我的人吃不了兜着走。"

裁衣嘴里发狠，其实他并不知道谁告发了他，他也没有本事报复。然而他的话很快就传了出去。

没过两天，裁衣又被抓了进去。这一次告发他的罪名，除了贪污军粮外，还有"试图勾结国民党反动派捉共产党"。

审理裁衣的还是乡长。裁衣说："我姨父因为我当了共产党的干部，扬言要杀了我。我哪里敢去找他？只是说了几句气话。"

关了七八天，并查不出什么通敌的事实。乡里也知道他是一个口无遮拦的人，打算给他点厉害，就放他回来，于是放出口风："这次要找一百个'充家保'，还要罚一大笔钱，才能放回来。不然就枪毙。"

木匠正在人家做活，听到风声，扔下斧头就来到裁衣家，跟周老太说："这次不好了，要赶紧想办法。不想办法就回不来了。"

老太太说："我到哪里请得到一百个人？我也没有钱罚了。是杀是剐由他们去，二十年后又是一条好汉。"

木匠和几个跟他家要好的人，三番五次登门，反复向周老太陈说厉害。周老太却不加理睬。也许是周老太想到大槐是被裁衣活活气死，心有怨怒，要给儿子一次教训。也许是舍不得巨额的罚款。或者认为裁衣并没犯什么事，只是一种口头上的恐吓。

乡里面等了十多天，看裁衣家没有丝毫反应，反倒听到周老太几句狠话。又有人来汇报："不能放他回去，放回去了，他一定会领了国民党来报复。"乡长大怒，说："这个裁衣，是个惹祸精。干掉算了。"于是给区里写了个报告。肖政委接到报告，一看是在竹园里冲撞过他的裁衣，当即批道："从重惩处！"

枪毙裁衣的日子定在1945年农历十月十六日。木匠听到这消息，慌里慌张去找裁衣的母亲周老太。周老太还是令人惊愕地无动于衷。许氏跟她哭诉，周老太道："人各有命。他不该死，就不会死。命若该绝，做什么也没用。不要管。"

裁衣多次请人带信回来，让他母亲来救他，总是得不到回信。这时候，他才知道他的母亲对他的怨恨有多深，他才开始后悔。可是，他毕竟是她的儿子啊。为什么妈妈会见死不救？听到枪毙的时间定了，裁衣终于彻底失望。他说："我谁也不恨，只恨我狠心的妈妈。"他请看守给妻子捎个信，临死前，他想看看孩子。

行刑的前一天晚上，许氏抱着才十多个月的鸣九，带了酒食，来到关押着裁衣的东岳庙的厢房。裁衣双臂反绑在一根柱子上，坐在地上。看到如花似玉的许氏，哭哭啼啼抱着孩子过来，裁衣失声痛哭。看守解开绳子，让裁衣吃点带来的酒肉。

"我对不起你，只求你把孩子带大。"裁衣抱着妻子一阵号哭。哭了半天，裁衣酒肉一口未吃，又被绑在了柱子上。许氏抱着孩子，一路哭回家。

周老太听许氏一说，这才来到木匠家，问木匠怎么办。木匠怒道："你这会儿来问我怎么办？明天就枪毙了，能怎么办？回家等着收尸呗。"

周老太一言不发回了家。直到这一刻，看到裁衣真的要死了，她才开始有所追悔。然而她不知道的是，裁衣的死，将会给她的家庭，给她的儿孙，给她接下来的还要活着的二十八年，带来怎样可怕的后果。

十月十六日一早，申村的翻身主任铁匠就敲着铜锣沿村叫喊："各家各户听好了，吃过早饭去东岳庙门口开公审大会，每家都得去人。"

听到喊声，申村人的心都提到了嗓子眼。那个风流潇洒、神气活现的裁衣要死了。

大家都已知道，告发裁衣的，是铁匠。

有人骂道："狗东西，害人害己，不得好死。"

有人叹道："裁衣是太神气，嘴不好，可是也不至于枪毙啊！"

铁匠不管人们怎样议论。他有着铁一般的心肠。也许，在申村，只有他一个人，会为裁衣的死而高兴。这是他这一生中，办成的最大一件事。他不知道，在其后不久，他的命运也将发生急转。他一生中最为风光的时候，已经过去了。虽然他才三十多岁，正当壮年，他要活到八十多岁。可是在其后这五十多年的时光里，他过的是怎样一种生活啊！当他活着的时候，我从来不知道裁衣的死跟他有关。他的家在我家东边。从我家出来，沿着门口的小河往东只要走几分钟，就到了他的家。爷爷常常带我去他家玩。我喜欢去，因为这个慈祥有趣的老人，会讲许多稀奇古怪的故事。我从来不知道，在多年前的一天，申村人人都在唾骂他、鄙视他，而他毫不在意，腋下夹着明晃晃的朴刀，兴高采烈，催促每一个人去看裁衣的死刑。

四村八里的人们，很快就把那座关着裁衣的东岳庙围得水泄不通。

公审大会在东岳庙旁边一个晒谷场上举行。晒谷场上放了四张八仙桌。三个乡干部站在上面。正午十二点，乡长宣布大会开始："把犯罪分子押上主席台。"两个背着枪的民兵，押着五花大绑的裁衣，从庙里出来。又把他拎到八仙桌上，面朝人群跪下。黑压压的人群鸦雀无声。裁衣垂着头，一声不吭。乡长拿起一张纸，宣读判决："裁衣贪污军粮，图谋勾结反动派报复共产党。经上级批准，执行枪决，立即执行。"说完，一挥手，两个民兵揪着裁衣的衣领，把他从八仙桌上拖了下来，然后一人架住一只胳膊，向东南方向一处坟地走去。

人群小心翼翼地跟在后面。

两个民兵，把裁衣扔在一个大坟堆前，按着他跪下。一个人退后十多步，另一个人，用枪抵住裁衣的后脑勺，火光一闪，砰的一声，裁衣向前一趴，倒在地上。腰弓了弓，脑后泉涌般冒出血来，双脚乱蹬了几下，便一动不动。开枪的民兵用脚踢了他两下，弯下腰来，脱了他的鞋子，朝东南方远远扔出去。然后飞快地解开他身上的绳子，脱下许氏前天晚上给他送来的新衣裳，跑到旁边的河里洗洗，拎在手上，走了。

民兵一走，看热闹的人群嗡的一声围了上来。裁衣直挺挺地趴在地上，一地的血。人群一圈走了，再来一圈，许多小孩子还在来回乱窜。一个多小时后，人群才散尽。裁衣的二叔和木匠几个人，用棉花擦擦裁衣身上的血，拿一条薄被把他裹起来，放在独轮车上推了回来。

裁衣到家，周老太与许氏放声大哭。哭过半天，木匠朝周老太喝道："号什么？早做什么去了！"于是安排人去买了木料，连夜给裁衣赶做棺材。

因为裁衣是被政府枪毙的，棺材在家里只停了一天，没有举办任何仪式，便草草下葬。裁衣死时二十六岁。许氏二十二岁。鸣九十三个月。

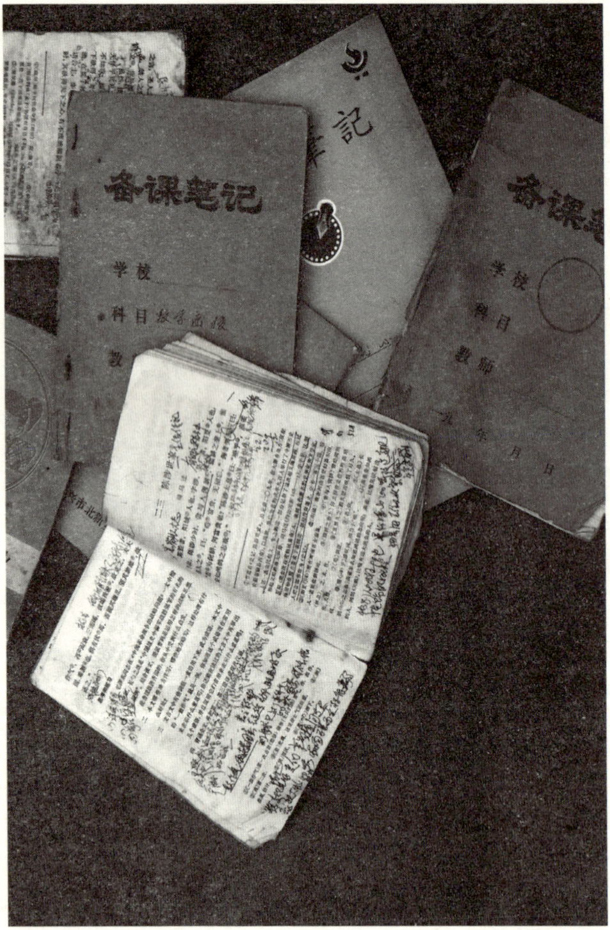
备课笔記
学校
科目
备课笔
学校
科目
教師
年
月
日

站到讲台上的鸣九，像一下子活了过来。
他完全忘记了现实中的一切。
他变得容光焕发，充满激情。

教书匠

虽然申村盛传过我爷爷与鸣九母亲的绯闻，但丝毫没有影响到两家的往来。鸣九和我父亲同龄，两人是最要好的朋友。鸣九我见过，然而印象不深。他不怎么出现在申村，他在离申村很远的一个学校做教书匠。我记得他是个瘦削挺拔的年轻人，头发修剪得很好，不像寻常申村人几乎要半秃的平头。因为知道他是教书的，刚刚上小学的我对他格外尊重。

鸣九在我八岁的时候去世了。

鸣九去世的那天，我们家正在吃晚饭，忽然听到小河对岸发出惊天动地的号哭。父亲扔下碗，拔腿就跑，边跑边说："不好了，鸣九死了。"我跟着走到门外，看到申村的人们，从四面八方往鸣九家跑去。

母亲把我拉回屋内，说："小伢儿不能去，把碗里的饭吃掉去睡。"

半夜醒来时，父亲还没有回来。我听到河对岸还有人在哭。这哭声让我有些害怕。我闭着眼睛，却不敢入睡。

裁衣被枪决的那天，许氏也是哭了一夜。对于父亲的死，鸣九一无所知，他才十三个月。三十多年后，他也离开了人世。他的棺材像裁衣的一样，搁在堂屋正中的两条长凳上。他刚上小学的儿子，穿着孝服，不知所措地跪在旁边，直到看到自己的母亲昏倒了，才惊恐地哭出声来。

今年的清明节，我回乡给爷爷扫墓，在从墓地回村的路上，遇到了鸣九的儿子。他看到我，迟疑了半天，终于认出了我，笑着说："大鱼哥，你也回来了！"

我们已经二十多年没见了。他在初中毕业后，去了江南一家工厂。我在高中毕业后，去了南方漂泊。我最后见到他的时候，他是刚上初中的孩子，现在已是四十岁的胡子拉碴的中年人了。在一个人身上，突然加上二十多年的岁月，是一件可怕的事。我相信他看到我，也有着一样的惊愕。

当我回头看着这个扛着铁锹的中年人的背影时，我立即想到了鸣九的死，想到了裁衣的死。

1945 年的农历十月，裁衣被枪毙。等丧事办完，申村就很少有人踏进他的家门。

人们可怜许氏却憎恶周老太。人人视她如瘟神。

周老太照常指挥两个长工做活，看不出任何的异样。只是许氏，一直关在房里哭泣，不出家门一步。

等裁衣死后过了六七四十二天，周老太推门进了许氏的房间，让长工把鸣九抱到外面玩耍。

“你还年轻，才二十二岁。你要改嫁，我不拦你。不过我要和你说清楚，你若是要走，家里的一根草都不能带走。你走之后，鸣九我来养，不过，你再也不能见他一面。”

许氏哭着说：“奶奶，你放心，我不走。我答应了裁衣，把鸣九养大成人。我会服侍你一辈子。”

周老太说：“我们家，三十多亩地，要钱有钱，要粮有粮。这么大的家业，你不走，就交给你了。没有男人，这是命。”

许氏说：“是我命不好，我认这个命。”

这个认命的许氏，在我记事的时候，已是一个老人。既没有了年轻时的美丽，也没有了年轻时的哀伤。她一头灰白的头发，盘成了一个髻，中间插着一根银色的簪子，外面用一个黑色的小网兜着，显得十分的干净清爽。我经常到她家的院子里找一种红色的小树果，用来做竹枪的子弹。她总是笑眯眯地看着我，不像其他大人那样凶神恶煞。她不赶我，只是轻声对我说：“大鱼儿，不能把枪对着人，要是打到眼睛，就不得了了！”偶尔还会从家里一个铁皮的罐子里，摸一块糖给我。我从没看到她生气、哭泣或者骂人。她就这样如一潭静水般，孤单一人，生活了将近六十年。

许氏的姐姐嫁到离姜堰县城不远的一个小镇，在裁衣死后两个月，她步行数十里，来申村看她的妹妹。许氏的哥哥闻讯，也从许庄赶来和两个妹妹相聚。兄妹三人相见，不由得抱头痛哭。周老太差了长工去买来酒肉，款待远道而来的客人。姐姐见许氏与婆婆虽是两代寡妇，家中没有主事的男人，然而家有五间瓦房，在前后左右茅草屋的映衬下，显得十分突出。屋前的牛棚里，拴着两头大耕牛，屋后长着三棵将近百年的银杏树。屋子里有两间房做了仓库，五六个粮囤，粮食堆得尖尖的，估算不止一千斤。来的时候，还担心妹妹没法生活，寻思带点钱粮，可是家里也是揭不开锅，万般无奈，只得把两只正下蛋的母鸡捉了来，表示个意思。没想到妹妹家如此富有，心里一块石头放了下来，继而，又为自家的贫困而惭愧。

十五个月的鸣九已经会走路了，还不会说话，总是笑着，跌跌撞撞地乱跑，抓到什么，都要放在嘴里咬一口，然后扔到地上。他最喜欢做的事，就是学着笼子里的那只八哥咳嗽。这八哥的咳嗽声，完全跟死去的裁衣的声音一样。许氏的姐姐看他可爱，总要抱他，可是鸣九立即就挣扎着下地。他只要许氏一个人抱。大哥笑着对她说，你这么喜欢他，不如把你家小芬嫁给他吧，来个亲上加亲。小芬比鸣九大一岁，是姐姐的独生女儿。姐姐道，好啊，只是我家穷，怕妹妹看不上。许氏笑着说："你说哪里话。小芬那么漂亮，放在哪家，都是求之不得的。"

姐姐回去之后，把哥哥的话放在了心上。没几天，就托哥哥来申村正式听妹妹的意见。其实姐姐刚回去，许氏就婉转征求了周老太的意见。在这个家里，许氏是做不了主的。哪知周老太冷冷回她："孩子还小，等大了再说吧。"许氏知道，老人嫌她姐姐家穷，不同意。

许氏本是对周老太百依百顺，甚至在她不肯去救裁衣时，她也只是偷偷哭泣，不敢跟周老太多说。一是惧怕老人的权威，另一个就是以为老人有老人的好办法，绝不至于让裁衣去死。裁衣死了之后，她对老人虽然还是顺从，可是渐渐有了自己的主见。看周老太不同意鸣九与小芬的亲事，她和周老太开始了冷战。她带孩子，干活，从早到晚板着一张脸，不再跟周老太说一句话。

许氏有自己的想法。家里虽然富有，可是缺少男人做活。特别是农忙时节，根本忙不过来。而娘家人多地少，正好可以过来帮忙。如果跟姐姐家联姻了，娘家人更会全力以赴，帮衬做活。若是亲事不成，显然是势利眼，嫌贫爱富，伤了娘家人的心，恐怕娘家人再也不来走动，自己的后路也就断了。

因为裁衣的死，周老太的心态渐渐有所改变。在许氏的冷战之下，她终于松了口，答应与许氏的姐姐结成儿女亲家。

即使在六十多年后的今天，我们回头再看许氏的这一坚持，依然不知道这对于鸣九的命运是幸抑或不幸。然而这门亲事，它从此将与鸣九的命运密不可分。它是鸣九快乐与痛苦的根源。它屡屡在鸣九身陷困境之时，助他一臂之力，又屡屡将他推入深渊。

定亲的日子定在1946年的农历八月十六，中秋节的第二天。鸣九两岁，钱小芬三岁。做媒的是许氏的表哥张如学。

八月十六一早，周老太就请了木匠和五寿奶奶等人来帮忙。

五寿奶奶负责掌勺。掌勺是申村女人的一种大荣耀。只有人品好、威望高、受尊重的人，才会有人邀请。而木匠因为是周老太丈夫大槐生前的好友，周老太大事小事都要向他讨主意，也是她家的半个主心骨，请他来，是让他接待四方来客。

一连热闹了两天，客人们才陆续散去。只有许氏的表哥张如学留了下来。

张如学是许氏姨妈的儿子。个头不高，生得眉清目秀，斯斯文文，虽说是个剃头匠，倒更像个白面书生。二十三岁了，尚未婚娶。他跟许氏自小要好，只是因为家里穷困，眼睁睁看着许氏被裁衣娶去做了二房。裁衣死后，张如学常常来到申村，帮许氏干活。他能吃苦，嘴也甜，人又老实，很得申村人的喜欢。只是时间一长，慢慢传出风言风语，说他跟许氏不清不白。

许氏置之脑后，不理不睬。周老太也加强了防范，可是从来没抓到半点证据，也不好发作。

鸣九定亲之后，地里要挖花生。张如学留下来帮忙。如学用锹挖，许氏一粒一粒从花生藤上摘下来。如学低着头，边挖花生边说道："姨妹，你这么年轻，孩子又小，这样过下去，这辈子算什么数呢？"

许氏沉吟良久，叹口气道："如学哥，你的情义我知道。可是我们是不可能的了。要我丢开鸣九和这个家，我做不到。把你招进门呢，老太太这关过不了，他们这个家族也不会让我招个外人进来。我就是这个命，我就这样一个人熬下去吧。"

"姨妹，你这是何苦呢？"如学抬起头，望着许氏，忧急而凄惶，“我等了你这么多年，本来是死心的，现在看你一个人了，又满心怀着指望。虽然跟我过，日子会苦点，不过我拼命去干，总有一天，会好起来。”

“如学哥，我们想的不一样，你就不用多说了。你常来帮我干活，申村已经风言风语。以后你就少来吧。你回去成家立业，这样对你对我，都有好处。”

如学一言不发，埋着头挖花生。直到一块地挖好了，才抬起头来，对许氏说道：“姨妹，既是这样说，我算明白了。我这就走。”

当天晚上，如学挑了自己的剃头担子，一去不返。许氏把自己关在房里，哭了一宿。

过了两天，许氏抱了鸣九，回许庄娘家。半途中，绕路去了张如学家。

到如学家，已是中午。他家是两间低矮的草房，屋顶坑坑洼洼，许多麻雀在上面做了窝，显然已是多年未修。许氏还是孩子的时候，跟母亲来过，不曾想，十多年过去，还是老样子。姨妈见许氏带着孩子过来，欣喜万分，忙着到邻居家借了面粉，回来做饼。姨父也从地里回来，洗洗手，去邻村喊正在人家剃头的如学。

许氏吃了几块饼，喝着茶，跟姨妈聊天。姨妈说：“如学是我的心病。年龄老大不小了，也不让请人说亲，他成天在外，不归家。你来了正好，帮我劝劝他。”

许氏点点头，一面带着孩子玩，一面跟她有一句没一句，扯着闲话，等如学回家。

过了一个多时辰，如学匆匆赶回，把剃头担子往门口一摆，一把抱起鸣九，在他脸上，吧的一声，亲了一口。姨妈抱了鸣九跟姨父到外面去玩，留下如学与许氏说话。

许氏从包裹里拿出十块大洋，对如学说：“如学哥，这是我这几年积下的私房钱。你如果还看重我们的情分的话，就把这钱收下，把房子修修，买两件衣服，成个家。成家之后，你带了媳妇，随时可以来我家。”

如学推辞不掉，只得收下。

如学从邻居家借了一辆独轮车，推了许氏母子，送他们回许庄娘家。

当年秋天，如学把草房翻盖一新，娶了邻村一个瘦小的女子。

虽然娶亲成家了，如学对许氏依然充满爱恋。他从来没有忘掉她，也没有真正地离开她。在许氏最困难的时候，他来看望她，帮她，他愿意为她做任何事，虽然许氏永远不会开口对他有什么请求。

1953年，鸣九九岁，已经上小学二年级，还在喝妈妈的奶。同学们经常拿他取笑，鸣九这才断奶。周老太怕他营养不够，就常常买许多零食给他。

我的父亲跟鸣九同岁，两家住得又近，上学时，总是去喊他同行。学校离家有四五里路，设在邻村一个破旧的祠堂里。

父亲每次去喊鸣九上学，总看到他在吃好吃的。有时是烧饼，有时是油条，有时是芝麻糕。父亲看得眼馋，回来问奶奶："怎么鸣九有那么多好吃的，我们家什么都没有？"奶奶说："你哪能跟他比！他们家是富农，粮食多，又有钱。鸣九是家里单传的独子，要什么有什么。你下次去喊他上学，不要进他家门，就在外面的路边上等。你到他家，看人家在吃东西，多难为情！"父亲点点头，从此之后，就远远地站在鸣九家大门外的路上，喊他一声，等他吃好饭，背了书包出来，同去上学。

父亲把他小时候的记忆，转加到我们身上。我和弟弟小的时候，在左邻右舍家玩耍，无论如何地疯，只要看到他家来客人了，马上就走。七八十年代的申村，依然贫困。只有在来客的时候，才会称半斤肉。肉香会飘过十多户人家。总有两三个孩子，受不了这个诱惑，会磨磨蹭蹭地，到来客的这家玩耍，一直到肉烧好了，上桌了，也不走。主人就会给他盛一碗饭，浇点肉汤，夹一两块肉。父亲告诉我们，这是丢人的。你们如果这样，等长大了，就会没出息。他把吃一块肉的事，上升到了人格与前途的高度。他这样的教育，后来导致了我的过分自尊。一个蔑视的眼神，都会让我受伤。

1953 年时的申村已经实行土地改革。许氏一家孤儿寡母，得到申村人的同情，只分了她家一部分田地，还留下了二十多亩。许氏一家人少地多，生活比别家还是要富裕许多。

新式的学校由原先的私塾改成，教语文、算术、画画、体育等课程。六个年级，五个老师。一百多个学生，年龄大的已经二十多岁，小的才六岁。常常是家里的老大带着老二、老三，坐在同一个课堂上。语文教材是老师用毛笔写的字帖，让大的学生抄了，再教给小学生。大的学生自己也不认真，更没有耐心教小学生。所以，一年级的孩子，一年能认识一百多个字，就算成绩不错。

周老太请了一位读过几年书的亲戚住在家里，专门教鸣九读书写字。所以鸣九从一年级开始，就是班上认字最多、写字最好的人，常常受到老师表扬。鸣九呢，学习也用功，从不调皮捣蛋，一心埋头读书。人人都喜欢他。

鸣九喜欢画画，许氏又托人从县城买来画笔颜料和几本儿童画册，这是学校里绝无仅有的，其他同学十分羡慕。鸣九并不小气，也肯借给他人用用，可是别人只是玩玩，也不好意思真像鸣九那样，拿颜料作画。小小年纪的鸣九，竟成了学校里有名的画家。

1958年，鸣九小学毕业。跟申村的同龄人相比，鸣九的生活可谓是富足而幸福的。然而这富足倒没有把鸣九变成一个纨绔子弟。他文质彬彬，谦恭有礼。可是这个时候，他的美德，对于他的命运而言，已毫无帮助。小学毕业，就是他人生的转折点。他平静的生活将一去不返，他从此一个跟头，栽进时代的旋涡。虽然他才十四岁。

号召实行“公社化”的大会，是在申村中央的一个谷场上举行的。主持会议并讲话的，只有村支书一人。1958年的9月，村支书站在晒场中央的一个巨型碌碡上，挥一挥手，制止住人群的喧闹：“毛主席号召，从现在起，建立人民公社，进入共产主义。”

申村的“公社化”开始了。

第一件事就是把长得齐腰的高粱、稷等所谓的杂粮全铲了，全部改种山芋。因为山芋产量高。第二就是在一块空地上盖起养猪场，把各家的猪牛羊，集中起来，统一喂养。第三就是挨家挨户搜去粮食，各家都不再生火做饭，统一到食堂吃饭。

许氏的家因为青砖小瓦，又比较宽敞，就改做了食堂。许氏、周老太和鸣九,一家三口，被赶到门口的牛棚里安身。

“公社化”开始的时候，鸣九小学毕业。许多成绩不如他的同学都考上了初中，而他却榜上无名。原因就是他既是富农出身，父亲又是被政府镇压了的反革命。

鸣九回家哭了一天。第二天，许氏领着他，去找那位教过鸣九吹笛子的王孝甫先生。王先生一直喜欢鸣九，也曾多次来他家中做客。可是去年就被打成右派，下放回了老家。

许氏领着鸣九，走了四十多里路，一路问过去，终于找到王先生的家。王先生的家是两间草房，屋里一张破床，一张桌，两把椅子，别无他物。王师母正缝着一件衬衫，看到来人，忙放下针线让座。王师母穿着一件棉布褂子，一条打着好几个补丁的灰布裤子，三十多岁的人，看起来倒像一个老太婆。一个七八岁的小女孩，木呆呆地坐在一个小板凳上，看到来了客人，一动不动，也不说一句话。

许氏拿了一包饼干，放在小女孩面前的桌上，她拿眼睛看看妈妈，再看看饼干，还是不动。直到妈妈点点头，让她拿了，她才拿起一块，放到嘴里。

两人坐下没多长时间，王先生手里提着捡粪的叉子，肩上背着粪筐走了回来。看到鸣九母子，他既惊且喜，让师母赶紧烧饭。

许氏看到王先生的境况，嗫嚅着，不知从何说起。还是鸣九自己说明了来意。王先生叹口气，指着屋后三间瓦屋说："那是我家，土改时分给了人家，我现在住的，是原先家里堆杂物、养猪的棚子。我现在被打成了右派，在家务农——"王先生停了一会，找了笔和纸，说："我有个朋友，姓陆，在高庄教初中，平时相处得不错，你去找他，就说是我的学生，看看他能不能帮忙。"

许氏与鸣九连声道谢。说着话，王师母已端上饭来，一人一碗大麦糁儿做的粥，不稀，稠稠的。还有一盘炒青菜，因为没什么油，多放了点盐，正好下饭。许氏与鸣九也不推辞，吃了，立即告辞。

第二天，鸣九就去高庄找陆先生。陆先生是个二十多岁的年轻人，因为是富农，高中毕业后，没考上大学，被安排到高庄中学来教语文。听说是王先生的学生，十分高兴，带了鸣九到自己的宿舍，倒了水给他，问王先生的情况。听鸣九一说，不由得叹一口气。陆先生对鸣九说："你过十天来，参加一个考试，考上了，就能上。"

鸣九轻松通过了考试。

一晃，鸣九在高庄中学已经读了三年。中考了。考试出来，鸣九自觉成绩还行，却没考上高中。鸣九不死心，他又复读了一年，再考，还是没考上。

万般无奈，只好收拾了书本，回家。

此时已是1962年，公社化已经过去，食堂倒掉了，许氏一家又搬回了老宅。鸣九不甘心在家务农，他也不去地里干活，还是成天捧着书看，常常半夜里，躲在被子里，哭出声来。他想上学。

许氏说："九儿，我这一辈子就是为你活的，上刀山下火海，我都愿意，可是这上学的路子，我实在没办法。要不，你去你姨妈家一趟，找找你姨父？"

鸣九的姨父，也是他两岁时就定下亲的岳父，多少年穷困潦倒的一个私塾先生，现在成了国家的公办教师，并且做了当地一所中学的校长。鸣九捉了两只老母鸡，硬着头皮，走了三十多里地，去姨父家。

姨妈见到鸣九，十分高兴，一面拉了他的手让他进屋，一面让小芬去买肉。小芬已出落成一个亭亭玉立的大姑娘，正上高中。他们也已多年未见。小芬看到鸣九，并无忸怩之态，大大方方拉他一起去肉店。两人一路说笑，十分亲近。

中午姨父回来，听鸣九一说，想了想，说道，我来想办法，你回去听我消息。

鸣九在家等了一个多月，眼看开学在即，姨父那边却是音信全无。开学前两天，忍不住，又跑了三十多里，来找姨父。谁知姨父去县里开会未回。姨妈说问过姨父几次，一直没有眉目。

“看样子，今年指望不上。等你姨父回来，我再催他想想办法。”

吃了饭，姨妈留鸣九住一宿，鸣九摇摇头，回头往家走。三十多里路，鸣九边走边哭。当晚到家，也不吃饭，上床就睡。

当晚，鸣九就发起了高烧，浑身抖个不停。许氏慌了手脚，等天一亮，就来找我爷爷木匠帮忙。我爷爷用独轮车推了鸣九去高庄的镇医院，我父亲与许氏跟在后面。鸣九在医院待了十多天，我父亲是他最好的朋友，也去看了两次。然而他竟已不能起床，大小便也不能自理。许氏整日以泪洗面。鸣九哀伤地安慰母亲：“妈妈，我没事，你让我回家。”

对于鸣九的病，简陋的镇医院没有好办法，加上许氏手中的钱也花光，只能让儿子出院回家。

回到家的鸣九，已不能吃饭，只靠许氏用汤匙喂点米汤。半夜里鸣九有时烧得糊涂了，会喊出声来：“妈妈，我要上学。”许氏泣不成声，答道：“好的，好的，九儿，等你病好了，妈妈送你去上学。”

我的父亲也来守着鸣九，看他病情沉重，所有人都已束手无策，就跟许氏说：“不如请荷先生来看看。”

一语惊醒梦中人。许氏立即出门去请村里的老中医荷轩先生。荷轩先生一个人住在村中央的一块高地上。三间草房，门前有个药草园。申村的人们都喊他“荷先生”。他的药草园边上是一个小池塘。或许是为了跟他的名字应景，他在里面栽了许多荷花。然而他自己并不去采莲子或者藕。到收获季节，随便村里谁有兴致，都可以去采。人们采了莲子，都会捧两捧给他，他就笑眯眯地拿一张纸接着，连声说：“太多了，太多了。”他给申村人看病，有钱的，给一点诊金，没钱的，给他一点粮食，或者什么也不给，留他吃一顿饭也行。因为申村的人们更相信西医，找他看病的，大多是老人，或者没钱去镇上医院的人。所以荷先生并不忙，大多时候都是坐在他桌子后面的一张藤椅上，戴着眼镜，捧了本书看。

荷先生跟着许氏回来，坐在鸣九的床边上，看了看他的舌苔、眼睑，又微闭了眼睛给他搭脉。搭完脉，看了看鸣九在镇医院的病历，再详细问了他发病的情由，然后朝许氏点点头说：“不要紧，吃上几服药，睡上半个月，必定好转。”说着，在他家的八仙桌旁坐下，从随身携带着的布囊里拿出一只砚台，一片用了一半的墨，一支毛笔，铺开纸。守在旁边的我的父亲，赶紧给他磨墨。荷先生提笔写了一个药方，对我父亲说：“里面有几味药我没有，你去镇上一趟，到医院斜对门的中药店把药抓过来。”说着，又从布囊里掏出一方印章，在药方左下角盖了个印：“不用付他钱，过几天，我去算。他看到我的印章，自然会给你药。”

果然，荷先生开的几服药下去，鸣九的病情开始好转。许氏衣不解带，日夜守着。

我家与鸣九家隔一条河，父亲常常来陪鸣九闲谈。鸣九的病情在好转，然而还是时时叹气。他要上学。

“没有学上，我就觉得活着没意思。”鸣九说。

“也不要这样说，你看，也不是你一个人没考上。我们这村子里，有谁考上了？都下来了，大家都一样。不上高中，还不一样过。”

父亲虽然在安慰鸣九，自己心里也是隐隐作痛。事实上，上不了高中，从现在起，就要跟全村的社员一起，每天下地干农活，挣工分。而且，这就是一辈子的事了。对于这明明白白、可以预见的命运，他与鸣九一样，是不甘心的。

他跟鸣九说：“天无绝人之路，总有办法的。”

鸣九摇摇头，不相信他。不过，身体终于日日好起来。一个月后，可以下床走动了。许氏和父亲很高兴，扶着他，让他出门走走，呼吸几口外面的新鲜空气。

申村的人们再看到鸣九，几乎已认不出他来。一个颀长清秀的青年，变得脸色蜡黄，骨瘦如柴。他们摇着头，轻声叹息：“多好的一个孩子，弄成这样。”

鸣九与他的父亲迥然不同。他性格沉稳，斯文有礼，脸上总是带着笑意。在学校学习刻苦，回到家，对母亲与奶奶也是十分孝顺。村里人看自家孩子调皮，总是拿他作比：“你就不能学学人家鸣九！”

没有考上高中的申村年轻人，包括父亲在内，都已去生产队劳动了。鸣九在病好之后，正逢秋收，他与我父亲两人搭伴割麦、捆麦把。一连十天，每天都要干到半夜。活儿干完了，生产队长吹了哨子收工。鸣九就和我父亲躺在麦垛上，边看着星空边聊天。

“你说，我还有没有可能读书了？”

“你真想读？”

“想。为我妈妈，为我奶奶，也为我自己，我都要读书。我要为我这个家挣口气。”

“要不然，你再去找你姨父想想办法。”

“已经跑过两趟了，没用。再说，我也不能死皮赖脸地缠着他。”

“只有找他才有办法。你家跟他家这样的关系，也不算丢脸。你就要厚着脸皮。要不然，就只好天天上生产队。”

秋收过后，鸣九又硬着头皮去找姨父。他实在无法抛开上学的念头。他被这个念头缠着，一分钟也放不开。上不了学，他永远都高兴不起来。他认为只有上学，才能改变这一切。因为富农成分，因为父亲被镇压，他时时感到一种巨大的压力。他无力反抗，他也反抗不了。他只想逃出去，越远越好。

姨父已经知道他因为上不了学的事，几乎得病死掉。等看到他瘦得变了形的样子，还是大吃一惊。他说，你回去，好好复习看书，我一定帮你想到办法。今年时间过了，明年你听我的通知。但是，上高中是要考的。你要考上。

鸣九听姨父这一说，不禁喜出望外。

回到申村的鸣九，白天干活，晚上看书。甚至白天别人收工休息，坐下来闲聊的时候，他也捧一本看。就是这样，他还怕自己偷懒，就用毛笔写了许多激励自己的名人名言，贴在家中的墙壁上，所有墙壁都被他贴满了。

到了第二年夏天，鸣九担心考不上，索性不再去生产队上工，全天在家学习。然而只靠母亲一个人挣工分，家里的粮食变得紧张了。这时的周老太满头白发，背也驼了，腰弯得还特别厉害，头都垂到了胸口，必须拄着拐杖才能行走。她和许氏商量："我已经老了，也活不了几年，就把我的口粮省省，给鸣九吃。不能饿坏了他。"许氏没办法，就和周老太两人，不让鸣九知道，每顿偷偷少吃，把饭多省些给鸣九。

1963 年夏天，鸣九再次来到姨父家。姨父神态轻松，对他说："我的一个同学，已经当了姜堰中学的副校长。我跟他说了。他说，问题不大，只是要交一百元。你回去准备一下，准备好了，后天就过来，大后天下午考试。"

鸣九吃过饭，赶紧回家。

可是家里实在凑不出这笔巨款，借也借不到。周老太从箱子底下，取出一只金戒指交给许氏："这是我结婚时的陪嫁，反正也用不着了，你拿去卖了，凑凑吧。"

鸣九拿了钱，赶到姨父家。

因为是暑假，小芬在家无事，也要跟着去姜堰玩，鸣九当然高兴。于是一行三人，一路说说笑笑，走了一个多小时，来到姜堰中学。张校长把他们领到学校食堂吃饭。

张校长说：“这次考试，不要太担心，只是个形式。能够出得起一百块的人不多。只要不是太差，就没问题。”

六十多人考试，录取五十人。下午的考试是两个小时，鸣九从考场出来，老远就看到小芬在探头探脑。看到鸣九脸上的笑容，就拍起了手：“一定考得不错吧。”

“应该没问题！”鸣九的心情从来没这么好过。

“我爸跟张校长聊天去了，让我们吃饭时到食堂找他。我们逛逛去吧，你也难得到姜堰来。”

鸣九只带了一百元，那是学费，已经全给了姨父，身上一分钱也没有。跟着小芬溜达，鸣九嘴里和小芬说着话，却不敢在任何一个店门口停步。

走到一家百货店，小芬一下子就钻了进去。鸣九没办法，只得跟着。

“有笛子吗？”小芬问。营业员朝角落的一个柜台努努嘴。

小芬拿了一根长笛，还要了一包笛膜。出了店门，小芬把笛子递给鸣九：“我知道你喜欢吹笛，这是我送给你考上高中的礼物。”

“不行，我哪能要你的礼物，而且，高中还不知道能不能考上。”

“我已经买了，你不要推。”小芬装作生气的样子。鸣九只得满心欢喜地收下。

这支笛子，成了鸣九的挚爱。不只是在当时，在其后的许多年，他一直放在枕头边上。没有它，他就无法入睡。

鸣九如愿以偿上了高中。然而高中的学习任务更加繁重。鸣九虽然刻苦用功，成绩依然只是中等，到高二，成绩更是不断下滑。鸣九十分沮丧，思前想后，终于在学期结束的时候，去找张校长："张校长，以我现在这情况，肯定考不上大学。如果考不上大学，我的命运还是一样。我想留一级。"

张校长对这个有恒心有毅力、本分刻苦的学生很有好感，当即点点头说，好，你就留一级。

果然，第二个高二，鸣九的成绩已经名列前茅。到了高三，他已经是全班第一。张校长非常高兴，特地写信告诉鸣九的姨父，夸赞这个孩子：他日必有大用！

就在这时，"文化大革命"开始了。

学校全部停课闹革命。鸣九混在众人之中，别人呼口号他也呼，别人写大字报，他也写，别人上街游行了，他也跟着去，只是既不在前面，也不落在后面，夹在人群的中间。他知道自己的身份，他要让自己变得毫不引人注意，最好当他这个人不存在。

姜堰县城的红卫兵分成了两派，一派叫"红铁军"，一派叫"八一"。鸣九参加的是"红铁军"。两派从写大字报、开批判会，终于发展成武斗。鸣九一看形势不对，跟学校"红铁军"的头头请假，说病了，动不了。头头于是派了两个同学，护送他回了申村老家。

在鸣九回家的第三天，姜堰就发生了红卫兵的武斗，一直到驻军政委发话才停歇，可是医院里已经住满了伤员。鸣九闻讯，更不敢去学校了。

十多天后的一个夜里，鸣九已经入睡，突然听到门外有人喊他的名字。开门一看，是姨父——小芬的父亲。

姨父是他们镇中学的校长。此时，“文革”已闹到了中小学。造反派当天晚上开会，决定第二天对他采取革命行动。一个学生悄悄向他告了密。

对于“革命行动”，他是知道的。他去参加过这样的批斗会。邻镇的一个校长，被拖到搭起的高台上，戴着高高的纸帽子，站在盛着凉水的木盆里。旁边是头顶着一碗水的教导主任，跪在地上。还有陪同的教师，一个个被剃成阴阳头，胸前挂着一个大纸牌，上面写着自己的名字，然后再画了一个大大的黑叉。他害怕自己会被斗得送了命，于是连夜跑了三十里路，躲到鸣九家来。

鸣九安慰姨父：“不用担心，躲到我们这里，你就没事了。我的好朋友庆山，是我们公社的造反派司令。明天我请他过来见你。有他在，没人敢来抓你。”

姨父一听，吓得不轻，连忙说：“让造反派知道了，那可不得了。不行，不行。”

鸣九笑了：“姨父，你不用怕。我们这里跟其他地方不一样。庆山领导的造反运动，不武斗。还偷偷保护人。姜堰县里许多校长、老师，都躲到我们公社来了。有几个人就躲在庆山家里。没有人敢来抓。你尽管放心。”

姨父心里还是七上八下，忐忑不安地跟鸣九在一张床上挤了一夜。第二天一早，鸣九就去找庆山。

庆山是我的父亲。他初中毕业之后，不甘心在田地里劳动，创办了申村第一所小学。教师只有他和他的一个同学。学校是两间草房，把中间的隔墙打掉，成为一大间。学生有二十多个。父亲算是民办教师，不拿工资，由改名为“大队”的村里，按一个劳动力计算，记工分。由于他能说会道，“文化大革命”开始后，竟被推举成了全公社的造反派司令。新街公社的革命比相邻的公社要晚得多。人们都已听说“文化大革命”是批斗地主、富农、反革命、坏分子和右派的运动。许多老干部也被揪斗，吊起来打得死去活来。所以，当父亲神气活现地从公社回家，把自己当上造反派司令的喜讯告诉了家人之后，一向温和柔弱的奶奶却发了怒，拿了扫帚就抽打父亲：“你滚！我们家没你这个害人精。你要是当什么造反司令，你就再也不要进这个家门。”

父亲是个极其孝顺的人。他不敢跟他的母亲顶嘴，一直在门外徘徊。我的奶奶把他关在门外整整一夜。

父亲跟奶奶说：“妈，现在这个样子，我已经没有办法。如果不干了，我就会成为批斗的对象，说不定会被别人整死。但是我答应你，我当这个司令，我决不做一件坏事，决不整一个人。”

奶奶说：“你听着，只要我听一个人讲你做坏事了，你就不再是我的儿子。”

由此，父亲成了一个两面派。在台上，他慷慨激昂，像个狂热的“文革”分子，比谁都积极。可是他谁也不肯批斗。实在没办法了，也是走个过场，让人戴个高帽，在台上做做样子。会开完了，就结束了。他说："我们这里的形势，是一天比一天好。我们主要的任务，就是抓革命，促生产、促工作、促战备。"随着"文化大革命"向纵深推进，已经到了人人自危的地步。谁也不知道下一个被斗的是不是自己。所以，人们开始纵容并赞许父亲的不作为。新街公社，特别是申村，成了"文革"中一个小小的避风港。南北两个县城的老革命和知识分子，只要搭上一点关系，就会躲过来。申村的人们，一一以礼相待。

鸣九的姨父在申村住了两个多月，妻子来叫他回家，学校的风潮过了，又请他回去主持工作。姨父又赖了几天，看真是形势好转了，才肯回去。

姨父刚走两天，鸣九县中的同学们来到申村。男女三十多个学生，来申村宣传"文化大革命"。当天晚上，申村灯火通明，男女老少拎了板凳来到村中央的打谷场，看学生们演戏。人们虽然不太明白学生们在做什么，还是纷纷报以热烈的掌声与喝彩。这是申村人第一次看到现代剧，也是第一次看到舞台上的鸣九。也许是因为来到了鸣九的家乡，宣传队一定让鸣九参加演出。鸣九不会演戏，队里就让他吹长笛。鸣九在舞台上为申村的乡亲们吹了两曲。一曲是《东方红》，一曲是乡间人人都会唱的《拔根芦柴花》。两首歌都引起人们的唱和，竟把演出推向了高潮。可是谁会想到，这竟是鸣九人生中最耀眼的亮相呢！在鸣九去世之后，申村的人们所想到的，还是那个意气风发、在舞台上吹笛的鸣九。他站在舞台的中央，马灯的光亮照在他微笑着的英俊的脸上，县城里的漂亮女学生们，围在他的周围跳舞，台下的人们和着他的笛音高声歌唱。在那场演出之后，申村的人们，个个都说鸣九是个人才，将来必定大有出息。许多人在其后的许多天里，纷纷来到他家，向他的母亲许氏祝贺，说她有一个好儿子。而这，竟也成了许氏一生中幸福的顶点。周老太的耳朵已经聋了，眼睛也模糊得看不清东西。然而她还是弄明白了孙子的荣耀。她对所有人都咧嘴而笑。她认为每个人跟她讲话，都是在夸赞她的孙子。她比谁沉浸在这幸福中的时间都要长。

然而鸣九最担忧的还是上学。他高中还没有毕业。他随宣传队回到学校之后，就再也没有跟他们出去。他留在学校。虽然学校已面目全非。大门砸坏了，教室的窗户上已经没有一块完整的玻璃。老校长和教导主任已被送到公安局关押起来。大部分老师被送到农村去劳动改造了，少数在校的老师无所事事，闭门不出。只有四个教师被两派造反派分别聘为军师，给他们出谋划策。名义上主持工作的，是张校长。他是老革命，没有倾向的中间派，两派对他都加以容忍。而他所能做的事，也只是每天在校园里来回巡视，一张一张地看着满墙的“大字报”。

鸣九独自一人住在宿舍。同宿舍的五个人有的去北京串联了，有的回了家。他拿出课本，放在毛主席语录旁边，神情恍惚。他不知道应该做什么。他也不敢参与到任何一派的运动中去。他知道自己就是一个应该被打倒的人。他只能等。

一天晚上，忽然有人来敲门。是张校长。

“‘八一派’通知我去开一个会，我不能不去。我去了，‘红铁军’知道了，说我投靠了他们。准备今天晚上来捉我，关起来明天拖出去批判。你是‘红铁军’的，我躲在这里，他们说不定想不到来这里找。你看行不行？”

鸣九一阵慌乱，很快就镇定了下来：“张校长，你放心。你就睡我宿舍。我到隔壁同学那里去住。我把门从外面一锁，没人知道里面有人。明天一早，我买了饭，给你送过来。你就这样，在这里住着。我来应付他们。”

当天晚上，“红铁军”果然派了许多人，四处搜查，鸣九也跟在后面。主要搜查对象是另一派同学的宿舍。一番对峙，对方因为自己宿舍里没有藏人，终于还是让搜了。当然，一无所获。

第二天一早，鸣九买了十几只馒头回到宿舍，给张校长，让他就了白开水当饭。他不敢买两个人的饭，买了，就被人发现了。

张校长在鸣九的宿舍躲藏了二十多天。张校长问鸣九：“你怎么敢保我？”鸣九道：“不是你收我进这个学校，我现在就在乡下劳动。如果我被发现了，只不过是把我剃成阴阳头，再送到乡下去劳动。我没有什么好怕的。”

张校长想了想，说“你敢不敢替我去找‘八一派’的人？”

鸣九道：“敢。”

鸣九知道其中的风险。他去找了“八一派”，就成了“红铁军”的叛徒了。如果被发现，他可能被批斗致死。

鸣九帮张校长给“八一派”送了一封信。当天晚上，“八一派”就派了人，偷偷地把张校长接了出去，送到了县城的“八一派”总部。

送出张校长，鸣九返身回到宿舍，长长地舒一口气，没有脱衣服就躺到床上。这一觉，鸣九睡了一天一夜。其实鸣九是害怕的。他怕被发现了，会被押送回老家。他已经不怕回家劳动了，他只是怕以这样的形式回家面对母亲和奶奶。他知道，她们是不能接受这个现实的。

张校长在收留这个学生进校的时候，丝毫没有想到，这个学生，将会在他人生最艰难的时候，反过来收留他。他在不经意中，为他后来的困境，留下了一颗得以解脱的种子。而鸣九也不知道，他对张校长的这次保护，也将为他后来的人生，埋下一个伏笔。人生就是这样，环环相扣。

鸣九在学校百无聊赖地待到 1967 年的 8 月底，终于拿到了高中毕业证书。他收拾了行李，回到申村。回到申村的第二天，他挑了两只大粪桶，和申村的社员们一起下地劳动了。

鸣九在家劳动了一年，虚岁已经二十四岁，在母亲的催促下，来到姨父家询问与小芬的婚事。

姨妈听鸣九说明来意，叹口气说，说实话，你们的婚事，我做不了主。要问小芬和她爸。你在这里住一晚，明天星期天，小芬从学校回来。

小芬师范已经毕业，刚刚分配到姜堰城里的一所小学当小学教师。

第二天，小芬回来，看到鸣九倒还高兴。问了鸣九的近况，又向他描述了县城里的情形。她对自己的工作也是十分满意。两人谈谈说说，姨妈进进出出，却是一言不发。吃过午饭，鸣九要告辞回家了，只得直接向小芬询问对两人婚事的考虑。

小芬说："我没有任何意见，一切听我爸的。"

鸣九没有回家，而是直接来到姨父的学校。姨父所在的中学离家较远，自己又是校长，工作忙，大多时候就住在学校。

姨父看到鸣九过来，很是吃惊，把他带到宿舍，倒了水，两人坐下。鸣九说明来意，姨父说："小芬刚工作，现在谈婚姻的事，不太合适。等过一年再说吧。"

鸣九怏怏不乐地回到申村。许氏一听，大吃一惊。周老太立即就埋怨起来："当初我怎么说？不听我的。现在好了，被人回了，惹人笑话。这么多年，白送了那么多的钱。落得什么？丢人现眼。"

许氏无话可说，过了两个月，拎了包裹，去找姐姐，姐姐也是无可奈何，只说自己做不了主，一切都得听姨父的。

一晃一年过去，鸣九来找我的父亲庆山："庆山，他说等一年，我就等一年。无论答不答应，都要给我一个准信。我一个人没有勇气去，你看，你能不能陪我去一趟？"

庆山陪着鸣九，来到姨父的学校。

姨父说："你看，你们家这个成分，还有你现在这个情况，就是我做父亲的答应，你说，小芬能答应吗？她是公办教师，在县城工作，怎么嫁过来？我看，从长久考虑，你还是另外想想办法。"

庆山道："姨父，鸣九一表人才，学问也好，只是家庭出身有点问题。但天无绝人之路。三十年河东，三十年河西。过上几年，谁说就不能翻身呢？你看是不是再好好考虑一下？”

姨父不接话，低头喝水。庆山又说：“不说你们两家相处几十年的感情，只说鸣九，他是一个有志气的人，日后一定会有出息。你不也是一直看好他吗？”

姨父抬起头来，说道：“婚姻二字，就不要再提了。”

鸣九站起身来，说道：“姨父，我们走了。”说完头也不回，出门离去。

回到家，跟母亲一说，两人抱头痛哭。

鸣九是富农家庭，父亲又是被镇压的反革命，不用说娶小芬这样的城里姑娘，就是农村女孩，也没有人肯跳进这个火坑。

周老太听说鸣九姨父家完全回绝了婚事，当即病倒在床。儿子的死，没有让她倒下，而孙子的亲事，却给了她致命一击。一个多月后，周老太撒手人寰。棺材是现成的，早在二十多年前，她就请木匠给她做好。没有办丧事。鸣九请几个人帮忙抬了棺材，他和母亲跟在后面到墓地里，埋了，两人在墓前磕了三个头，悄无声息地回了家。

鸣九比任何人都要勤勉地劳动，可是依然得不到生产队长的好脸色。因为他天生就是要受人批斗与歧视的。鸣九自己也深知这一点。他从不与任何人起争执，即便经受再大的屈辱与欺侮。有时候，他还会坐在我家门前小河的对岸，吹他那支长笛，或者拿着长笛发呆。1970 年，鸣九虚岁二十七了，离开学校也已经三年。他对自己的未来已经完全绝望。许氏也已认命，就让他一辈子当个农民吧。然而，鸣九的同龄人几乎都已结婚成家，他却无人问津。这让许氏心如刀绞。

那个曾经深爱着许氏的、她的姨哥张如学，已经许多年没来申村了。有一天，当他听说了鸣九被退亲的事后，再次来到申村。

他跟许氏说："如果鸣九不嫌弃，我把我们家贵宝嫁给他。"

许氏掉下泪来。在她人生最惨淡无望的时候，竟是如学伸出了援助之手。往事一样一样涌上心头，情绪纷乱而复杂，反而让她说不出话来。许氏与如学默默相对，竟忘了立即去把这喜讯告诉鸣九。

鸣九毫无抗拒地接受了母亲的安排，也没有显得特别欢喜。对于打一辈子光棍的命运，他并不像母亲那样担忧。让他内心隐隐作痛的，不是没有妻子，而是没有小芬。

婚事定在重阳节的第二天。

结婚前一天的晚上，鸣九一直在小河边上吹笛。这是申村人最后一次听到鸣九的笛声。在这之后，鸣九把这支笛子藏在了他的一个小箱子的底下。在他死后，贵宝把这支笛子，当成他最重要的遗物，一直珍藏。她知道，这是他最心爱的。甚至她还知道，这是小芬送给鸣九的。

农历九月初十，吃过午饭，鸣九找了两位年长的邻居充当媒人，又请庆山陪同自己，四个人，去张庄接亲。如学已经摆好酒席，一碗肉，一盘鱼，一盘炒鸡蛋，还有一碗青菜。吃过了，穿了一身卡其布新衣的贵宝，在两个姑娘的陪同下，跟随鸣九一行，步行来到申村。没有彩礼，也没有嫁妆。到了鸣九家门口，许氏用竹竿挑起一串小鞭炮，点着了，让左邻右舍都听到这喜庆的声响。

众人把鸣九与贵宝送入洞房。所谓洞房，只是在房门上贴了一张大红的喜字，其他再无变化。

第二天，陪贵宝来的两个姑娘回张庄了，新娘立即换下新衣，扛了锄头就随鸣九下地。贵宝虽不漂亮，却健壮朴实，快快活活，家里家外，每一件活儿都抢着做。对于鸣九，更是呵护备至。如果她能做到的话，她不要他动一根草一片叶，她希望看到他从早到晚读他的书，虽然读书对于他们的未来，并没有什么意义。贵宝喜欢鸣九是一个文化人。

人人都说鸣九娶了一个好姑娘。然而这个好姑娘，在不久之后，疯了。

健强出生在1972年。早在出生前，鸣九就给他起好了名字："如果是男孩，就叫健强，'天行健，君子以自强不息'。"健强出生三天，贵宝就发起了高烧，头疼欲裂，在床上打滚。鸣九问她怎么才能好受些，贵宝爬起身，靠墙站着，让鸣九用头抵着她的额头。鸣九个子高，要弯下腰来才能抵住。抵了两个小时，实在站不住，就换母亲来抵。两人轮流着抵了整整一夜。天亮了，鸣九实在吃不消，就把贵宝抱到床上，让她躺一躺。贵宝刚一躺下，就跳了起来。又喊又叫，乱砸东西，撕扯自己身上的衣服，嘴里喊道："我是贫农，我不嫁给富农。""你是受气包，我不跟你受气了，我走了。"又对鸣九说："鸣九，你多好，人漂亮，文化又高，你去当个干部吧。”左邻右舍都过来看，说，贵宝疯了。

鸣九把贵宝送到医院。医生用带子把贵宝绑在床上，用冰块给她降温，打针挂水。鸣九寸步不离。

贵宝在医院里住了十多天，病情略有好转。鸣九把刚出生的健强抱到医院，让她喂奶。可是一离开医院，疯病又会发作。许氏到处借债，终于凑不出医药费了，于是求人来买屋前的三棵百年银杏树。当买树的人把这三棵树锯倒的时候，申村的许多人都围拢了过来。他们叹息说：“树倒了，大槐一家真正败了。”大槐是鸣九的爷爷，曾是申村威风八面的富户。

当许氏与鸣九商量着把祖传的房子卖了时，贵宝突然清醒过来。她说：“房子不能卖，卖了我的宝宝住哪里？”贵宝从床上爬起身，从鸣九手里接过健强，说：“我们回家吧。”

许氏认为贵宝会疯，是因为有鬼上身。就悄悄请了巫婆来家中作法驱逐。鸣九虽然不信，也拗不过母亲，只得由她去。谁想巫婆画了符，念了几句咒语，一番捣鼓，贵宝竟说出一番惊世骇俗的话来。

“姓许的，你好狠！”她指着许氏说，“你仗着人漂亮，会生孩子，抢走了我的男人。你倒好，有儿有孙。我呢，两个男人把我争来夺去，我天天不得安身。我没好日子过，你也别想有好日子过。”

许氏一听，吓得魂飞魄散。等巫婆走了，一打听，裁衣的前妻，那位麻脸的陈氏，早在几年前，就和丈夫先后去世。难道真的是她的鬼魂，附在了贵宝身上？许氏不断地向贵宝磕头作揖，许愿超度，贵宝置之不理，还是常常胡言乱语。

一个多月后的一个傍晚，贵宝到右边紧邻的大虎家玩。大虎女人带着三个女儿和两岁半的小儿子在门口玩耍。贵宝靠在大门外的一棵桑树上看着，随口说道：

“哎呀，你们家的孩子可不少，有几个啊？”

大虎女人道：“几个你数不过来么？”

贵宝用手指着就数了起来：“一、二、三、四，有四个啊。这么多，你领得过来么？”

大虎女人看她疯疯癫癫，白了她一眼道：“不用你管。”

贵宝道：“你放心，我不帮你领个大的，也帮你领个小的。”

吃过晚饭，大虎女人给儿子洗了澡，把他放在床上。小宝宝在床上爬来爬去，爬着爬着，突然就不动了。女人大叫起来。大虎跑过来一摸，鼻子里已没了气。等荷先生闻讯赶来，孩子小小的身体已变得僵硬。

大虎请木匠给孩子做了个小棺材。大虎女人趴在棺材上放声大哭。正哭着，贵宝又走了过来，劝道：“别哭了，别哭了。他以后的日子比在你家要过得好。”大虎气得拿个棍子就要打她。鸣九急忙把她拖了回去。回到家，贵宝对鸣九说：“鸣九，我有了个儿子要照应，没时间住你这儿了。你给我点钱，再给我两件衣服，我走了。”鸣九赶忙去买了黄纸、红纸，请纸扎匠扎了许多衣服，又叠了许多纸元宝，烧了。贵宝睡了一夜，第二天，突然恢复了正常，拿了锄头就下地干活。

贵宝的疯病痊愈不久，学校开始复课。鸣九打听到，张校长已经当了姜堰县的教育局长。鸣九决定去请他帮忙。他不想就这样了此一生，他还想再谋条出路。

张局长看到骨瘦如柴的鸣九，可怜他写了一封信，让鸣九去找他的姨父。鸣九恳求道："能不能不去找他，能不能换个地方？"张局长道："其他地方，没有空位。知道很难为你，可实在没有办法。你就去找他一下，就是不看在你们往日的情分，看在我的面上，他也会帮忙。"

鸣九回到家，在床上躺了两天，不肯出发。母亲与贵宝苦苦相劝，他万般无奈，起了床，饭也没吃一口，再次朝三十多里外的姨父家走去。

姨妈看到鸣九，大吃一惊，连忙要去买肉做饭。鸣九拦住她，说道："这是张局长给姨父的信，麻烦你转给他。如果有希望，就带个信给我。我回家去等。"

姨父接了信，一连几天没反应。姨妈哭着对他说："鸣九不到没办法，是不会来我们家的。是我们对不起他，就算补这份情，你也要帮他。"

姨父叹口气，拿了张局长的信，回到学校，找教导主任商量。主任一看是局长推荐，又是校长亲戚，说道："那我安排要生孩子的这位老师明天就回家待产。"

姨父让人通知鸣九，来学校当代课教师，教初一语文，时间一年，一年之后视情况而定。每月工资二十四元。许氏与贵宝听到消息，欢喜无限。而鸣九心里却是五味杂陈，并不见脸上有半点笑容。

站到讲台上的鸣九，像一下子活了过来。他完全忘记了现实中的一切。他变得容光焕发，充满激情。讲台上的鸣九与现实中的鸣九判若两人。他变得才华横溢、风趣幽默，课堂里不时传来笑声。然而离开课堂，他立即又变得深沉而不苟言笑。学生们喜欢他的课，尊重他，乐于听他的任何吩咐。他也把全部的心血投到了他们的身上。一有时间，他就跟学生们泡在一起。他愿意成为他们的一分子，虽然他们只是一些小小的初一的孩子。他对所有的同事，都是谦逊与礼让，但几乎不与他们来往。他努力回避与姨父相见。姨父也是极力避开他。

一年代课期满之后，所有的学生与同事，都要求他留下来。姨父经过一年的观察，对他的讲课也是十分满意。于是，鸣九就一直当着代课教师。一个永远没有机会转正的代课教师，一个每年的暑假之后，都在焦虑与不安中等待通知的代课教师。无论他是多么敬业与称职，他只能是临时的。每当有人转成正式教师时，他都会把自己关在宿舍里。他不敢去参加他们的庆祝会，他怕自己会当着众人的面流下泪来。

1977 年，恢复高考。鸣九闻讯欣喜若狂。命运终于有了转机。他回到家，取下悬在屋梁上的包裹里的课本。高中的课程丢下已将近十年了。鸣九没日没夜地看书学习。除了讲课，他几乎所有的时间都在看书。他的痴迷，已经影响了教学。然而人们理解他，没有人对他有任何的责怪。

大考那天，贵宝早早就给他包了粽子煮好，让他吃了去考，“粽”与“中”是同音，寓意他将高考得中。然而第一场考试下来，鸣九就完全泄了气，试卷如同天书，许多题目他都看不懂。糊里糊涂考完，他回到家大睡一场，之后，再也不提高考一个字。

开学了，他重又回到学校。一位同事考上了南京的农业大学，大家为他送行，不擅饮酒的鸣九也破例喝了几杯。回到宿舍，竟睡了一天一夜。

看鸣九变得神思恍惚，心不在焉，姨父心里颇为焦虑。在学校几年，鸣九几乎从不与姨父交谈。姨父想让妻子与鸣九谈谈，宽宽他的心，也让他把这临时教师的工作继续下去。于是，一天放学后，姨父走到鸣九的旁边：“鸣九，你姨妈要你去家里一趟。”

鸣九已经几年没有去姨妈家，也没有见到姨妈了。他怕去。他怕会遇到小芬。

星期天，鸣九换了一身干净的衣服，来到姨妈家。老远就看到小芬坐在门口。鸣九硬着头皮走过去。小芬站起来：“鸣九，你来啦！”鸣九点点头。小芬已怀着身孕，挺着一个大肚子，显得十分臃肿。姨妈听到声音，连忙从屋里出来，热情地招呼：“小芬，你跟鸣九说说话，我来做饭。”

鸣九搬了一张板凳，在小芬旁边坐下。小芬不说话。鸣九也找不到一句要说的话，低着头，默默无语，气氛变得僵硬而尴尬。

鸣九搭话道：“过得，还好吧！”

小芬说：“没有什么好不好。人生下来，就是混日子，过一天算一天。”

鸣九大吃一惊，看着小芬。小芬脸色有些发黄，长了许多的斑，眼睛也失去了过去的光亮。几年不见，一个活泼泼的少女，竟变成中年妇人了。鸣九猜想她会过得幸福而愉快，没想到她竟说出这样的话。

“你要乐观。”原本需要别人鼓励的鸣九，竟要这样鼓励别人了，“你应该开心才是。你跟我不一样。你有幸福。你也会过得幸福。”鸣九有些语无伦次。

“每个人对于幸福的理解不一样。如果一个人心里有一个遗憾，永远忘不掉，就谈不上幸福。”小芬说着站了起来，“我们到外面走走吧。”

鸣九默默无语地陪着小芬在田埂上散步，各自想着各自的心事。散步回来，姨妈已把饭菜烧好。吃饭的时候，姨妈本想多劝慰鸣九几句，却被小芬打断。吃完饭，鸣九立即告辞回学校。小芬站在家门口送他。鸣九已经走出好几步了，小芬喊他：“鸣九！”鸣九回过头来，小芬又不说话了，眼里噙着泪。鸣九努力朝她笑笑，挥挥手，转身离去。

小芬看到的，是一个已经苍老而落寞的男人的背影。他虽然才三十多岁，可是好像已经过完了一辈子。已经疲惫不堪，已经绝望。他虽然总是微笑着对着小芬，努力让自己变得快乐而亲切，可是那笑容背后，却是那样的艰涩苦痛。这是小芬最后一次见到鸣九。这个男人的背影，就这样慢慢地、慢慢地，离她越来越远，在时光中缓缓消失。

两个月后，学校里又有两位民办教师转成了公办教师。又是一场热闹的宴会，鸣九又喝了两杯。睡了一夜，第二天起床，头还是有些昏沉，然而有课，鸣九挣扎着起了床，来到课堂上。

鸣九站在讲台上，刚刚翻开书，还没来得及说话，身子一软，倒在地上。闻讯赶来的老师们，立即用小推车把他送到姜堰医院。

诊断的结果很快就出来了：肝癌晚期。

鸣九在医院住了没几天，就回到家中。贵宝守着他，一分钟也不离开。给他擦洗，给他喂饭，给他唱歌。

这年的年底，姨父再次来到申村，来看鸣九。他给他带了一百元钱和一百斤粮票。他对鸣九说："你的公办教师的名额已经批下来了。等你的病一好，就给你办手续。"

鸣九说："姨父，我已经不需要了，你给别人吧。"

姨父半晌无语。临走时，跟他说："小芬生了一个女儿。让我带信给你，好好养病。"

鸣九点点头。姨父起身告辞，贵宝跟着送出去。鸣九抬起手，擦去眼里的泪。

1978 年春天的一个傍晚，鸣九在贵宝的怀里咽下最后一口气。贵宝一直躺在已经死去了的鸣九的身边，抱着他，不时亲吻他已变得冰凉的额头。棺材买了回来，她仍不放手。她说他没有死，只是睡着了，一会儿就醒了。四个大男人拖开贵宝，把鸣九放进棺材。人们盖上棺材，用斧头一声声把钉子钉上。贵宝扑过来，抢了斧头，要劈开棺材。她哭喊道：“我要跟鸣九在一起，我要跟鸣九在一起。”

贵宝又疯了。

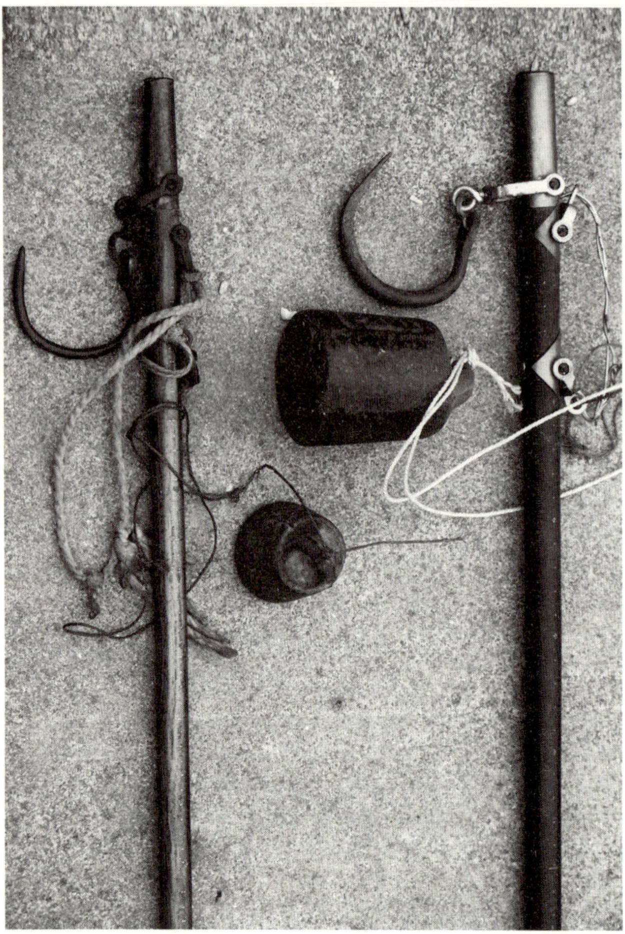

中村的秤匠就是个万事都要权衡的人。

只是他在权衡这一点上，走得太远了。

秤匠

最近几年，我都是回申村过年。

大年初一，早晨起来第一件事，就是向家里每一个人说“恭喜”，然后去村子里的每一家拜年。拜年很简单，进每家的门，到大门外，就高声喊着“爷爷”或者“伯伯”“叔叔”，“恭喜您啦！”。主人闻声出来，喜气洋洋地回应：“恭喜，恭喜！”然后让座，端出早已蒸在锅上的馒头和煮好的红糖枣子茶。你不要真吃，要说：“囤着，囤着。”说着，给主人递一支上好的烟，然后告辞。因为一上午，你要走几十户人家。坐一坐，就来不及了。说“囤着”，只是对主人家更加富足的一种祝愿。对于蒸熟的馒头和煮好的红枣是否真能囤积起来，不要深究。

我是十八岁离开村庄的，离开之后，有十多年没有回来。当我再次回来，比我长两辈的老人，几乎已全部去世。包括我的爷爷。比我低一辈的，有些已经十多岁了，对于他们来说，我是个完全的陌生人。我在田间地头遇着他们，或是去他们家拜访时，他们总是惊讶地看着我，直到他们的父母让他们向我打招呼，才会勉强地喊我伯伯或者叔叔。在我大年初一挨家挨户拜年时，我才再次感受到深切的乡情。幸好我离开申村才十多年。我的同辈兄弟与我的父辈们对我还是一样的亲切。我还是申村的一员。

拜完年回家的时候，在半夏河边，远远就看到了“五头”。“五头”没有名字，因为排行第五，就叫“五头”。村子大大小小的人，都喊他“呆五头”，他是一个四十多岁的呆子。“五头”穿着崭新的棉袄，手里捏了根没有点着的香烟朝我笑：“呵呵，过年。”我朝他点点头。他高高兴兴地背着双手跟在我的后面。

“五头”一年四季穿着开裆裤，背着手，在村里每户人家的门口走来走去。有一阵子——我刚上小学，和弟弟两个人，突然迷上了手扶拖拉机，天天跟在拖拉机后面，在田地里跑来跑去。拖拉机来来回回地耕地，我们就来来回回地跟着跑。我们奇怪的举动，引起了“五头”的兴趣，他也加入到了这个行列。我们赶他，拿土块砸他，他就跑，当我们去追拖拉机时，他又跟过来。跟一个呆子有着同样的爱好，会让村里人笑话，我们只好放弃这个爱好。但是从那之后，只要拖拉机耕地，他就必然会跟在后面，从田的这一头到那一头，一圈圈地来回跑，从白天一直跟到天黑。他成为拖拉机手最好的伙伴，直到这个拖拉机手触电而亡。

不可思议的是，早在一百年前，就有人断言，我们村会出现“五头”这样一个呆子。

那是从东台县来的一个道士，他煞有介事地，仔细端详着

“五头”的太爷爷——秤匠的脸：你是地煞星的账房先生转世。因为贪财，被贬到人间。你们家，会出三代的呆子。

秤匠把道士请到家里来测算家族命运的这一年，是清宣统三年，公元 1911 年。我的爷爷同守，出生在这年的农历六月。这一年的秋天，发生了辛亥革命。这一年的冬天，我家的米行被人放火烧成了白地。

我家族命运的改变，是在一个深夜。屋外的噼啪之声，惊醒了睡梦中我爷爷的父亲。他翻身而起，窗户外面已经火光冲天，滚滚浓烟扑面而来。我爷爷还不到半岁，来不及给他穿上衣裳，他的父亲用棉被裹了他，抱到了外面。

本可以做个富家子弟的爷爷，被这场大火断送了好运。他只上了一年的私塾，后来成了一个木匠。唯一值得庆幸的是，在这场突如其来的大火之中，没有人受伤。然而家业没有了，全部化作了灰烬。

米行不复存在。三十多个高大的米囤，成了焦炭。一连多少天，甚至没有人愿意去清理这可怕的现场。他们只是坐在这火场废墟的旁边，绝望地哭泣。

经过勘查，是有人故意纵火。全家人的悲哀立即变成愤怒。他们不再哭泣。女人们游走在村子里，高声地咒骂着不知名的恶人。男人们咬牙切齿，向每一个来关切探询的人，表示要全力报复。

米行的老板，是爷爷的伯父，他铁青着脸，甚至不理睬来探望的乡邻，拿了一张纸，在上面，用毛笔写一个个人的名字。写完了，又撕掉，撕了，又写。

爷爷的伯父万豪，身高一米九，为人慷慨豪爽，人称“豪大个子”，是条响当当的好汉，在申村开了一家米行。爷爷的父亲叫万里，排行第二。因为有一身的好力气，每天用手推车推了粮食四乡叫卖。老三万山，身子单薄，在家里看守米行。

贩米十年，家底渐厚的申村米行，却被一把火，突然之间烧得精光。

1912 年的新年，是一个凄凉之年。一家人，搭了三个茅棚，算是分了家。老父亲文基跟小儿子万山过活。

大年初一，三家人各自窝在茅棚中。家里刚有了大的祸事，不可以到别人家去拜年，以免给人家带去晦气。然而村里的人可以过来探望。他们送来了馒头、鱼肉、豆腐和大米。因为大火烧了账本，赊账的那些人们，只能凭他们的自觉，各自还来或多或少的米钱。对此，遭灾的一家人，还要一一表示深深的感谢。

新年刚过，万豪请来了申村南面倪庄的神汉余龙哒子。请他作法，捉出纵火之人。

自从火灾之后，万豪就一直在寻查。最大的嫌疑之人，是被他刚刚辞退了的伙计“细麻子”。“细麻子”瘦而矮，一脸麻皮，是个油滑的泼皮。

那是三个多月前的事。万豪进货的姜堰大米行，要送一船的米到上海，人手不够，让万豪派个人跟了去押船。万豪让“细麻子”随船去了。

船到了上海，正下货，船老大交代，上海正在闹革命党，不要乱走。“细麻子”是个游手好闲惯了的人，平生第一次到大上海，哪里肯老老实实在船上蹲着。趁人不在意，下了船，龇着牙，到街上闲逛。

其时正是宣统三年九月，公元1911年11月。一个多月前，武汉发生了辛亥革命，几天前，上海刚刚光复。然而这一切，“细麻子”不知道。只听说大上海，有很多西洋景看。看两眼，回到村里可以好好吹牛。

在一个弄堂口，细麻子忽然被人按住了头，咔嚓一声，一剪刀，剪了他细而长的辫子。“细麻子”大叫一声“我的妈呀”，用手捂了头，飞一般往船码头跑过去。

“细麻子”遇到革命党被剪了辫子的事，在他回到申村后，成了大新闻。人们一个个跑到米行来看他。“细麻子”戴了帽子，要是谁来揭，他就活蹦乱跳，口不择言地乱骂。人们哈哈大笑，说米行里有个革命党。

这样的玩笑，让万豪十分惊慌。他不清楚革命党是什么，只知道是造反的，恐怕跟“长毛”差不多，造反要被杀头。造反的玩笑是开不得的。万豪从姜堰大米行每天都听到新的消息。据说南京正在打仗。忠于皇上的“辫子军”跟革命党正打得难分难解。在这样的形势下，最好的办法就是以不变应万变，千万不要掺和进去。

他把“细麻子”打发回家了。

被剪了辫子的“细麻子”悻悻而去，内心充满着怨愤。

第二天夜里，“细麻子”偷偷潜来米行，用扎了裤脚的长裤，偷了满满一裤子的大米。他是想用这样的方法，报复万豪对自己的不公。不曾想，在翻墙的时候，却被万里、万山抓个正着。

“细麻子”被绑在屋里的柱子上。万豪说，绑着，绑他一夜，等天亮了再说。谁知“细麻子”恼羞成怒，大骂不止：“我是帮你做事，才被假洋鬼子剪了辫子。我被剪辫子了，你就打发我走人。你还讲不讲良心？你绑着我，你绑好了。我光棍一条，怕你个逑。你绑好了，不相信绑我一辈子。老子出去了，就回来放你家火。老子光棍一条，说到做到。我们走着瞧。”

万豪女人带着万里女人，推开门，让看守的万山出去。万豪女人的手里握了一把扎鞋底的锥子，猛然一下，扎在“细麻子”的大腿上。“细麻子”一声惨叫，血透过裤子就流了出来。

“还偷不偷？”

“你这个毒女人，有本事你杀了我。我放你家火。”“细麻子”嘴硬。

她又是一锥子。

“细麻子”大叫一声：“妈呀。”

万豪女人又扬起了手里的锥子。

“细麻子”软了下来：“大嫂，不敢了，我再也不敢了。”

“还放不放火？”

“不放，不放。”“细麻子”连声告饶。

“你来。来了，我扎得你浑身是洞。”万豪女人说完，带了已经吓得脸色发白的万里女人扬长而去。

时间不长，一个跟“细麻子”相熟的伙计走进来，松了绳子，放了他出去：“你快走，他们说明天要把你送官。”

是万豪让他来放了“细麻子”的。抓贼容易放贼难。给他个教训。偷个米，算不得什么大事。

米行被烧之后，万豪立即想到了“细麻子”。托人打听，“细麻子”说：“我光棍一条，一是一,二是二。说实话，我几次来放火。几次都走到米行门口了，可我一想到万豪女人拿锥子的那个样子，我的腿就直抖。我迈不开步子。那个女人是太狠了。这个火不是我放的。放得好。不过真不是我放的。”

唯一的办法，只有请余龙哒子“圆光”了。

余龙哒子叫余龙，只是因为说话结巴，人们又在他名字的后面加上了“哒子”二字。余龙哒子带了神刀、神鞭，还有两个小徒弟，来到申村，作寻贼的“圆光”大法。

在我家烧成废墟的米行前的一块空地上，摆放了四张八仙桌，一张供着香炉、烛台，一张摆放了酒肉供品，一张上面竖放着一条长长的条凳，一张供着一座神像。条凳上贴了一张长长的白纸。余龙哒子头戴纸帽，身穿道袍，手舞木头做成的神鞭，口中念念有词。他在一张张黄纸上写下神符，放在神像面前烧了，口中大喊：“我已经请了神兵神将，一会儿他们就会把放火之人的七魂六魄捉来，钉在这条凳上的白纸之上。你们仔细看好了。”

村里每家都必须有人到场，包括“细麻子”，全被请到。来了，在“圆光”结束之前，谁也不能离开。余龙哒子的“圆光”法，从上午一直做到午后，正在大家筋疲力尽之时，余龙哒子大喊一声：“放火之人，就在这里，天神已经捉住他的魂魄，不用多时，他就会跌倒在地。”

说完，余龙哒子一手拿着神刀，一手举着神鞭，向人群走来。他目光如炬，一会儿恶狠狠地盯着一个人问：“为什么放火？”一会儿纵声长笑，一会儿又胡言乱语。

秤匠站在一棵槐树底下。随着时间的推移，他显得越发不安，东张西望，像是随时想拔腿就跑。他的举动，早早就引起了余龙哒子的注意。余龙哒子从众人面前走过一圈之后，突然双目圆睁，凶神恶煞地奔到秤匠面前，举走手中的神刀，大喝一声：“你——”话音未落，秤匠一屁股坐到地上。

是他。

人群立即喧嚷起来，有骂的，有伸手打的，有用脚来踢的。秤匠瘫软在地上，动弹不得。正在乱哄哄的时候，忽然有人大喊：“不得了啦，出人命了！”

秤匠的妻子听说秤匠被捉，立即拿菜刀抹脖子。秤匠跟众人一起跑了回去。老太婆躺在地上一动不动，浑身是血。几个妇女正用纱布给她包扎，大儿子拿着刚夺下来的菜刀，坐在地上发呆。

老太婆没有死掉，只是从此身子变得虚弱不堪，再也不能下地干活。万豪怕闹出人命，不敢紧逼。只得接受族长的建议，收了秤匠六担高粱，了结此事。

秤匠放火一事，要从孙中山当上大总统说起。

中华民国成立的消息，在几天之后，就传到了申村。一个多月后，县上派人四处贴了布告，说孙中山当了总统，总统宣布，要剪辫子，放足。除了“细麻子”露出兴奋的神色，偶尔会坦然地摘下头上的帽子，申村其他人都显得十分平静。申村没有人剪辫子。他们知道，皇帝还在。剪辫子是很莽撞的事。对于放足，把缠了多年的小脚放开，申村人也是不干的。“那成什么样子？人还没走到你面前，脚就先到了。”

然而“革命”“总统”“共和”这样的新词汇，在申村，还是增添了人们茶余饭后的谈资。

万豪是个精明之人，听说要打仗，就知道米价会涨。他进而又想到，不只是米价要涨，还会有米荒。于是，他一手大量地囤积大米，一手四处买地。只有自家多种稻子，米行才会真正立于不败之地。

秤匠也要买地。秤匠相信，兵荒马乱，什么都靠不住，钱财、房产，都不行，只有田地是好的。抢也抢不走，烧也烧不掉。有田地了，家就不会败。

然而田地是乡下人的命根子，不到万般无奈是没人卖地的，即使卖了，也只是一亩两亩，紧俏得很。

经过多方打听，秤匠终于听说庄北一户人家，有八亩地，想要出手。秤匠当即登门。

主人迎了秤匠进门，客气地让座，倒了茶水，递过水烟。不想一问卖田地的事，主人说早在一天前，万豪已来与他家谈妥。秤匠一听，急火攻心。他是个固执之人，想要的是一定不肯放手的。他说，我加价，你们还没有做手续，你改个口，卖给我。主人是个讲义气的人，劝他说：“万豪家弟兄三个，人多地少。你们家人少地多，何况我已允诺他。做人讲个义字，话已经说过了，言出如山，不好改口。”

做一个秤匠，应该公允而明事理。制秤是很有讲究的。官府每年的春分都要对一切度量工具进行检核，据说是皇帝亲自下的命令。春分这一天日夜均分，象征了公平。制秤的匠人呢，也会选这一天开工，以示公心做事，无愧天地。古人将秤又叫作“权衡”，申村的秤匠就是个万事都要权衡的人。只是他在权衡这一点上，走得太远了。

买田失败后，秤匠回到家中，思来想去，认为全是因为万豪作梗。一定是他知道我要买地，怕我家发达，事先下了手，把地买去。

这时候，已经到了腊月底，听说宣统皇帝已经退位。在外走动得比较多的万豪，受风气影响，口风开始变化，虽然没有剪辫子，却是一口一个革命，一口一个民国。秤匠其实对于革命不革命很不关心，只是因为万豪抢买了他要的地，总想与他作对。见万豪赞成革命，他就说还是有皇帝的老日子比较好。为这个，他当面跟万豪争执过好几次。可是世道已经变了，秤匠的不革命言论给自己带来了不可预知的危险。有一天，一个县城来的人，从申村经过，听说秤匠对革命反感，登门对他进行了警告。秤匠大受惊吓，好酒好肉一番招待，小心地把来人打发了。但心里对万豪更添了仇恨。很显然，人是万豪招来的。这是给我下黑手啊。村里的事，怎么说都行，闹到官府里，那还是乡里乡亲么？秤匠咽不下这口气。

在一个月黑风高的晚上，秤匠一把火，烧了米行。

放火之事败露，秤匠从此无脸见人。他总是坐在自家门槛里的一只小板凳上，弓着腰，把头埋在双膝之间，不知道在想什么。妻子经常在床上躺着，大儿子受了母亲割颈自杀的刺激，有点神思恍惚。名叫五寿的二儿子，越发显出了呆相。秤匠生了五个儿子，前面三个都夭折了，所以，小儿子叫五寿。排行第五比较长寿的意思。然而这个五寿，却是渐长渐呆。

种种不如意，让秤匠如坐针毡，于是从东台请了有名的道士，来破解眼下的困境。

道士在他家房屋四周来回走过几遍，详细地问了他家的情况，又仔细端详了秤匠的脸——连连摇头道："你这宅地，孤零零，四周无人，如汪洋之中一叶小舟，十分凶险。从你面相看来——"说着，道士闭了眼睛，嘴里念念有词，忽然睁开："你是天上地煞星的账房先生转世。因为贪财，被罚下人间。哪知你转世为人，仍然不知悔改，伤了不少阴德，唉——"

道士长叹一声，对着目瞪口呆的秤匠说道："从命相上来看，你们家会出三代的呆子，五寿是第一个。"

秤匠惊慌失措，连连恳求道士给予解救。道士略作推辞，答应作法。

第二天一早，道士舞动彩旗，念动咒语，烧了许多香烛纸马。找了块破旧的磨盘，上面刻上“泰山石敢当”几个字，立在屋前。又找来一块大青石，上面刻下“姜太公在此”，摆放在屋后。道士一连作了三天的法，对秤匠说，你今后要多积德，以消以往罪过。说完，收了秤匠三斗大米，抖着铁连环，叮当而去。

道士走后，秤匠觉得身虚气短，不久就卧病在床。拖了一年，不见起色，于是决定为二儿子五寿娶亲，来为自己冲喜。

五寿已是众人皆知的呆子一个。在他刚满月的时候，跟申村东北俞庄的一户人家，早早结下了娃娃亲。秤匠派人去俞庄，要迎娶儿媳。五寿的未婚妻长得如花似玉，又是十分聪明能干，早已听说五寿是个呆子。秤匠的媒人一上门，她立即寻死觅活，宁死不从。俞家父亲让媒人回话：“孩子还小，嫁妆未备，等等再说。”秤匠眼看二儿子婚事不保，一口怒气，逆涌于心，病情更是加重。过了五日，把长子“亥头”喊到病床边上，交代说：“我死之后，让五寿戴孝娶亲。若是俞家不肯，就把我的尸体抬到他家。五寿不娶亲，我死不瞑目。”

当天夜里，秤匠撒手西去。这一天，是民国二年四月初六，公元 1913 年 5 月 11 日。

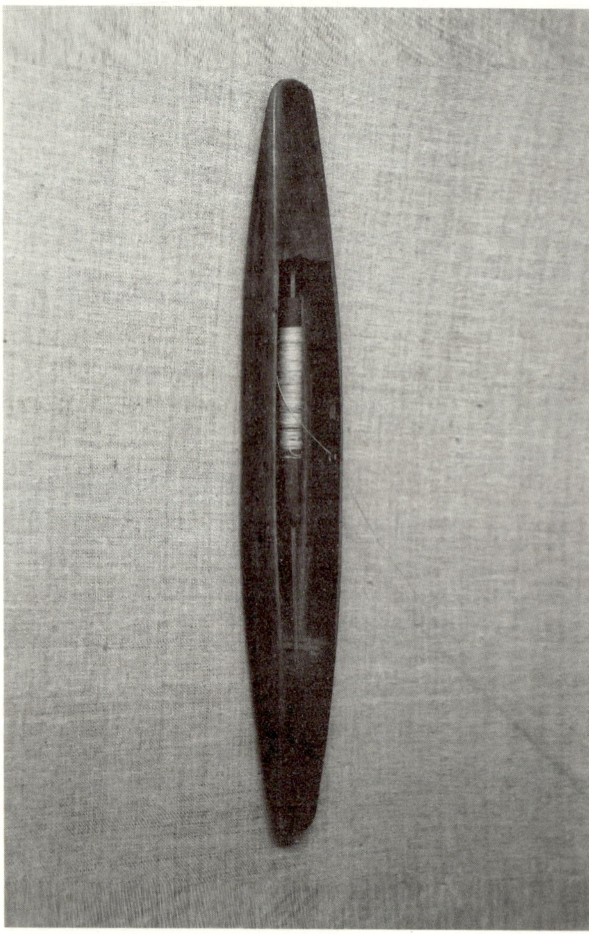

织布匠

她整日把自己关在家里织布，
手里机械地扔着梭子，
让它飞来飞去，
这样自己就可以无思无想。
她完全封闭了自己。

织布匠

呆子“五头”是我童年的一个独特记忆。他比我大三四岁，是秤匠的重孙，整天背着手，穿着开裆裤，在申村闲逛。当申村的人们发现“五头”又是一个呆子的时候，立即就想起了数十年前那位道士的可怕预言。然而在当时，秤匠家要连出三代呆子的预言只是让他惊惧，却没有使他幡然醒悟。他以为在门外竖立一块残破的磨盘，就能阻止这可怕的命运。

火烧米行之事的败露，让秤匠的阴险大白于天下。他整天垂着头，在自家的门前坐着，没精打采地晒太阳。他对周围的许多人都增添了仇恨。因为他们鄙视他，远离他，指责他，唾弃他。他成了一个透明人。他再也无法把自己伪装成一个忠厚老实之人。他陷入到一种可怕的孤立当中。人人都说他是申村的恶人。他无法承受，很快就卧病在床。

当一个人即将离开这个世界之时，按照申村的风俗，不管他曾经有过怎样的恶行，都要对他加以原谅。米行的主人万豪，在一个黄昏来到秤匠的家，坐在他的床前，跟他说：“过去的，就都过去了。你不要放在心上。”秤匠叹口气：“我已经是个要死的人了。”

秤匠的长子“亥头”跪在父亲的床头，听父亲最后的嘱咐。事实上，因为目睹母亲的自杀，一向老实敦厚的“亥头”，变得神思恍惚。他让妻子抱来出世不久的孩子，给爷爷看最后一眼。秤匠对着孙子露出了满意的笑容。即将死去的他，将不会知道，这个饱含着他的希望的孙子又将是一个呆子。

1913年5月11日的晚上，秤匠抓着长子“亥头”的手反复叮嘱他：“我死之后，让五寿戴孝娶亲。若是俞家不肯，就把我的尸体抬到他家。五寿不娶亲，我死不瞑目。”说完，秤匠长长地叹一口气，带着焦虑死去。他用他的死，对呆子五寿岳父家发出最后一击。五寿的岳父，将在这一打击下献出自己的女儿，并慢慢死去。

5月12日的一早，五寿穿着早已准备好的孝服，在两个媒人的陪同下，来到俞庄的岳父家。这是他第一次来，也是最后一次。

五寿在到达岳父家之前，被媒人狠狠地揍了一顿。这是五寿的母亲交代给媒人的。目的是在五寿进入岳父家时，让人们看到他正在哭泣。五寿流着眼泪给岳父磕头，然后一言不发地转身离去。仿佛他在父亲去世的沉重打击下，已经说不出一句话来。这样的表演，的确起到了应有的作用。

躲在一旁的小妹，第一次看到了自己的未婚夫。她是在自己刚刚满月的时候，由父亲做主许配给了五寿。当她长大之后，知道自己未来的丈夫是个呆子之后，已经哭了无数次。而这一次见到沉默而悲痛中的五寿，并不像她想象中的那样痴呆，她对现实有了新的期望。虽然，她还是哭泣着做最后的努力，请求她的父亲最终能退了这门亲事。父亲也是老泪纵横，对于女儿的请求，只说了八个字："除非一死，别无他法。"

秤匠在给五寿摆满月酒的时候，"没下巴"喝得大醉。"没下巴"是职业媒人。因为下巴短小，而且巧舌如簧，人们就喊他"没下巴"，至于真名，反而不为人知。"没下巴"满嘴酒气，用手轻轻摇动五寿躺着的"火桶"。"火桶"是一个能够生火取暖，并且可以摇晃的木桶。"没下巴"抬起头对站在身边的秤匠说道："大伯，这孩子一脸福相，不如早早给他说一门亲事。"秤匠道："有合适的么？""有，俞庄树庆新生了一女。"秤匠眼睛一亮："好啊，如你说成这门亲事，我许你五块大洋。"

这树庆是俞庄庄头，家有良田八十余亩，为人正直，言出如山，在周围数村有着极高的威望。俞庄一村，邻里之间有什么纠纷，只要树庆一句话，立时便能解决。若是能与他家攀上亲，将是极为荣耀之事。第二天，秤匠便托了"没下巴"去俞庄说亲。

"没下巴"一番天花乱坠，树庆终于答应来申村一趟。

申村订娃娃亲的风俗，一直延续到我的童年时代。在我刚上小学的那一年，一位母亲还带着女儿来我家相亲。我躲到厨房里不肯出来。那位前来相亲的大我两岁的女孩却大大方方，自己一个人钻进厨房，来看她未来的丈夫。当时的我，正两手抓着一根肉骨头，啃得满嘴是油。她看着我，用手捂着嘴直笑，然后转身跑了出去。这使我没有看清她的长相，只记得她的头上扎着两支直晃的辫子。之后还有几次没有结果的相亲，直到我远离家乡。事实上，有人相亲，是在表明男方的父亲颇有名望，或者家境较为殷实。我属于前者，五寿属于后者。

树庆详细了解到秤匠有六十多亩良田，一头大耕牛，齐全的农具，比较像样的五间瓦房。还有，秤匠只有两个儿子。这表明五寿的妻子，将来会过上相对富足的日子。对于那个躺在“火桶”里啼哭的五寿，他只瞥了一眼，就决定了这门亲事。

定亲的仪式定在十多天后，二月十六，是个好日子。“没下巴”带了另一个媒人，来到俞庄树庆家。树庆早就请来私塾的姚老先生、俞庄的几位头面人物和福公福婆。所谓福公福婆，是从全村选出的一对有儿有女、子孙满堂的年长有福夫妇。媒人吃过茶，从怀里掏出用红纸包好的六块大洋。众人嗡的一声，连连点头。这是压帖钱。一般人家的压帖钱，也就几十个铜板。树庆拱拱手，收了大洋。姚老先生立即摆好笔砚和一张黄纸。媒人磨墨，姚老先生提笔在黄草纸的中央写下刚满月的小妹的出生年月日时，此谓“生辰八字”。又在右侧写下“寿高彭祖”，左侧写下“福胜子仪”。叠起来，外面用红纸包好，封面上再恭敬地写上“全福”二字。然后再用红绿丝线把这红纸包缠上几圈，表明“千里姻缘一线牵”。福婆拿了这“生辰八字”塞到“火桶”里的小妹手中。觉得好玩而咯咯直笑的小妹，完全不知道自己的命运在此刻已经决定。她握住这小纸包只是一瞬，福公立即就从她的手中抽了出去，放在了堂屋中央供着的菩萨面前。小妹的母亲把她抱了起来，跪到菩萨的面前，磕三个响头。树庆拿了这名为“草纸帖”的纸包，双手捧着，交给“没下巴”，同时交出了女儿的一生。

申村秤匠的大门口，早已聚集了等待的人群。远远看到了“没下巴”就放起了鞭炮。秤匠接过“草纸帖”，恭恭敬敬地摆放到家中供奉的菩萨面前。五寿也被妈妈抱起来，对着菩萨和“草纸帖”，拜上三拜。

宴席早已摆好。“没下巴”和另一个媒人，在八仙桌旁面朝南坐下。在申村，做媒成功的媒人是风光的。在一场顺利的结婚喜事当中，他们将有十八次被请来面南就座。请媒人也有讲究。其他辅菜不谈，桌上必须摆上“猪六碗”——猪头、猪心、猪肚、猪肺、猪腰、猪肠。

然而这样的喜庆场面，对于五寿的婚事来说，是唯一的一次。虽然其后订婚、结婚所有烦琐的环节都一一进行了，色调却全变得悲切。

五寿到五岁才会喊妈妈，八岁上学，学了半年，一个字不认识。常常有孩子把他打得哇哇直哭，问他谁打的，他却说不出。无奈，只能回家。五寿的长相也是越来越呆，看到人，只会傻笑。秤匠怕被俞家知晓五寿是个呆子，每次俞庄有人过来，总把五寿藏起来，不让他露面。然而纸终究包不住火。树庆还是听到了风声，终于找了个机会见到五寿。的确是个呆子。

此时的小妹却是越长越漂亮，人也聪明伶俐。只知道自己定了娃娃亲，可是从来不曾见过五寿。树庆是个极其要面子的人，以说话算话闻名。虽然知道自己错定了女儿的终身，却咬着牙，终不肯反悔。秤匠也是过年过节，不断地送钱送礼，把这亲事，一步步坐实。

1912年，小妹已经十六岁，出落得如花似玉。秤匠纵火之事已经败露，身体每况愈下，打算帮儿子把婚结了。又请来媒人“没下巴”，让他去俞庄交涉，把“草纸帖”换成“红纸帖”。一般的庄户人家，只要换了“草纸帖”，等着结婚就行，用不着换“红纸帖”。对于秤匠的心事，树庆心知肚明。可是悔婚的话他说不出来，而且自己也知道，若是悔婚，秤匠定会跟他打上一场官司。到头来，官司输了，女儿还得嫁过去。

树庆思来想去，想出了一个“拖字诀”。想用这种方法，让秤匠知难而退，大不了自己倒贴几个钱，这事也便了了。谁知秤匠紧盯不放。树庆越想越怒，于是提出了至为苛刻的要求。他说，换帖可以，必须出六十六块大洋，六十六斤鱼肉，六套丝绸衣料，六副金银首饰，这六个六，缺一不可。以秤匠的财力，这一时半刻是无法做到的。谁知秤匠一口答应。

秤匠认定五寿娶妻关乎子孙后代，所以不计一切代价。他咬咬牙，把视若性命的田地卖了几亩，凑齐礼金，择吉日举行换帖大礼。

媒人“没下巴”来到秤匠家，吃早茶，请申村的私塾先生，在大红纸上写了五寿的生辰，再用红纸包了，和小妹的“草字帖”，并排摆放在菩萨面前。五寿在母亲的押送下，在菩萨面前磕了三个头。媒人拿了两人的帖子，请了四个挑夫，每个三十个铜板，挑了礼物送上俞家大门。

树庆铁青了脸，一言不发。按规矩，这已经是乡间最大的排场了，他无计可施。挥挥手，让人们把帖子供到菩萨面前。小妹被母亲拖了出来，让她在菩萨面前磕头。小妹哭闹着，死也不肯。几番折腾，仪式终于没有完成。“没下巴”也不十分在意，让俞庄的姚老先生拿大红纸，重抄了小妹的生辰，拿回申村。

秤匠又是一阵鞭炮，请了几桌亲朋，吃喝一天，以示庆祝。在此之后，媒人每隔数日就要上门催着结婚。树庆总是躲着不见。小妹见到“没下巴”就大哭大闹。秤匠眼见对方拖延，五寿成亲无望，不禁忧愤交集，病情加重。1913 年 5 月，秤匠撒手西去。

“亥头”遵从父亲的遗命，派了五寿去给树庆磕了头，接着就安排人手，打算把秤匠的棺材抬去俞庄。树庆听到消息，百般无奈，在家中大哭一场，命令女儿即日出嫁。

这一次树庆只要了三十块大洋，三十斤鱼肉，其他彩礼一概不提。“亥头”很快派人送了过来。第二天，六个壮丁来抬嫁妆。女方的嫁妆早已置办停当——两床被褥、一顶蚊帐、三圆、三方。三圆是提水桶、洗脚桶、马桶，三方是衣橱、梳妆台、小方桌，其他还有衣服、首饰等等。

午后，抬轿的、打灯笼的、吹喇叭的便热热闹闹，一路从申村来到俞庄。原本还有许多祝福与玩笑话要说，因为这次情况特殊，没有人多话。树庆安排来人，在沉默中吃过饭，打发女儿上轿。一时之间，小妹、小妹的母亲和小妹的几个嫂嫂，放声大哭。喇叭也呜呜咽咽地吹了起来。原本谁家女儿出嫁，都得哭出声来，可从来没有这一次，哭得这般伤心与悲切。前来送行的乡亲，也不禁默默流下泪来。

小妹上了轿，离申村越来越近，喇叭声也换成了喜庆的调子，慢慢收住哭声。她原本想一死了之，可是放不下妈妈。她知道，她一死，疼爱她的妈妈，必将不久于人世。也许，这就是命吧。

“看新娘子噢，看新娘子噢！”一阵孩童的欢呼，意味着已到夫家门前。轿子被直接抬进了屋子。村里选来的福婆掀起轿帘。一个头戴礼帽，身穿蓝布大褂的男子，面对着她正无声地傻笑。在福婆的拉扯下，她与这个傻笑的五寿，在菩萨面前跪下磕头。先是拜天地，接着拜婆婆，最后夫妻对拜。

一阵忙乱之后，小妹与五寿被送入洞房。福婆递给五寿一根用红纸裹着的小棍，让他挑开新娘头上的红盖。五寿吓得连连后退，不敢动手，被福婆一巴掌打了回来。他战战兢兢挑开红纱的盖头，看到一个女子冷冷地盯着他看，一动不动，吓得一扭头，又逃出房去。福婆喊道：“看新娘子喔！”

外面的人群一窝蜂拥了进来，把小小的房间挤得水泄不通。小妹的美把他们惊住了，个个不住声地夸赞。因为知道她嫁的是一个呆子，也没有心思闹什么洞房，看过了，便散去，叹息着，各自回家。

五寿的母亲从外面找到五寿，把他赶回新房，砰的一声，关了房门。五寿缩在一个角落，偷偷地看小妹，一动不敢动。小妹把两只箱子拼到一起，扔了一床被子给五寿，然后从梳妆台的抽屉里拿出一把剪刀："你就睡在这上面。如果动一动我，我就拿这把剪刀——"她一扬手，五寿立即连连点头，撇开嘴，吓得都要哭了。小妹喝道："不许哭！"五寿连忙用手捂住自己的嘴，然后蹑手蹑脚爬到箱子上平躺下来，用被子紧紧蒙住自己的脑袋。

小妹躺在床上，睁着眼睛，直到天亮。

一早起来，还有众多的仪式要办。一是"坐富贵"。新郎新娘并排坐在床沿上，福婆对着他们喊吉利的歌儿。无非是白头偕老，早生贵子。唱完了，新郎新娘要亲吻，吻过了，新郎要用手抚摸一下新娘的胸部。虽然这些程序，母亲早已向五寿一一交代，可是五寿哪里敢动。他像个木头人一样坐着，一动不动。所以第一个仪式，就算不了了之。

第二个是"上锅"。在新娘陪嫁的桶子里，装满了各式的餐具，以及枣子、花生、白果等等。新郎新娘围起围兜，福婆一样一样地取出来，放在他们的围兜当中。拿一样，说上一段讨口彩的吉利话。这个仪式，表明两人开始有了自己的新生活。小妹依然是一言不发，听任摆布。五寿东张西望，寻找母亲。找到了，母亲朝他一瞪眼，他便低下头来，一动不动。

第三个仪式是“拜菩萨”。这是一件苦差事。新人要去几十户人家磕头、上香。

知道新人要来“拜菩萨”的人家，早已把房屋四周打扫得干干净净。新娘由福婆搀着，指导她跟每一位长辈打招呼、行礼。新郎五寿戴着礼帽，后面拖着一个长长的假辫子，上身穿着件蓝布马褂，下身穿一条黑布长裤，脚穿一双千层底布鞋，人模狗样，傻愣愣地由福公牵着，并且在他的威逼下不断地磕头。由于饱受折腾，往日总带着傻笑的大家所熟悉的一张脸，竟然严肃了许多。

许多不知轻重的孩童跟在后面，胡乱地起哄。有的喊：“呆子娶老婆了。”有的喊：“呆五寿，新娘子好不好看啊？”有的喊：“新娘子，五寿是个呆子。”福公福婆驱赶不已，只得由他们去。小妹心如刀绞，紧紧咬着牙。

“拜菩萨”一直拜到中午。回到家后，小妹就一直在床上躺着，再不见人。吃晚饭时，还有一道仪式——“吃合欢饭”。四盘菜被端到新房中的矮桌上，由新郎亲自给新娘夹菜，然后新娘再给新郎夹菜，以示夫妻恩爱。小妹并不理五寿，自己端了碗，顾自吃了。五寿等小妹吃完，去睡了，赶紧扒两口饭，又躺到箱子上，蒙头睡觉。

第二天，是秤匠的出殡之日。小妹脱了红装，换上素服，在人们的搀扶下，到秤匠的灵前磕头。然后随着众人，把灵柩送到田地里安葬。回到家，小妹又是关门睡觉。第二天一早，小妹拎了一个小包袱，跟五寿说：“跟你妈说，我回家了。”

小妹回到俞庄，跟妈妈抱头痛哭。

小妹再也不肯回申村。她一直住在娘家。树庆既愧且痛，不久就卧病在床。1914 年的年底，树庆把儿子儿媳招到病床前，交代后事："房屋家产和田地，由三兄弟平分。小妹与母亲轮流在三家吃饭，任何人不得逼她回申村婆家。"说完，闭目而逝。

父亲去世之后，小妹立即感受到了寄人篱下的苦涩。一个多月后，她拎了包裹，回到申村。

小妹在远离老宅的地方，搭了两间茅草小屋。小屋孤零零的，远离人群。她自住一间，让五寿住在另外一间。嫁了一个呆子，也许是命中注定。可是小妹不肯认命。她用沉默来与这命运对抗。她照顾五寿，给他吃，给他穿，却从来不搭理他。搭理也没有用，五寿只会傻笑。所有的话，只有别人教了，他才鹦鹉学舌，重复一遍。让他干活，他就拎着一个竹篮，四处溜达。

小妹不去管他。因为在娘家时，学得一手好的织布手艺，小妹便请人打了一架织布机，安放在自家的堂屋中间。她整日把自己关在家里织布，手里机械地扔着梭子，让它飞来飞去，这样自己就可以无思无想。她完全封闭了自己。布越织越多，就堆在家里。她像是一个哑巴，一个木头人，一个幽灵。她从不参加村里的聚会，或者亲朋好友的红白喜事，她也不过任何节日。她没有笑容，并日渐憔悴。申村的人们并不责怪她。他们为她叹息。一个如花似玉的女人，这一生就这样了，无可挽回地要跟呆子过上一辈子。

五寿的母亲，她的婆婆，那个因为秤匠纵火而自杀不成的女人，却对小妹充满了怨恨。她虽然跟大儿子“亥头”生活，却对小儿子五寿百般疼爱。她时时监督着小妹，怕她会虐待自己的呆儿子。小妹并不虐待他，只是当他不存在。这更让老太太不安。秤匠不惜代价为五寿娶亲，为的是能延续后代。在申村，死亡与贫穷都算不得什么，唯有“绝后”是最为可怕的。现在，长子“亥头”的儿子，越长越现出呆相。老太太对此无能为力，心如刀绞。最令人担忧的是，“亥头”得了肺病，整日不停地咳嗽，并且瘦弱不堪。也许，什么时候就会一病不起。

小妹成了老太太最后的希望。她先是好言相劝，接着是苦苦哀求，然而小妹对她不理不睬。老太太硬着头皮，请村里颇有威望的福婆来当她的说客。小妹没有给福婆让座。福婆尴尬地在她屋门外站了半晌，话没有说清楚，小妹就关了门，重坐到织布机上去了。老太太于是开始一日连一日的威吓、辱骂与挑衅。小妹依然是不理不睬。然而形容更加枯槁。从她旁边经过的人，莫不摇头叹息，好端端的一朵鲜花，怕是要被老太太活活逼死了。

老太太的哭闹得不到任何人的同情，小妹对此也没有丝毫的反馈。老太太只得跑到秤匠的坟前，向亡灵哭诉。她的哭诉充满了对死者的指责。她哭着：“老爷子，是你造的孽。我们家就要断子绝孙了。你倒好，眼一闭走了，一了百了。留下一家的现世报，让我来管。我管不了。我管不了啊。”

然而老太太是不甘心的。她喊来五寿，仔细地指导他。五寿是最听母亲的话的。等天黑了，老太太领着五寿来到小妹的屋前，敲开门，猛然推了五寿进去。五寿站在屋中，定了定神，朝小妹扑过去。小妹拼命躲闪。这个呆子，他大脑孱弱，身体却是强壮的，甚至有着超乎常人的蛮力。小妹被他扑倒在地。小妹挣扎着，手在矮桌上摸到了一只刚吃晚饭的碗。她把碗狠狠地砸在了五寿的头上。五寿疼得大叫一声，跳了起来，血顺着额头流了下来。红的血把五寿吓得魂不附体，他大声地喊着妈妈，夺门而出。

老太太如受伤野兽般的号哭，穿透了黑暗中的村庄。然而没有人过来询问。邻居们都知道，她又在想着法子整她的媳妇。她只能一个人，哭泣着用布给五寿包扎。“亥头”躺在床上，已经不能下地。他问守着他的妻子：“老太太又是做什么？”妻子说：“不要管她，没事找事。”“亥头”长长地叹口气，不再说话。

第二天天刚亮，老太太就拉着五寿，送给村里的每家每户看，说是媳妇要杀了五寿，头都被打破了。五寿龇着牙，苦着一张似笑非笑的脸，任凭母亲拉扯。人们劝说着，把她从自家的门口送走，然而表情平淡。老太太平息不了内心的气愤，终于拖着五寿来找族长万掌。万掌站在堂屋门口，托着紫铜的水烟壶，吩咐长工们当日的活计。老太太在旁边站着，等他打发走了长工，才开口：“掌爹，你看，五寿被他女人打得这个样子，实在太不像话。你要给我们家五寿做主。”

万掌看了看她，又看了看用布缠着头的五寿，从荷包里捏了一撮烟草，按在水烟壶的烟嘴上，把夹在两指间的一根手臂长的麻秆掉过头，对着嘴一吹，麻秆的一端立即冒出火光。他伸出麻秆，把烟管上的烟丝点着，然后对着弯弯的铜吸管深吸一口，水烟壶里立即发出咕噜咕噜的水声。吸完了，他从鼻孔里喷出一股长长的烟雾，露出惬意的表情，然后左手托着水烟壶，右手略略把铜烟嘴向上一提，噗的一声，向铜吸管猛然吹一口气，烟嘴上的烟灰便跳了起来，跌落到地上。

"'亥头'的妈，天天闹也不是事。你去请万豪、万荣几个，今天中午来你家说事。"老太太点点头，不敢多说，领了五寿匆忙离去。

族长万掌，家有良田数百亩，长工几十人，是申村第一富户。万掌三十多岁，一米八九的个头，相貌堂堂。从不仗势欺人，待人和气亲切，处事十分公道，深受申村人敬重。村里的纠纷，往往凭他一句话，便能裁决。

老太太回家买鱼买肉，请了邻居来帮忙做饭。听说族长和村里的头面人物都要来五寿家说事，小妹也显得有些慌张。她没有下地，关了门，倒在床上睡觉，她不知道打了五寿，将会带来怎样的后果。

午饭之前，万掌、万荣、万豪等人，陆续来到。万豪家虽然因为秤匠放火已然败落，但因为他在处理此事时的宽宏大量，反而赢得了申村人更大的尊重。所以，在人家请族长说事时，他也是必然的陪客。

五寿挨打一事，内情人人皆知。表面看是小事一桩，事实颇为复杂。万掌与万豪几人先商量半天，然后请进老太太、小妹，又让"亥头"的女人扶了"亥头"过来。五寿是呆子，让他待在厨房不许乱跑。

族长万掌开门见山："'亥头'的妈，情况我们都清楚。我们几个商议已定。第一，小妹既然嫁给五寿，必须善待五寿。不管老太太在还是不在，要把五寿照顾好，不得缺吃少穿，不得打骂五寿。第二，既然小妹是申家媳妇，五寿又是一个不算数的人，小妹与'亥头'一起要为老太太养老送终。不能短了老人的吃穿。第三，小妹好好一个姑娘，嫁给五寿这个不算数的人，能嫁过来，就是五寿的造化。你们不得对她有更多的要求。第四，五寿从此跟老太太过，钱粮由小妹负责供应。不再互相纠缠。"

小妹一听，不由得喜出望外。"亥头"夫妇二人也无异议。老太太忙碌半天，本以为族长定会向着自己，逼小妹就范，不想竟是这样一种结局，拍着板凳放声大哭起来。万荣一拍桌子："不许再闹，再闹拿绳子捆了。"老太太一吓，立时止住哭声。万掌说："有理讲理。你还有什么要说的。"老太太哪里有什么道理好讲，哑口无言，愣在一边。

"亥头"女人拉了小妹，欢天喜地铺开桌子，请众人入席。因为了结申村几年来的一件烦心之事，大家心头痛快，不禁多喝了几杯。万掌不胜酒力，很快醉倒。万荣、万豪抬了他，放到小妹的床上，让他睡去。众人吃完饭，告辞而去，叮嘱小妹照料万掌，等他醒酒之后，再送他回家。

黄昏时分，万掌一觉醒来，发现躺在陌生的床上，连忙坐起身。坐在旁边的小妹站起来，去拿茶杯："掌爹，你醒了。我给你倒茶。"万掌说："哎呀，实在过意不去，喝多了。"小妹倒了茶放在桌上凉着。万掌说："也真是难为你了。"一句话，说得小妹泪如雨下："我活着，真不如死了的好。老天，我这是什么命啊！"郁积已久的小妹边哭边诉，万掌不住地安慰。茶凉了，小妹端起来，送给万掌，谁知脚下被小凳一绊，向前一跌。万掌一伸手，抱住小妹。小妹也紧紧抱住万掌。

小妹成了万掌女人的消息，在不久之后就传遍申村。人们不仅不责怪小妹，反而因为万掌的原因，而对小妹多了一份尊敬。老太太也不敢再跟她啰嗦。有些人家发生纠纷了，也要先来向小妹求教。小妹向着谁了，话就好说了。小妹呢，自从与万掌好上之后，好像换了一个人。精神焕发，面带微笑，连走路也带了风韵。又因为她父亲也曾是族长，耳濡目染，所以帮人说话处理纠纷之时，也是合情合理，令人心服。特别是她为人公正，敢作敢为，毫无偏袒之心，更让她赢得了乡人的信服与称赞。申村人开始尊称她为"五寿奶奶"，虽然她才二十多岁。

小妹还是每天织布，只是经常会邀了人到她的家中，来看布的成色。要是有人要了，就让给别人，价钱并不太计较。多就多点，少就少点。要是邻里有个什么纠纷了，请她去排解，她放下机杼就走。然而，排解纠纷，也是一件得罪人的事。终于有一天，祸从天降。

五寿不见了。

申村一时谣言四起。有人说小妹谋杀亲夫，有人说是她逼走了呆子，有人要把她送交官办。五寿奶奶请了人四处寻找，五六天下来，毫无音信。

五寿被人藏了起来。藏他的人，是想给小妹一个教训。这个藏起五寿的人，此时家道正如日中天。然而一场巨大的灾难正在等着他。那场灾祸将发生在他去世的那年。

五寿失踪，也让万掌深陷谣言之中。他与万豪商量：要不，请余龙哒子“圆光”吧。

余龙哒子由于作法查出了火烧米行的秤匠，被申村人看作最灵验的神汉。他也因此有了十足的气派。接到万掌的邀请，他第二天就来到申村，在五寿奶奶的家门口，布置好现场。忙了三天，一切准备停当。第四天一早，申村的人们，在锣声的催促下，络绎汇聚到五寿家门前已被踏平的菜地上。余龙在一张八仙桌上竖起一条长长的板凳，上面贴上白纸，然后手舞神鞭，开始作法。

余龙哒子一边手舞足蹈，一边念动咒语：“天地神灵，出幽入冥，愿降灵气，赴我归期。太上老君急急如律令。”之后，用手捏着纸钱，点燃了，在贴着白纸的板凳面前轻轻移动，让缭绕的细烟，在纸上留下缥缈的影子。然后请孩童来看，名为开光。开光人必须是没有成年的孩童。成年了，就看不到了。这次找来的是个十三岁的名叫长福的孩子，他是大槐家的小长工。余龙哒子让长福仔细盯着白纸，让他看到五寿后，立即告诉众人在哪里。长福睁大眼睛看，可是白纸上除了丝丝缕缕的烟雾之外，空无一物。余龙大喊一声：“五寿现身！”说完，一鞭子打在长福的背上，长福疼得大叫一声。“看到没有？”长福不说话，余龙又是一鞭。打了五六鞭，长福喊道：“看到了，看到了，在村南边十多里的一块高粱地里。”“在干什么？”“躺在那里。不好，屁股都烂了一半了。”

人群立时像炸了锅，说，快去，快去。五寿奶奶脸色苍白，一屁股坐在地上，说不出话来。

体格粗壮的大槐大喝一声，谁也不要动，让长福带路，我们跟他去找。一群人，浩浩荡荡，开往高粱地。

长福带着人在高粱地里摸索了一顿饭的工夫，一无所获。

这一次，余龙哒子“圆光”失败。

长福傻傻地站在一旁。大槐说：“你不是看到的吗？”长福不说话，大槐一巴掌，打在他脸上，长福一头栽倒在地，又默默爬起来，远远跟在人群的后面，跑回申村。

余龙哒子正喜气洋洋等着人群接了五寿回来，大槐拎了一只装粪的木桶，嗵的一声，扔在他的面前：“狗日的，胡说八道，把你这两天在申村吃的喝的全吐出来。”余龙站在粪桶边上，脸上红一阵白一阵。人们朝他吐了几口口水，各自散去。

事实上，藏起五寿的，正是大槐。他一面暗笑，一面装模作样，忙前忙后。他要给五寿奶奶一个教训。他乐意看到这个春风得意的女人哭哭啼啼。他乐意看到一庄之主万掌愁眉苦脸一筹莫展。只有这样，才能消解几次纠纷后，被小妹当众斥责后的愤懑。

天擦黑，趁人不在意，余龙偷偷拿了作法的工具，悄悄离去。从此之后，他再也没来过申村。

又过了两天，万掌终于打听到，五寿被人送到了东北方向十八里外的一个远房亲戚家。五寿奶奶于是放言，我请人算了八卦，五寿被人藏到了十八里外，这两天就要回来。不回来，我们就要去接了。

第二天半夜，五寿回到申村。压在五寿奶奶头上的谣言不攻自破。然而五寿回来之后，一言不发，怎么问都不说一句话。或许是受了惊吓，或许是染了风寒，五寿回家之后，就病倒在床。不到两个月，竟死了。

五寿的死，让大槐大吃一惊。他没想到事情闹到这个地步。他整天提心吊胆，怕五寿奶奶会找上门来。到时候，如果打起官司，说不定就要倾家荡产。

五寿奶奶却没有深究。她卖了三亩地，为五寿办了一个隆重的丧事。办丧事时，大槐比谁都积极，忙前忙后，不辞辛劳。表面上虽然一样粗豪，说话大声大气，可是只要五寿奶奶的目光扫到他，他心里就是一惊。在五寿去世后的很长时间里，他都在极力避开她，不和她打照面。

五寿去世不久，“亥头”也撒手西去，死的时候，他的儿子一直在笑，他不会哭。他的这个儿子，是秤匠家族中的第二个呆子。“亥头”去世时，他的妻子已怀了身孕。他留下了一个遗腹子。因为是遗腹子，就取名叫“福儿”。“福儿”至今仍然健在，已经八十多岁，精神还好，只是背驼得十分厉害。春节回家的时候，我从他家的屋后经过，他正在半夏河边上，手拿砍刀，在清理一片枯竹林。看到有陌生人从旁边经过，他弓着腰，努力抬起头来看我，因为许多年不见，他已经不认得我了。我说：“福儿爷，我是大鱼儿。”他露出恍然大悟的样子，歉意地笑道：“你看我这眼睛，什么都看不到了，像个瞎子。”我递给他一支香烟，他高兴地接过去，叼在嘴上，等我走得很远了，还站在那里，朝我张望。

他有五个儿子。其他四个都有很体面的名字，只有第五个没有名字，他没有给他起，他一出生就是个呆子，就叫他“五头”，第五个孩子的意思。他是秤匠家族的第三个呆子。如果真如那个一百年前的道士所言，他将是他们这个家族中的最后一个呆子。噩梦到他就结束了。“五头”比我大几岁，今年已经四十多了，他每天都快活地在申村走来走去。在我的童年，几乎每一天都看到他。孩子们看到他，就要欺负他，而他宁可被欺负，也要跟在我们后面，看我们玩。

“亥头”死了，五寿死了，家里只剩了孤儿寡母。“亥头”的妻子带着一个呆儿子，怀着一个孩子，实在无法生活。五寿奶奶说，你们和老太太都过来吧，一起过，我帮着养。老太太却不肯。她对小妹，有着说不出的怨恨。她只愿意接受小妹钱粮的接济，却一眼也不想再看到她。她要离小妹越远越好。

五寿的死，引起了芮庄一个叫张殿坤的注意。芮庄在申村东南十五里。在五寿去世刚满六七四十二天之后，张殿坤就请了媒人来申村提亲，要娶刚刚三十出头的小妹。

小妹当即拒绝。

小妹的拒绝，惹恼了泼皮张殿坤。张殿坤家里本有十多亩地，还有一个十分贤惠的妻子。可是此人吃喝嫖赌样样都干，婚后不久，家里的田地就被他赌光。妻子跟他吵架，他一通暴打，失手把她打成重伤。张殿坤也不给她医治，不久，妻子就含恨而亡。张殿坤自由自在晃荡了两年，得了一场大病。等病好了，忽然又觉出有个老婆的好来。可是好人家的女儿，谁肯嫁给这样的无赖之徒？当他听说呆子五寿死了，暗地里想：我总比一个呆子强，娶到她，总不是难事。谁知小妹理也不理。

张殿坤找到申村的赌友“细麻子”详细一问，才知道小妹才貌双全，更是激起了他泼皮的狠劲。当即与一帮赌友定下计来：娶不成，就抢。

其时正是1927年3月，孙传芳的部队从南京败退，路过江北，一路抓人、抢劫。随后而来的国民党，又四处搜捕共产党。苏北三泰地区杀人放火之事，如家常便饭。社会一片混乱。不用说抢人，就是杀人，也无人问津。好在千百年来，乡村里主要还是依靠自治。日出而作，日落而息。虽然失去了政府管理，也还算平稳。只是因为是乱世，若是有人抢走了寡妇，却算不得是大事。甚至对于寡妇的族人来说，抢走了，田地财产留下了，反倒是好事。不会有人去追究。所以，对于张殿坤而言，强抢寡妇，得到了社会的默许。

不知道是因为惧怕万掌秋后算账，还是良心发现，张殿坤下手的这天晚上，他的同党——申村的“细麻子”提前向小妹告了密。八个壮汉摸黑冲进小妹家的时候，家中空无一人。小妹家在村南端，左右邻居相距甚远。闹点动静，不易惊动他人。所以张殿坤每隔数天就带人来抢。小妹只好每晚在不同人家借宿，心惊胆战，苦不堪言。

有天傍晚，天没全黑，小妹还没来得及走，远远就看到六七个人从南面小路上过来。仓皇之中，小妹从后门出来，爬到屋后的一棵大桑树上。远远就看到，领头的是个瘦高个子。瘦高个推开门，后面人问他："殿坤，人呢？"瘦高个又推开后门出来，四处张望着："我刚才还看到的，回去喊你们，怎么一转眼就不见了。"抢亲的几条汉子，散开来，家前屋后，到处乱翻。找不到，竟然就在客厅里坐了下来，有人去鸡窝里捉鸡，有人和了面粉做饼，还有人从门口地里割了韭菜，来炒鸡蛋。有人从柜子里找到了白酒，拿大碗倒上，吆喝着，吃喝起来。有人喝得多了，竟躺在小妹的床上呼呼大睡。小妹蹲在高处的树丫上，一动不敢动。来人一直闹腾到深夜，才醉醺醺地离去。小妹从树上直起身，看他们真是在月光底下远去了，才从树上下来，一边收拾狼藉的碗盆、床铺，一边抹着眼泪。

也有几次，小妹请了人，拿着棍棒在家守着。也真是怪事，只要有人在家等着，抢亲的人就不出现。万般无奈，小妹只能小心谨慎地独自面对这可怕的每一天。几个月下来，小妹已是筋疲力尽。

一天黄昏，太阳还没有下山，一匹布没有织完，这是小妹在给万掌准备过冬的衣裳。正织着，忽然从外面进来一人，笑嘻嘻地看着小妹："好了，这回跑不掉了。"小妹看看外面没有别人，就拿了凳子请他坐下。来者正是瘦瘦高高的张殿坤。他一个人来踩点，正好撞着了小妹，来不及回去喊人，直接就闯了进来。

小妹一边跟他闲话，一边移了板凳靠近张殿坤，张殿坤喜不自禁，伸手就捏小妹的脸。小妹一低头，抓起自己坐的板凳，四脚朝下，猛然卡住张殿坤的脖子，把他死死地压倒在地上。张殿坤动弹不得。小妹随手操起喂鸡的木盆，没头没脸地打去。被卡住脖子的张殿坤，告饶的话也说不出来。小妹骂道："叫你来抢，叫你来抢。抢回去，不出一个月，老娘就把你打死。"看他脸色渐渐发紫，小妹才缓缓放开。好半天，张殿坤终于缓过气来。小妹指着他说："你不要动，我去喊人过来。"

小妹刚走，张殿坤就挣扎着爬起来，踉踉跄跄逃出门去。

张殿坤抢亲被打的事，一下子传遍了方圆十多里的村庄。人人都知道了申村有个泼辣的五寿奶奶。从此之后，再也没人敢打她的主意。过了好多天，"细麻子"来告诉小妹："张殿坤回去躺了半个多月。他说，一想到你的样子，腿就直抖。"小妹一笑，骂道："狗日的。"

万掌与小妹的事，早就传到万掌太太的耳中。万掌太太却不闻不问。二十多年过去，小妹还是没能沉得住气。她想看看这个女人到底什么样子。她还从来不曾去过万掌的家，也想看看。

小妹趁万掌到县城办事，偷偷来到万掌家中。万掌太太是大户人家出身，长相虽一般，然而神态端庄，为人和善。见来的是小妹，十分客气地让座倒水，嘘寒问暖也是颇有分寸。小妹极力保持内心的镇静，却坐立不安。坐不多久，便告辞出去。万掌回来，太太淡淡地说：“早上五寿太太顺路过来，坐了坐，留她吃饭的，不曾留住。”

万掌一言不发。自此之后，他再没踏进小妹家门一步。在有人的场合，两人也打过照面。万掌朝她点点头，算是招呼过了，只是没有话。小妹知道，由于自己的鲁莽，万掌已经离她而去。万掌怎么想的，她不知道。要解释，既无从说起，也没有机会。

小妹和情人万掌不再往来的第七年，万掌死了。

1948 年，已经解放了的申村要“土地改革”，万掌说：“土地我给。我只有一个要求，你把乡里的领导请过来，我当面把地契交到他们手上。”

乡长带着两个手下来到申村，三个人腰里都别着盒子枪。村长敲起铜锣，招呼乡亲们到万掌家。小妹已经五十二岁。她这是第二次来到万掌家。她问万掌：“真交了？”万掌脸色不好，看了小妹半天，说了一句：“你也老了。”

人群蜂拥过来。

万掌早已把地契捧了出来，堆在堂屋门口的地上。

“这是祖上传下来的。今天全烧了，要告知祖宗。”说完，万掌跪下来，磕了三个头。他的妻子从厨房里拿了一根点燃了的木柴，递到他手中。万掌把地契点燃。一阵风刮过，火更旺了，纸灰飞起来，在风中盘旋着，朝远处飘去。

围观的群众叽叽喳喳，乱成一团。有很兴奋的，问土地什么时候分，怎么分？也有胆小的，将信将疑，不断地向周围的人慌乱地打探。

等地契烧尽，万掌突然扑通一声，倒在地上。

万掌太太请我爷爷去做棺材。棺材是两口。一口装了万掌，一口留着。丧事安排得井井有条。选在第四天给万掌下葬。这天早上，送葬的人络绎而至，坟地里的坑也已经挖好。万掌太太衣服穿得整整齐齐，死在床上。

万掌太太死后的第二天，他们的儿子悄悄离开了申村。他再也没有回来。1949 年，他去了台湾。

父亲在修家谱的时候，曾经托在台湾的同族打探过万掌儿子的消息。万掌的儿子已经死了，孙子也死了。万掌的孙子死时还年轻，有两个儿子。妻子带着他的两个儿子改嫁了，嫁的人，是个民进党的小头目。当我们的同族终于找到她，并且邀请她带着她的儿子们回申村来看看时，遭到了她丈夫的呵斥。他不让她与大陆有什么联系。所以，我们翻开家谱，只能在家谱里找到万掌和他儿子的名字。此后就断了。

万掌死后，五寿奶奶在他的墓前坐了半天。要起身走的时候，竟爬不起来。挣扎了半天，还是用手撑着万掌的墓碑才站起来。“掌爹，掌奶奶，你们在那边好好过日子。”五寿奶奶嘀咕道。

1958 年，申村实行“公社化”，吃“大锅饭”。五寿奶奶家的粮食全被搜了去，锅灶也被扒掉，让她去吃食堂。食堂很快又倒掉，灾荒来临。

五寿奶奶得了浮肿病。在床上熬了几个月。1959 年的冬天，五寿奶奶死了。

五寿奶奶在年纪大了之后，收了个织布匠徒弟，叫同章。同章是个忠厚老实人，整天就知道埋头干活，几乎不说一句话。我多次见到同章织布。天好的时候，他会把织布机搬到家旁边的路上。我们常常会围看半天，都忘了去打猪草。织布匠是相当忙的，申村许多人家都要请他织布。特别是过年了，人人要做新衣服，都要拿了粮食或者钱物找他换布。我小时候大部分衣服的布料，都是这个织布匠织的。

五寿奶奶死了，家里除了一架织布机，空无一物。徒弟搬走了织布机，请人把五寿奶奶的房子拆了，木料凑一凑，找木匠给她做棺材。给五寿奶奶做棺材的是我大伯，一个我爷爷眼中不成器的木匠。我的大伯与另一个木匠做好棺材时，天已经黑了。他们把五寿奶奶放了进去。织布匠又请了一个人，摸黑抬到地里，挖了个坑，草草埋葬。埋她的时候，因为人人饥肠辘辘，完全没有力气，他们把坟堆得很矮。此后，这无人问津的矮坟，在风吹雨打了几年之后，就湮没了，从申村完全失去了踪迹。

匠人结语

瓦匠

瓦匠去世之后，是教友们帮他办的丧事。他们用白布把他裹起来，每人在他的床边放一枝鲜花。一大群人，围着他念了一夜的经文。

篾匠

篾匠的儿子出院后过了一年，带着妻儿去了县城。有老乡遇见过他们。一家子在县城里捡破烂，正准备给年龄已经老大的儿子在城里买间房。

豆腐匠

豆腐匠的妻子跟女儿去了外乡。女儿很是孝顺。老人的日子过得不错，身体却不太好。前些年信了教。跟申村的教友们偶尔有往来。老屋空着，院子里长满了荒草。她一次也没回来过，像是把这个家彻底忘掉了。

扎灯匠

扎灯匠是我的外公。他一百岁的时候，母亲请人扎了纸屋纸人纸马，特意又扎了几个纸灯笼，到他的坟上烧了，希望他在那边能过得好些。母亲说最近七八年来，一次也没梦到过他。说不定已经转世了。

木匠

木匠爷爷给我留了一些木匠的工具。斧头、刨子、锯子、凿子什么的，我在无锡打工的时候，一直带在身边。后来要到广州去，不做木工了，就送给了一个老乡。过去了二十年，有点后悔了。当时应该送回去，放在老家的。

剃头匠

剃头匠的房屋早就没有了。他家门口曾经有把石锁，是剃头匠没事时玩的。我有一次回家，打听到被村东的某家拿去了，想去买来放在我家做个纪念。谁知那家人听说我要买，竟当成了宝贝，再也不肯示人了。

修锅匠

修锅匠家的小屋还在。现在看起来有点可怕。前后都没有窗户，只是朝南有扇小小的门。门当然是永远关着。这屋子的前前后后都是坟，几乎被坟包围了。这坟有他祖父母、父母的，也有他自己的。另外那些坟，就不知道是什么人的了。或许人们认为这里是风水宝地，特意葬到这里的。

雕匠

雕匠住的庙门口，有两棵木槿树。一棵长得大，一棵长得小。后来，那棵大的竟然被人给卖了，据说卖了两千块。木槿是雕匠年轻时栽的。栽这树的时候，他一定有他的用意。

花匠

花匠回到申村后无事可做，到镇子上摆了个烧烤摊子，卖鱿鱼。生意好了一阵子，又不行了。他就租了一间房，卖起了蔬菜和花卉的种子。人家还喊他花匠。虽说不太挣钱，他觉得很快活。

铁匠

铁匠的儿子曹红荣，已经八十一岁。靠种地和收破烂，据说竟有七八万元的积蓄。这让他受到几乎所有亲戚的敬重。红荣也从来不肯辜负这种敬重。虽然他一个月也舍不得吃一顿肉，亲戚们有任何的红白喜事，他都会送一个大份子。2018年他得了急病，突然去世了。他的房子不久被推平，现在成了别人家的一块菜地。

杂匠

杂匠这个称呼其实是对伯父的一个嘲笑。是说他做什么事都是浅尝辄止，不肯下功夫，到最后一事无成。家里的事他也不太过问，整天嘻嘻哈哈，不务正业。从小爷爷就教育我们，不要像他那样，一辈子没出息。这让我们对他不那么敬重。就在这本书刚刚写完时，一次父亲跟我闲谈又说到伯父。我奶奶病重住在医院，父亲回家去筹措医药费，伯父在医院陪着。医生说要输血。伯父不等我父亲来，就让医生抽他的血。抽了一次，又让医生抽，因为抽得过多，竟然晕倒在地。醒了，再三嘱托医生，不要跟家里人说。伯父去世了，过了两年，伯母也不在了。家里的房子就荒着，门口水泥地的缝隙里，已经长出了半人高的杂草。

裁衣

裁衣的妻子许氏，在裁衣被枪杀之后，又活了五十六年。她在七十岁的时候去外乡给孙子带孩子。孩子大些了，孙子带了一起到城里打工，让她一个人在村子里住着。有一天她跌断了腿，动弹不得，在床上躺着。她死了三天之后，才被人发现。

教书匠

教书匠鸣九的妻子，在鸣九死了之后，疯了。疯了两年之后，又忽然好了。之后抛下孩子嫁给了江南一个农民。这家条件不错，还盖了一座两层的小楼。只是两人经常吵架。1988年的一天，两人大吵一通之后，她竟喝农药死了。这时距鸣九的死，整整十年。

秤匠

秤匠的重孙里面，有个呆子，整天在申村东跑西跑。这是秤匠家的第三代呆子。所幸之后的这一代人都还正常。只是这第四代，都已搬去了县城或者更远的地方。

织布匠

织布匠的徒弟是申村最忠厚老实的人。据说十多年前，他还坚持在用他的大型织布机织布，后来终于敌不过时代，就改行收空酒瓶了。不过织布机一直留着不肯毁掉，经常还拿出来整修一番。他一死，儿子立即把那没用的织布机劈掉，当柴烧了。

作者曾就读的申村小学，已经倒毁拆除。

图书在版编目（CIP）数据

匠人／申赋渔著．－北京：北京十月文艺出版社，2022.1

ISBN 978-7-5302-2195-2

Ⅰ．①匠…　Ⅱ．①申…　Ⅲ．①纪实文学－中国－当代　Ⅳ．①I25

中国版本图书馆CIP数据核字（2021）第223061号

匠人
JIANGREN
申赋渔 著

出　　版　北京出版集团
　　　　　北京十月文艺出版社
地　　址　北京北三环中路6号
邮　　编　100120
网　　址　www.bph.com.cn
发　　行　新经典发行有限公司
　　　　　电话（010）68423599
经　　销　新华书店
印　　刷　北京盛通印刷股份有限公司
版　　次　2022年1月第1版
　　　　　2022年1月第1次印刷
开　　本　880毫米×1240毫米　1/32
印　　张　8.5
字　　数　188千字
书　　号　ISBN 978-7-5302-2195-2
定　　价　49.00元
质量监督电话　010-58572393
如有印装质量问题，由本社负责调换